「凍れ、凍れ！
血の一滴たりとも温むことなかれ。
もはやレギオンの軍靴を阻むものはなし。
進軍せよ！
グロス・トゥルビヨン・ドゥ・ネージュ」
平野に突如として猛吹雪が吹き荒れ、
目の前まで迫りつつあった
膨大な魔物の群れが、
アイスモンスターのように凍り付いた。
2
宮廷魔導師見習いを辞めて、
魔法アイテム職人になります

エクヴァル
エグドアルム王国皇太子の
親衛隊員。
宮廷魔導師長による
不正を捜査中。
ジークハルト
レナントの町の守備隊長。
時折妖精シルフィーを
連れている。

ベリアル
イリヤと契約している
高位の悪魔。
炎の王の称号を持つ。
イリヤ
エグドアルム王国の
宮廷魔導師見習いだったが、
任務中に殉職を装い
出奔した。

動く影は一つとしてない。

そして、手を下ろしてダメ押しの追加詠唱を加える。

「花は散るらむ、葉は落ちにけり」

「効果がありすぎる……！ 怖い！」

「だから！ 実戦で実証実験などするのではないわ!!」

宮廷魔導師見習いを辞めて、魔法アイテム職人になります

2

神泉せい

ill.匈歌ハトリ
Hatori Kyoka

KYUTEI MADOUSHI MINARAI WO YAMETE、
MAHOU ITEM SHOKUNIN NI NARIMASU

口絵・本文イラスト
匈歌ハトリ

装丁
AFTERGLOW

CONTENTS

KYUTEI MADOUSHI MINARAI WO YAMETE ,
MAHOU ITEM SHOKUNIN NI NARIMASU

プロローグ

久しぶりのレナント！

都市国家バレンに属するドルゴの町からチェンカスラー王国へ戻って来た私は、この町で初めてお友達になった、アレシアの露店へと向かった。

魔法大国とも呼ばれる、大陸の最北にあるエグドアルム王国で宮廷魔導師見習いをしていたけど、討伐任務に失敗して死んだことにして、辞めてこのレナントの町へ移り住んだ。

素材採取の為に東の隣国バレンにあるエルフの森へ素材採取に出掛けたのに、まさか盗賊に攫《さら》われて危険な目に遭うなんて、思ってもみなかった。

なんだかここが懐かしく感じちゃうわ。

店番をしているアレシアとキアラが、私に気付いて手を振ってくれる。

「ただいま、アレシア、キアラ！　大収穫よ、とてもたくさん薬草が収穫出来たわ！」

二人はやったと喜んで、そのまま手のひらをこちらに向け、私の手とパチンと合わせた。

「お帰りなさい、イリヤさん。無事で良かったです。じゃあ、中級ポーションは……」

「勿論《もちろん》作れます。エルフの森はとても色々な薬草が生えているのね」

「ねえイリヤお姉ちゃん……？　盗賊に捕まったり、したの？」

何故知っているの⁉　キアラがジトッとこちらを見ている。

「その……ちょっと油断して」

「やっぱり、イリヤさんだったの⁉　ドワーフのティモって職人さんが、悪魔が盗賊を壊滅させたって、冒険者の人達が噂していたって……」

「……ベリアル殿です。全部壊して助けてくださいました……」

「「それ助けてるの⁉」」

やっぱり二人ともそう思うよね！

「そなたがプロテクションをすると、解っていたからではないか」

ベリアルは涼しい顔をしている。さすがに悪魔の王だ。悪びれるところが一切ないぞ。

他にもエルフと会ったことや、報奨金が出たこと、有名なラジスラフ魔法工房で作業させてもらえたこと、そして新しいお友達が増えたことを話した。

お話だけして露店を後にし、その足で商業ギルドへ向かう。ポーションを作る施設の予約する為に。何度か自分でも借りているので、すっかり慣れてきたよ。

受付でいつもと同じ水色髪の女性に確認すると、明日一日空いていると教えてくれた。

それなら私の貸し切りね。これで色々作れる！

「空いていますけど、大丈夫ですか？　丸一日なんて……疲れちゃいませんか？」

心配されている。いい人だ。この女性はいつも親切にしてくれる。

「問題ありません、アイテム作製や研究は好きですので、むしろとても楽しみです」

「それなら安心しました。ところでこれからは講習会が開かれたりするので、予約がとりづらくなりますよ。王都から魔法アイテム作製の講師がいらっしゃるんです。講義に参加された方が、実践する為に借りることも多くなります」

あれ？　これから頑張ろうって感じだったのに、場所が借りられなくなっちゃうの⁉

「……そなた、家を持つべきではないかね？」

唐突にベリアルがそんな提案をしてきた。確かに住む場所があってそこに工房も設《しつら》えれば、時間を気にせず毎日でもポーションが作れる。魔法付与も出来る。

製作に丸一日かかって閉館時間に間に合わない、エリクサーも作れるようになる！

お金も貯まってきたし、頻繁に場所を借りるのも申し訳ないので、もし家が手に入るなら欲しい。

「イリヤ様なら、すぐに資金が貯められそうですね。その際は当ギルドにご相談ください、物件を紹介いたします。賃貸もありますよ」

「それは幸いです。近いうちに、相談させて頂きたいと思います」

「決まりであるな！　我に相応しい宮殿を用意せよ！」

またベリアルがとんでもないことを……、いや本気かも知れない。地獄では宮殿に住んでいるみたいだし。堀を作って水ではなく炎を巡らせ、部下に管理させていると聞いた気がする。

「きゅ……宮殿のご用意はありません……」

当たり前だが、困惑されてしまった。

「申し訳ありません、彼の発言は気になさらないでください。アイテム作製が出来るのであれば、小さな家で十分です」

「ところで……前々から気になっていたんですが、このベリアル様と仰《おっしゃ》る方は、どういう方なんですか？」

受付の女性が顔を寄せて、小声で私に尋ねてくる。

確かに、よく一緒にいるのに家族には見えないだろうし、かといって護衛にしては偉そうな態度だし、しまいには宮殿とか宣《のたま》うし、不思議に思うのも当然だよね。

「彼は私が契約している悪魔です。その為、人間とは感覚のズレがあるようですね……」

「だから！　こんなんじゃ困るんだよ！」

突然、少し離れた窓口で男性の怒鳴る声がした。

なんだろうと、聞き耳を立ててみる。どうやらある商店でプレゼント用のブレスレットに水属性強化の魔法付与をしてもらったが、ほとんど効果がないらしい。

お店に訴えても取り合ってもらえないだけじゃなく、反対に用心棒のような二人の男が現れて、言いがかりをつけるなと脅されたのだという。

酷い店もあるものだ。トラブルはギルドで相談に乗ってくれると説明されているけど、これじゃさすがにギルドの人も可哀想。

「差し支えなければ、そのブレスレットをお見せ頂けませんか？」

私はなおも騒いでいる男性に、声を掛けた。

「は？　なんだよ、お前が何とかしてくれるっていうのか⁉」

「もしよろしければですが。このままでは何も解決いたしません」

「……お前も詐欺の仲間じゃないだろうな」

「お客様、こちらは当ギルドの認定を受けている職人、イリヤ様です。彼女の腕はギルドで保証いたします」

喚《わめ》き散らすばかりの男性に困り切っていた職員が、私を紹介してくれる。男性は私を見て、疑い半分という感じではあるが、問題のブレスレットを渡してくれた。

「……せっかくのアクアマリンなのに、これでは付与しない方がいい程です。目にしたくもないような、いい加減な仕事ですね。こちら、私にお任せ頂けますか？」

「だろ⁉　酷いよな！　……アンタ、どうにか出来るならやってくれるか？」

この石と共に飾ってある、五芒星《ペンタグラム》のプレート。これも使えるわ。

「勿論です。水属性の強化でよろしいですね？」

「ああ。彼女は、水属性を強化させる、強い護符が欲しいって言ってたんだ」

「承りました。水属性強化に特化した護符ですね。この石とプレートならば、可能です」

やけに突っかかると思ったら、彼女さんへの大事なプレゼントだったのね。きっと、無理して買ったんだろうな。

私はテーブルを借りて、魔法円《マジックサークル》を書いた紙を取り出した。

男性もこちらが視界に入るようにして、近くの椅子に座った。ギルド職員や騒ぎを聞いていた商人なども、様子を窺《うかが》っている。

「ベリアル殿、ここにこの文字を刻んで頂けますか？」

私が紙に図案を示すと、ベリアルが渋い顔をした。

「……そなた、コレを我にさせるのかね？　悪魔たる、この我に」

「お願いします、他に出来る方を知らないのです」

「そなたの方が悪魔のようであるわ」

かなり嫌そうね。早く彫金職人を探そう。

ベリアルがプレートに手を翳《かざ》すと、誘《いざな》われるように細い煙が上がった。

そしてまるでペンで書くようにサラサラと、五芒星の周りに文字が刻まれていく。

神聖なる神の名前を表す言葉、TETRAGRAMMATON。

さすがに神聖四文字《テトラグラマトン》そのものはやめた。怒られる。

私はコレをアミュレットの強化版ともいえる、タリスマンに仕立て上げるつもりだ。

文字を写し終えたベリアルが、アクアマリンに向けて何かを掴《つか》むように手を軽く握る。元々付与されていた魔力が、途切れていくのを感じた。

「ありがとうございます。それにしても、ずいぶん定着の悪い付与ですね」

「魔力という程の力すら感じん。粗末なものよ」

さっきまで息巻いていた男性は、おとなしく状況を見守っていた。他のテーブルの人達が、何かこそこそと話している声も耳に届く。

やりづらいけど、仕方ない。注目されているこの状況で失敗をしたら恥ずかしいので、とにかく作業に神経を注がなくては。

最初にプレートとアクアマリンの浄化をしてから、呪文を唱え始める。

「アプスーの寝所より来たれ、海より深きに眠りし清水よ。泡沫《うたかた》の夢より目覚め、ここに神殿を打ち建てよ」

まずはアクアマリンに水属性の魔法が効果を上げるような魔法を付与。それからプレートを魔法効果上昇のタリスマンに仕立て上げて、二つに相互性を持たせる。

「御身、いと聖なるアドナイ、我が声を聞き届け給え。天の祝福、地の恩恵、たゆまぬ水の営みよ」

「あの呪文……アミュレットじゃなくて、タリスマンなんじゃないの⁉」

受付の人達が噂している。

「え、でもそれってこんなところで、あんなすぐに作ります？」

「普通はもっと準備して、慎重にやるわよ。ベリアル様にも驚いたけど、イリヤ様もすごい！」

近くにいる商人や職人は、用事があった筈《はず》だろうに、そっちのけで私の魔法付与を見学していた。

魔力が高まるのを感じ、指で五芒星を切った。

「森羅万象の理《ことわり》をこの護符の内に映したまえ。啓蒙《けいもう》の光、黎明《れいめい》の虹《にじ》、如何《いか》なる邪をも跳ね返す、力と徳とを内包せしめよ。内なる波を支配する術《すべ》を授けたまえ」

プレートが白い光に包まれる。完成だ！

「……はい、終了いたしました。水属性強化の効果を持つタリスマンです」

私は息を吐いて、男性に完成したばかりの護符を差し出した。いい仕事したなあ。

「た……タリスマン……？」

「強い護符といえば、タリスマンでは？　宝石には強い水属性強化、プレートに魔法強化を付与したので、効果は期待出来ると思います」

魔法付与されたブレスレットを、男性は受け取るのを躊躇《ちゅうちょ》している。これ以上この宝石には無理、というくらいしっかり魔法付与したのに。なんだか周りもざわざわしているような。

「……まあ、やるとは思っておったが。良いかね、イリヤよ。この者は〝効果の強いタリスマン〟を望んでいたのではない。あたかもタリスマンのような〝強い属性効果〟を、望んでいたのだ」

なぜかベリアルの講義が始まった。

「……と、申しますと？」

「そなたは、やり過ぎておる。故に困惑されておるのだ」

「ええっ⁉　じゃ……これは、どうしたら？」

「おい、どうしたんだ？　騒がしかったり急にしんとしたり……」

「あ、ギルド長！」

奥の扉が開いて、メガネを掛けた壮年の男性が顔を出す。いつもと違う様子が気になったようだ。

ギルド長と呼ばれた男性は、受付の女性に連れられて私達のテーブルへやって来た。そしてそこで事の顛末《てんまつ》の説明を受けると、私達に応接室に来るようにと告げて、案内してくれた。


ギルド長は私が魔法付与したプレートとアクアマリンを見て、これは素晴らしいとやたらと褒めてくれている。そして、対価を受け取るべきだと指摘された。男性がブレスレットを返される時に躊躇したのは、高い金額を取られるものだと思ったから、らしい。

「いえ、別にお金が頂きたいわけではないんですけど……」

楽しい魔法付与をやれて、私も満足なんだけどな。今度は私が困惑していると、ギルド長は何かを確かめるようにタリスマンに触れた。

「これは、かなり高度な付与をしてあるね。目撃した者も多いから、無料ではまずいだろう。自分も無料でやれと、騒ぐ者が出るかも知れない」

そういうことを言いそうな人物も目撃していたから、と付け加える。

盲点だった。確かに、一人だけ無料というのも他の人からしたらズルいかも。

「……とはいえ、ここなら誰の目もない。とりあえず少しでもお金を受け取っておいて、高くついたと君が言いふらしてくれればいいんだ」

「え？　それでいいんですか」

男性が目を瞬《しばた》かせた。なるほど、その為に個室に案内してくれたんだ！

「はい、……そうですね、夕食代くらい頂けたらそれで十分ですよ」

「君も欲がないね」

ギルド長は優しく、でも少し困ったように笑っている。

話しがついて、男性は大喜びで帰って行った。

お金を受け取った私が、ギルド長にお礼を伝えて帰ろうとすると、彼が思い出したように、今日はどんな用で来たのかなと質問を投げかけた。

ポーションを作る為に施設を借りたことと、明後日その作ったポーションを登録に来る予定だと告げると、完成品を確認したいから、来たら声を掛けて欲しいと頼まれた。

「……そうだった。もし強引な勧誘や、不平等な商談を持ちかけられて困ったら、相談に乗るからね。レナントは職人が少ないから、有能な人材は貴重なんだ」

「お心遣いありがとうございます」

助かるな。私は町での常識には疎いから、何か困ったら相談させてもらおう。

一章　元宮廷魔導師見習いイリヤという人

森の中にある、小さな丸太小屋。炭焼き小屋だ。

周囲に人の気配はなく、辺りに気を配りながら慎重に扉を開く。

私のすぐ後ろには小屋の持ち主がいる。魔導師と、悪魔も一緒だ。

「やはりもう誰かが出入りしている様子はありませんね。ヘーグステット様、我々も中を確認に参ります」

魔導師は、契約している黒いコートを着た悪魔を連れて小屋に足を踏み入れた。

我が国の魔導師が契約している中で現在、最も高位の爵位を持った悪魔を。

レナントの町で守備隊長をしている私、ジークハルト・ヘーグステットのところへ彼らが訪れたのは、ある懸念の相談をする為だった。

時は数刻前にさかのぼる。

執務室で回復アイテムの在庫状況の報告書に目を通していた私に、来客の知らせがあった。

兵に案内されて入室したのは、現国王陛下の従兄弟で、最も信頼されているアウグスト公爵お抱えの魔導師、ハンネスという人物だった。契約している侯爵級悪魔、キメジェスを伴って。

生真面目そうな表情で、彼は挨拶《あいさつ》をして公爵閣下の使いであると告げた。

「公爵領の一部で、とある子爵に統治を任されている地域のことです。最近、不穏な報告が上がるようになってきました」

曰《いわ》く、小さな村を牛耳《ぎゅうじ》った商会が、他の町にも手を伸ばして犯罪まがいな商売を働き始めたと。

その上、子爵に多大な献金をして後ろ盾にしている。公爵は基本的に領地運営には口出しをしないので、関心がなく露見しないと甘く考えているのだろう。しかし、上がってきた陳情や報告にはしっかり目を通していた為、不審な点に気付かれた。

その商会は王都に近いこのレナントにも、進出してきている。最近悪い噂が立つようになった、ビクネーゼという商会だ。やはり何かあるようだ。

「我々もしっかりと注意しましょう。とにかく被害が大きくならないように警戒し、証拠を重ねていくしかない」

私の言葉に、魔導師は大きく頷《うなず》いた。

「嫌疑がかかっていると子爵に勘付かれてしまったら、情報をリークされ逃げられてしまいます。是非とも内密に。最終的には、公爵閣下にお力添え頂くことも可能ですから」

ありがたいが我が家も子爵家だ。実家のことを考えれば、他の家と揉《も》めない方がいい。その子爵が関わらないうちに、片を付けてしまうのが一番いいだろう。

これからの相談をしているところで、またもや人が訪ねてきた。通さずに、兵に用件を報告させた。緊急の場合もある。

訪ねてきたのは南側の森に住んで炭焼きをしている職人で、久々に小屋へ行ったら窓が割られてしまっていて、どうも数人が出入りした形跡があるとか。不安なので調べて欲しいとの訴えだった。

「タイミングが悪かった。場所を聞いておいてくれ、後日向かおう」

「……いや。南側の森……。ハンネス、我々も同行しよう。どうも他の悪魔の気配がして、気になっていたところだ」

ずっと黙っていた、悪魔キメジェスだ。茶色の瞳《ひとみ》が、魔導師に向けられている。

「守備隊長殿、……もっと調べが進むまで伏せておくつもりでしたが、実はビクネーゼが悪魔召喚を得意とする召喚術師を探していると、公爵閣下の斥候から報告が上がっているのです。我々も不審な者の出入りのあった現場を確認しておきたい」

「まさか、一介の商会がそのようなことを……。お知らせくださり、ありがとうございます。ところで、爵位のある悪魔ならこのレナントにも契約者がおりますが」

ベリアルという悪魔が、この町にいる。気配だけでは混同されている可能性もあるので、念の為に伝えておいた。

「……なるほど。とにかく、その炭焼き小屋をすぐに確認しましょう。無駄足なら、それはそれで構わないでしょう」

ハンネス殿の提案で、すぐに兵を集め男の案内で森へ向かった。

森にある小屋は窓が大きく壊されているが、争ったような形跡はない。

ただ、黒っぽい染みが床にあった。拭《ふ》き残しのように残った、これは。

……血だ。ここで誰かが怪我を負ったのは確実だ。

「守備隊長殿！　ここにある、僅《わず》かに残された模様は、召喚の痕《あと》です！　召喚に成功していると思われます！」

「召喚⁉　種族は解りますか？」

床に膝《ひざ》をついて調査をしていたハンネス殿の言葉に、すぐに聞き返した。

「悪魔だな。それもかなり高位の……。わざと痕跡《こんせき》を残している、もし遭遇しても戦うな」

問いに答えてくれたのは、悪魔キメジェスだった。

「何者かが……貴族悪魔と契約したと……？」

「してないだろう。窓を割るような出方をしているしな。もし円満に事が運んでいれば、こんな行動はとらない筈だ」

壊れた窓から外に視線を送る、悪魔キメジェス。

ここからどこへ行ったのか。

悪魔を召喚し、契約には失敗。ならば悪魔が我々の敵とは限らない。

「となると、残っている血の跡は……」

「考えられる犠牲者は、召喚した本人です。交渉に失敗したのか、怒りを買うような待遇で迎えたのか。命を代償にした可能性も否定出来ませんが、どの道、悪魔に殺されたと思いますよ」

ハンネス殿の説明に、悪魔キメジェスが頷く。

「何人でやって、殺されたのがそのうち何人かまでは解らんが、生き残りは確実にいるな」

「そうですね……」

召喚の際に使用する魔法円《マジックサークル》は残されていない。不十分ではあるが、片づけたり掃除をしたりもされている。召喚が露見しないように気を付けはしたものの、恐ろしい場面を目撃したのだ。慌てて逃げたんだろう。

悪魔キメジェスが金の縁取りのある黒いコートの裾《すそ》を翻して、狭い小屋を一回りしている。数人の兵が調査を続けていて、残りは外を警戒中だ。

「……召喚された悪魔は、ここには戻らんだろう」

「一応、しばらくこの小屋は立ち入り禁止にしておきましょう」

小屋の持ち主は外から捜査を見守っている。ここで人が死んだ上に悪魔召喚がされたと判明したので、立ち入り禁止という私の判断に、さすがに反論はしてこない。

「それが良いですね。件《くだん》のビクネーゼであった場合、いや、それが最も有力だとは思いますが……、召喚術師は子爵のお抱えか、紹介でしょう。成り上がりの商人に、こんな伝手《つて》があるとも思えません。高位悪魔の召喚が可能な召喚術師を簡単に見つけられるとも思えませんし、貴族に召し抱えられているというのが、一番考えられますね」

魔導師のハンネス殿が、ため息をついた。高位悪魔と契約している彼自身、公爵閣下の庇護《ひご》のもとにある。とても信憑性《しんぴょうせい》がある話だ。

「子爵がこんな協力までしたとなると……、かなり親密な関係なんでしょう」

彼らは戻って公爵閣下に報告。悪魔が近辺に残っているかも知れないので、しばらくは公爵邸のある王都で様子を探る。公爵閣下の部下が、ビクネーゼ商会のあちらの領内での動きを探りつつ、契約している職人の待遇や、商品の品質について調べてくれる。

打ち合わせが終わると公爵閣下お抱えの魔導師ハンネス殿は、悪魔キメジェスと共に飛行魔法を使い帰って行った。

私はまずビクネーゼに関する陳情があればそれをまとめ、町の警備を強めよう。ギルドなどでも把握しているだろうが、注意を促しておくのに越したことはない。

貴族の悪魔、か……。

赤い影が思い浮かんだが、考え過ぎだろう。さすがに時期が合わない。

しかし、ハンネス殿の言葉。

『召喚術師は子爵のお抱えか、紹介でしょう』

貴族悪魔と契約していながらただ町に住む、あの女性もやはり何か裏が……？

◆◆◆

レナントに戻った翌日、一日がかりで中級ポーション、上級ポーション、中級マナポーションを作った。うん、商品として卸すのに十分な量だろう。

さすがに夜になってしまったので、明けてからドルゴの町で作ってあったハイポーションも一緒に持って、商業ギルドへ向かった。これらのポーションを登録する為だ。ギルドには数人の人がいて、サロンでは商談も行われている。

受付が埋まっていたので空くのを待っていると、若い男性が声を掛けてきた。

「やあ、君もアイテム職人だったよね？」

「はい、イリヤと申します。よろしくお願いいたします」

同業者だ。頭を下げて挨拶をすると、向こうも照れながら挨拶を返してくれる。

「実はさ、今職人を募集している店があるんだ。勉強しながら仕事出来るらしくて、俺達みたいな駆け出しにはいい条件なんだよ。ほら、失敗して損することもあるだろ？　仲間も誘ってくれって言われててさ。よかったら一緒に説明を聞きに行くかい？」

ギルドって、こういう勧誘もあるのね。材料を買って失敗したりしたら、確かに大損だわ。それを補ってくれるのかな？　まあ、私は別に困っていないんだよね。

「ありがとうございます。実は取引する相手も決まっておりまして、今のところ他で仕事をするつもりはございませんので……」

「そっか、いいなあ。俺も頑張るわ」

男性は軽く手を上げて、他の人を誘いに行った。

ちょうど受け付けをしていた人が終わったようなので、すぐに向かう。

ギルド長から直接見せるように言われたと告げると、〝伺っております〟と、女性はすぐに応接室へ通してくれた。

そして今、ギルド長がそれらをメガネのレンズ越しに、真剣な顔で眺めている。

一滴ずつ試験紙に垂らして、効果を確認しながら。

「……どれも効果が高い。しかも、近隣ではラジスラフ魔法工房でしか作られていない、ハイポーションまで……」

ハイポーションの瓶を持ち、顔の前に持って行く。

「君は一体、何者なんだ？」

視線をこちらに移し、声を潜めて私に尋ねた。

「私は……」

「……待て」

いつもの設定を言い掛けたのを、椅子の脇に立つベリアルが止める。

「その者には真実を告げるべきであるな」

「ベリアル殿？」

私達の会話を聞いて、ギルド長は静かに返事を待ってくれた。

「まずその者の立場。商業ギルトという特性を鑑《かんが》みれば、広く情報が集まる。それらはそなたに有益に働くであろう。そして先日の対応から、そなたを守る意思がある筈」

ベリアルがギルド長に目を配らせると、彼はしっかりと頷く。

「しかもそなたはギルドに所属している身であろう。組織の長からの直々の問いに、偽りを申すのは得策とは言えぬ」

「それはそうですね……」

確かに私も、皆にウソをつくのは心苦しい。でも自分ではどこまで話していいのかもよく解らない。相談に乗ってもらえる人は必要だと思う。

心を決めて、この人には本当の経歴と実力を伝えることにした。

立ち上がって右の掌を胸に当て、軽くお辞儀をしてから口を開く。


「私はエグドアルム王国において、宮廷魔導師見習いをしておりました。最高の回復薬とされるエリクサー、マナポーション の最高峰ネクタル、あらゆる病を治すソーマ、万能薬と言われるアムリタ。材料さえ揃《そろ》えば、それらの物でも作製が可能です」

「最北の魔法大国、エグドアルムの宮廷魔導師見習いだって⁉　しかも……本当にそんな、最上位アイテムが作れるのか⁉」

「あ、あの、声が大きいですよ！」

声量が上がったギルド長を、慌てて嗜《たしな》める。ギルド長はしまったと口を手で押さえ、メガネを直して姿勢を正した。

「……っ！　すまない、驚いてしまって。……あまりにも予想外で」

「……皆には研究員と告げていましたが、確かに研究所や実験施設にはかなり入り浸っておりました。どちらも、宮廷魔導師の下部組織みたいなものでしたから」

「それがなぜ……」

「……色々あって、亡命したと申しますか。あの国は、庶民の魔導師には生きづらい国です。研究は好きなだけ出来ますが……」

思い出すだけで、まだちょっと暗い気分になる……。最終的にはいい人達に恵まれたけど、つらいことも多かったし、あのまま使い潰《つぶ》されそうな感じはしていた。

それに、あの魔導師長。二度と会いたくない。

「……確かにエグドアルムと関わった人間が、一部の貴族の選民思想に辟易《へきえき》するとぼやいていたな。よほどひどいんだろうな。……話は変わるけど、アイテム作製以外にはどのようなことが？」

私が暗い顔をしちゃうから、急いで話題を変えてくれたのかな。

気持ちを切り替えて、丁寧に答えるよう心掛けた。

「そうですね。魔法は得意と自負いたします。討伐の任務もありましたし、ご存知の通り魔法付与も出来ます。召喚術も修めました。回復魔法は他の魔法に比べ、まだまだ未熟でございますが」

「回復魔法は、あまり使えないのかな？」

「上級も使えますが、効果が薄くて」

「……十分使える部類に入ると思うが」

それでは得意な魔法はどれだけの腕なんだと、ギルド長は苦笑いを浮かべ、ゴホンと咳《せき》ばらいをしてから続けた。

「話してくれて良かったよ。君のような立派な魔導師が憂いなく活動できるよう、私どももも尽力しよう。何でも気軽に、私に相談に来てくれ」

「ありがとうございます」

ギルド長は私の手を握って、力になるからと申し出てくれた。とても頼もしい。

「実は今、ビクネーゼ商会というタチの悪い店が進出してきているんだ。ビナールの店にも妨害をしているようだ。君が上級以上のポーションを作れることは、絶対に知られない方がいい。このポーションは、こちらからビナールのところに運んでおこう。勧誘されても、受けてはいけないよ」

どうやらそのお店が、あの粗悪な魔法付与をしたらしい。この町には稼げない冒険者もいるので、そういう人達を用心棒に雇って強引に商品を売ったり、職人を脅してアイテムを作らせるような真似もしているという。

そんなことをしていたら、余計に商品が売れなくなりそうだけど……。

先に教えてもらえてよかったわ。作れますとか、簡単に答えちゃいそうだった。

「ほれ、もう益があったろう」

さすがベリアル！　人を騙《だま》す人は、相手をよく観察しているものよね。

「それにしてもこれだけ作れるんだ、職人ランクは上級にアップしておこう。マイスターは実績が必要だから、まだあげられないけれど」

「もう上級にして頂けるんですか？　まだ登録したばかりですが」

「もちろん、上級の条件はクリアして余るほどだ」

ギルド長は私のポーションを一つずつ持ち上げて揺らし、満足そうに頷《うなず》いている。ポーション作りは得意なので、認められてとても誇らしい。

ポーションを置いたギルド長は、ベリアルに視線を移した。

「先ほどから君にアドバイスをくれているけど、彼は護衛じゃないのかい？」

「失礼しました、紹介が遅れました。彼はベリアル殿、私が契約している悪魔でございます」

「……悪魔っ！　君、召喚術もそんなに使えるのか⁉」

緩くカーブした赤い髪に、ルビー色の瞳《ひとみ》と爪。端整な顔立ちをして涼やかな声で喋《しゃべ》る。軍服のような黒い服は丁寧に仕立てられていて、さりげなく飾られた宝石が高級感を漂わせていた。ブーツの靴音は心地よく響くし、優雅で威厳に満ちた所作をする。

とても簡単に呼び出せる類《たぐい》の悪魔でないことは、一目瞭然《いちもくりようぜん》だろう。

ふうと一つ、ため息をもらすギルド長。

「君なら賢者の石でも、作れそうな気がしてきたよ」

「まさか。賢者の石は、まだ完成させておりません」

「……まだ、完成……？」

そこで止まってしまった相手の様子に気付かず、私は失礼しますと笑って応接室を後にした。

ギルドを出ると、ベリアルが堪《こら》えきれないというように笑い出す。

なんだろうと訝《いぶか》しんでいると、ニヤリと笑って赤い瞳で私を捉《とら》える。

「そなた、あれでは途中まで作製していると、自白しているようなものだぞ！」

「っあ！　また失言を……‼」

やってしまった！

……でも、もう色々暴露しちゃってスッキリしたし、いいかな⁉

「賢者の石など、研究しておったのかね」

一通り笑ったベリアルが、話題を振ってきた。

「実は、こっそりと。途中経過の物を同僚のセビリノ殿に、一つお渡ししてあるんです。正体を教えていないんですが、もう見抜いているでしょうか」

「……ところで、前々から気になっておったのだがね。そなたの申すセビリノとは、どのような者であるかな？」

そういえばセビリノには、直接会わせていない。エグドアルムで一番一緒にいた人だから、よく会話には出ていたかも。

「セビリノ殿ですか。共に研究をしたり、協力して討伐任務をこなした魔導師です。研究所で朝まで討論したこともありましたね。楽しかったなあ……」

「……それが楽しいのかね？　そなたは同等のように話しておるが、本当にそうであるか？」

あ、ひどい。何を疑っているんだか！

「同等ですよ！　貴族で正式な宮廷魔導師なのに威張ったところがなくて、私の意見も聞いてくれて、何事にも真剣に取り組む、とても立派な方です！」

討伐にも積極的に参加していて、ポーションに使う薬草の代替品の研究や、エリクサーの改良にも一緒に取り組んでいたのよ。

「……我らが知識と技術を与えたそなたに、一介の魔導師が簡単に追い付くとも思えんのだがな」

「一介ではないですから、国の最高峰の魔導師でいらっしゃいましたから！」

私は手ぶりを交えてセビリノの素晴らしさを説明したが、ベリアルはもう興味がないらしく、ほとんど聞いてくれなかった。

自分から振った話題なのに！

「それで、帰るのかね」

また唐突に話題が変わる。

「いえ。瓶が残り少ないので購入して、食事も買って帰ります」

ポーション用の瓶をいつも仕入れている、ビナールのお店にやって来た。瓶を買い足す他に、後でギルドからポーションを届けてもらえると伝えなくては。

瓶の会計を済ませてからレジの女性にビナールに会いたいと伝えるが、会頭は忙しいので会えないと、断られてしまった。アポイントが必要だったんだろうか。

いつも露店に会いに来てくれていたので、うっかりしていた。このお店は本店だけど、他にも武器専門の支店などがあるので、ここにいるとも限らないのだった。

諦《あきら》めて帰ろうと店を出た時、後ろから引き止める声がした。ビナール本人だ。

「イリヤさん！　ここで会うのは珍しいな」

「ビナール様。お世話になっております。お話がありますので、少々で構いません、お時間を頂けませんか？　出来れば、他の方の耳に触れないようにしたいのですが……」

「もちろんだとも！　君、コーヒーを淹《い》れてくれ」

ビナールは受付の女性に、慣れた素振りで指示を出す。女性は困惑しながらも給湯室へすぐに向かった。私はご迷惑だからと断ったが、気にしないでいいと応接室に案内してくれた。


「ポーションなんですけど」

「おおお、待ってたよ！　中級かい？　まさか、上級も⁉」

ソファーに腰掛けていたビナールが、弾かれたように体を乗り出す。カップが揺れてコーヒーが零れそうになった。

「両方です。それと、ハイポーション、中級のマナポーションも作れました。今回は商業ギルドから届けてくださるそうです」

「……ハイ？」

「はい？」

「ハイポーション！？？」

「はい」

なんだろう、この会話？

たっぷり数秒空いてから、突然ビナールが大声を出す。

「いやイリヤさん、ハイポーションだよ、ハイポーション！　この辺ではラジスラフ親方しか作れないっていう……！」

「ええ。そちらの工房をお借りして、作製させて頂きました」

「……あ、そう？　それならやれる……、ものか⁇」

まだ腑《ふ》に落《お》ちない様子だけど、いったん納得したようだ。コーヒーを一口飲んで、再びソファーに深く座り直した。

「で、それがギルドからってことは……、ギルド長の采配《さいはい》ってとこかな？」

「さすが御慧眼《ごけいがん》でいらっしゃいますね。私が作製したと解れば、良からぬ企みをする方がいるかも知れないと、お気遣い頂きました」

「……確かにな。輸入品として売るようにしよう。これからは、よりバレにくい受け渡し方法も考えないとな」

ビナールは顎《あご》に手を当てて、考え込むように俯《うつむ》いた。しかし何か抑えられない感情があるようで。

「それにしても、おおお……！　うちの店でもついに、ハイポーションが！」

手がワナワナしているぞ。謎の動きだ。よほど嬉《うれ》しいらしい。

しばらく一人で打ち震えていたビナールにどうしたら良いか解らなかったので、失礼しますと挨《あい》拶《さつ》して退室した。

私もポーション作りが本格的に出来るようになってきて、楽しいものね。

まだ明るいし、他にもどこか寄ろうかな。アレシア達の露店にでも行こうと思っていたら、反対側から来た中年の男性が私の姿を目にして、笑顔を浮かべた。誰だろう？

「アイテム職人のイリヤさんですか」

「はい、イリヤは私でございます」

返事を聞いて、更に笑みを深める。

「こんなお若い方とは思いませんでした。ポーションやお薬を作られるとか。是非とも私どもの店にも卸して頂けませんか？」

「……申し訳ありませんが、既に取引をさせて頂いている方がおりますので。まだ仮住まいの身でございます、すぐに作る量を増やすことは難しい状況です」

アイテム作りは好きだし、欲しいのならいくらでもって答えたくなるんだけど、どうもこの男性の笑顔からは胡散臭《うさんくさ》い印象を受けるような。

「それでしたら、家や作業場所の提供もしますよ。住み込みの職人もいます」

住み込みかあ。今のままの方が、気楽でいいよね。

「レナントに住み始めて日も浅く、この町にも慣れておりません。お心遣いはありがたく存じますが、まずは自分の力で暮らしてみようと思っております」

道の端で邪魔にはならないだろうけど、通り過ぎる人がたまにこちらをチラリと見る。

「しかし知らぬ土地では何かと不便でしょう。道具も材料も揃えますし、他の職人と技術交流や共同作業もして頂けます。アイテム作りに集中出来ますよ」

共同作業。共同研究じゃなく？　作るのなら自分の手で、一から作りたいけどなあ。

「採取も楽しいですし、特に不便は感じませんので……」

やんわりと断ったんだけど、相手はまだ諦めてくれない。

「ノルマをこなして頂ければ、後は自由にしてもいいんですよ。早く終わればいくらでも遊べます」

そうか、作業場は共同利用。ということは。

ノルマをこなしたら、もう作れない……！

全然自由じゃないわ！　一日中作り放題かと思った。断って正解ね。

「いえ、興味ありませんので」

なんか面倒になってきた。これが職人の引き抜きなのだろうか。スイーツ食べ放題とか提示してもらえた方が、よっぽどいい条件なんだけど。

「魔法付与もされますよね？　付与する職人も、探しておりまして」

「……そなた、名は何と申す。先に名乗らぬのは何故だね？」

男の言葉を遮り、ベリアルが庇《かば》うように私と男性の間に立った。

「失礼しました、うっかりしておりました。ビクネーゼと申します」

これが噂の！　悪評が広まっているのを知っていて、最初に名乗らなかったのかしら。

やっぱり怪しい人物だ。

「……唐突でしたからね、また声を掛けさせて頂きます。よくお考えください」

ビクネーゼは軽く頭を下げて、通り過ぎる。私も歩き出すと、脇の道から金の髪の男性が姿を現した。うわ、この町の守備隊長、ジークハルトだ。

タイミングが随分いいんだけど、話を聞いていたりしたのかしら……？

「こんにちは。お仕事ですか？」

とりあえず挨拶をしておく。軽く頷く彼は、何か考えごとをしているようだ。

「……彼とはどんな話を？」

「職人として勧誘されましたが、断りました。自分の自由に過ごしたいので」

聞いていたわけじゃないみたい。気になってはいるようだけど。

「……そうか。詳しいことは言えないが……、あの男にはあまり関わらない方がいい」

ジークハルトの緑の瞳は、去っていくビクネーゼに向けられていた。

幕間　エグドアルム王国サイド　四

「どうだった、エクヴァル」

　私の主である、皇太子殿下が振り向いて尋ねる。

　ここはエグドアルム王国の、皇太子殿下の離宮。内緒話だから人払いは済ませてある。殿下の私室には午後の傾いた日差しが窓から差し込み、赤茶の絨毯《じゅうたん》に私達の影が伸びていた。

「いやいや、セビリノ・オーサ・アーレンス殿は、かなりイリヤという女性と親しいようですね。意気消沈して海を眺めていましたよ」

　討伐任務で亡くなったとされる、宮廷魔導師見習いイリヤという女性の、生存の可能性について報告をしに来ている。宮廷魔導師長の不正が、これを足掛かりに暴けそうなんだ。国王陛下は魔導師長なんかにすぐ言いくるめられてしまうし、気弱だから、申し訳ないけど当てにならないんだよね。

　そんなわけで、殿下と一部の信頼できる臣下でこっそりと調査を進めている。

「そこじゃなくて。やはり宮廷魔導師見習いの女性は、生き延びていそうかな？」

「……生存しているでしょう。爵位を持つ悪魔と契約している可能性がありますので、もし命を落とすような事態に陥ったのなら、その悪魔が姿を現して介入したのではないかと推測しています。

他国に逃れているというのが、最も濃厚ですね」

「爵位を持つ……貴族悪魔だって⁉　現在は宮廷魔導師でも、高位貴族の悪魔と契約を持っている者はいない……。侯爵と契約していた魔導師は高齢で引退し、外部顧問として籍を置いてもらっている状態だし。うわあ……、爵位がどの程度であれ、貴族悪魔との契約者だったなんて。失いたくない人材なんだけど……」

殿下は顔を覆っている。それはそうだ、そんな人材に逃げられたと露見したら、他国から笑いものにされる。高位貴族の悪魔や上位三隊の天使と契約している人材は、どの国も喉《のど》から手が出るほど欲しがっているんだ。軍備を増やすよりも、戦争の抑止力になるからね。

伯爵クラスの悪魔になると、人間が戦うには相当の覚悟が必要らしい。事実、記録を見ると既に引退している宮廷魔導師が侯爵級悪魔と契約してから、小競り合いすら減っていた。引退しないで欲しかったなあ。職務を離れても国で抱え込む為に、外部顧問という役職に就いてもらっている。

イリヤという女性はその上エリクサーを作れて、魔法付与も得意で、討伐にも貢献していた。いなくなった痛手は大きい。

「これより私は、彼女が生まれた故郷の村へ行って参ります。居場所の手掛かりが掴《つか》めるかも知れません」

「頼んだよ。こちらはエリクサーの横流し先を突き止め、輸出入の際に賄賂《わいろ》を貰《もら》っていたことについても調査している」

私は彼女の生まれた村へ、殿下からの特使という形で向かう。表向きは哀悼の意を示しに。

殿下達は宮廷魔導師長の不正について、調査を続行。エグドアルム王国にも諜報《ちょうほう》機関があるのに私達五人の側近がこうして動き回るのは、諜報部にまで魔導師長の派閥の人間が入り込んでいて、使えないからだ。こちらの動きが伝わって、証拠を隠滅されてしまう。

「アレだけ財産があって、よくまあ金を集める趣味がやめられないものですね」

自分の首を絞めるだけなのにな。

「あるから欲しい。そういうものらしいね」

「真面目に稼ぐ手段も腐るほどある筈なんですがねえ……」

公爵なんだから領地運営に力を入れるとか、エリクサーが売りたいなら自作するとか。

実は魔導師長は政治力だけでその座に就いて、エリクサーを作れないのではないかという噂がある。他の人間が作った物を自身の作として提出したってね。やりかねないな。

魔力や魔法の知識はあるんだ。召喚術はあまり得意ではないようだけどね。

「……それにしても、王都で貴族の悪魔を召喚すれば誰かしら気付きそうなものだよね。いつの間に、どうやってそんな契約を……？」

殿下が首を捻《ひね》る。それは私も疑問に思ったが、アーレンス殿の話からしても、高位の悪魔と契約していることは、おそらく間違いないだろう。

「それに関しても、調べて参りましょう」

色々と考えてはいるが、まだ推論の域を出ない。実際に契約している悪魔を確認したいな。

「君なら大丈夫だと思うけど、色々と気を付けて」

「はっ、お任せを。しかし、もし居場所を掴んでも、強引に連れ戻すことは不可能だと思います」

「貴族悪魔と契約しているんじゃね……。まずは生存の確認と、宮廷魔導師長を叩《たた》き潰《つぶ》すことから。それからのことは後で考えよう」

「了解いたしました」

明日にも出発しよう。場所を地図でしっかりと確認しておいて。

しかしそんな山中の村では、宿もないだろう。泊まる場所を確保して、彼女の家族と打ち解けなくては。詳しい話を引き出せるように、信用されないといけない。

「あ、あの。エクヴァル、私はどうするの……？」

私が契約している小悪魔のリニが、後ろから不安そうに声を掛けてくる。この子は引っ込み思案なんだよね。殿下にもまだ慣れないのかな。

「リニはお留守番。殿下のご指示に従ってね。無理なら断っていいから」

「いやだなエクヴァル、リニに無茶なお願いはしないよ」

「我々なら無茶な命令をしても、いいんですかね」

「君達は慣れっこじゃないか」

無茶を言っている自覚はあるようだ。相変わらず性質《たち》が悪い。物腰が柔らかいから、皆いい人だと誤解する。昔からイタズラ好きな、困った方なんだ。

そしてこう見えて、曲がったことが嫌いな性格をしている。

「エクヴァルも無理しないでね……。待ってるね」

「ありがとう、リニ」

リニにはもう少し、第二騎士団を監視していてもらう。イリヤという女性と一緒に討伐をしたりして、行動も共にしていた。他にも何か、新しい情報があるかも知れない。

「リニ、エクヴァルが出掛けたら、甘い物でも食べに行こう」

「え……⁇」

リニはオロオロと、私と殿下の顔を紫の瞳《ひとみ》で交互に見ている。

「連れて行って頂くといいよ。一番高いスイーツを食べておいで」

「エクヴァル、一緒じゃないの……？」

あ、可愛い。私の使い魔、世界一。

王都にいるリニの姿を目撃させておけば、私が出掛けても調査だという印象は薄れるだろう。私がリニと契約をしているのは、魔導師長側も把握している。

「リニのお仕事は、殿下のおもりね」

「解った。がんばる……っ！」

「おもりなの？」

殿下が笑っている。リニは殿下に任せておけば大丈夫だろう。一応同僚の女性にもお願いしておこうかな、同性の方が安心するみたいだし。

私はそろそろ出立しないとね。ここより少し寒そうだ、上着を用意しよう。

二章　不穏な影

「そういえば、そろそろ手紙を出してもいいかな？」

部屋のカーテンを開けると、窓の外を親子連れが手をつないで歩いていた。ぼんやり眺めていたら、ふと母と妹の姿が浮かぶ。まだ家族に居場所を教えていない。早く連絡したいな、でも早過ぎるかな。連絡したら危ないかしら。

通信魔法の用意は万端だ。死んだと思わせてしまっているので、きっと悲しんでいるよね。私も心苦しいし、急がないとと思う反面、どう知らせていいか悩んでしまう。

それにあんな去り方をして今更生きてますなんて、怒らせてしまうだろうか……。

とりあえず便箋《びんせん》を用意しよう。通信魔法は、手紙を送る魔法なの。

街へ出て文房具屋を探し、ついでに食料を買いにベリアルと歩いた。既に露店が設営されていて、皆が元気に商売をしている。

食べ物を買う前に、アレシア達の露店に寄る。私のポーション、売れているかな。

お客の姿があるわ。声を掛けるか迷っていると、私に気付いたアレシアから尋ねてきた。

「イリヤさん、ポーションってまだ手持ちはありますか？」

「今持っているのは、中級だけよ」

「普通のポーションでいいのよ」

露店の脇にいたのは、お友達になった冒険者パーティー『イサシムの大樹』のメンバー、魔法使いのエスメだった。ポーションは完売だったのね。三つ編みのレーニも一緒。

「他のお店で、安いポーションがあったから買ってみたのよ。安いのは駄目ね、効果が薄くて。また依頼で数日空けるし、いくつか買っておきたかったなあ」

残念、普通のポーションは自分用の一本しかないわ。もっと作っておけばよかった。

「一本だけならあるから譲れるけど……」

「「それ売って！」」

エスメとレーニの声が揃《そろ》った。この一本と、中級も二本あると教えたら、それも合わせて買ってくれた。あとはアレシアの傷薬を購入。

アレシアも丁寧に作るから、いい薬に仕上がっているよ。傷薬はポーションと違って、すぐに傷が消えたりはしないけど、安価で打ち身にも効果がある。

出掛ける支度があるからと、二人はすぐに去って行った。

「頑張ってるね、エスメお姉ちゃん達」

アレシアの妹のキアラが、手を振っている。

それにしても、効果の薄いポーション。何か引っ掛かるな。

「ポーションをどこで買ったとかは、聞いている？」

「新しく出店したお店らしいですよ。職人を集めてるみたいで、そのお店の人が来て、イリヤさんのポーションのことも聞かれました。もしかして最近噂になってる悪い物を売ったりする人達かなと思って、偶然仕入れられたって、はぐらかしておきましたけど……」

きっと、ビクネーゼって商会だわ。ここにも顔を出しているのね。

「ありがとう。そんな物を売っていたら、売れなくなりそうなのに……」

「全部が悪いわけじゃないみたいなんです。商業ギルドで登録してる筈ですし。数を作って、その中に粗悪品がある感じかも。色々な場所に行く冒険者の方が通りすがりに買って、レナントはロクな品が売ってないって思われたら嫌だなあ……」

不安そうなアレシア。確かにそういう場合って、名前の知られた商店ならともかく、こういう露店が一番に買い控えされてしまいそう。

「私達はしっかりいい物を作って、売っていきましょう」

「……そうですよね！　私も頑張ります！」

「おー‼」

両手を握ったアレシアを、キアラも真似している。私もまたポーションを作らないとね。

思えば、ビクネーゼ本人がノルマをこなせばって言い方をしていたわ。こなす為に悪い物を提出する人がいるのかしら。だからって粗悪品まで売るなんて、職人として許せない。

話が途切れたところで、露店の前に男性のお客さんがやって来た。

「アレシアちゃん、子供にプレゼントしたいんだけど、何がいいかな」

常連のお客さんかな。アクセサリーを選んでいる。

「そうですね、確か水色が好きな子でしたよね」

話はもう終わったし、接客の邪魔になったらいけない。次の目的、夕飯探しに行こう。

今日は何を食べようかな。そんなことを考えながら歩いていたら、喧噪《けんそう》に紛れてどこからか鈍い音と呻《うめ》き声が聞こえてきた。

細い路地で隠れるように、ガッチリした体格ながら低身長の男性が、ごろつきのような男に集団で襲われていた。

「大変！」

駆け出した私に、ベリアルが後ろから声を掛けてくる。

「待たんかそなた、戦えぬであろうが‼　なぜ駆けて行くのだ！」

「来るんじゃない嬢ちゃん、人を呼んで……ぐぁっ！」

こちらを向いたその男性は、背中を蹴《け》られて言葉を遮られた。

私は迷わず詠唱を始める。

「揺るがぬもの、支えたるもの。踏み固められたる地よ、汝《なんじ》の印たる壁を築きたまえ。隔絶せよ！　アースウォール！」

「魔法使いか！　先にやっちまえ！」

男の一人が叫ぶと、私の後ろから数人の足音が聞こえた。仲間がいたようだ。

しかしその足音もすぐ途絶える。

「……全く！　どうせならば、もっと手応えのある獲物を用意せよ！」

「くらえ、アイスランサー！」

建物の屋上の方からも声がした。上にも一人いたんだ！

魔法を使った男は、こともあろうにベリアルを狙って氷の槍《やり》を放った。

「……この程度かね」

ベリアルは緩くカーブする赤い髪を揺らして気怠そうに見上げ、手を向ける。

そこから炎の玉が飛んで行った。氷を一瞬で蒸発させて、勢いを落とすことなく建物の屋上まで届き、悲痛な悲鳴がこだまする。

その声が耳に届いた時には、既にベリアルの姿はそこにない。襲って来た無謀な輩が数人、地面に転がっているだけ。

火に襲われた魔法使いは、後ろに身を引いて間一髪で躱《かわ》し、怪我はしなかったようだ。しかし下がった先には、たった今己が魔法で狙ったベリアルが立《た》ち塞《ふさ》がっていた。

「……貴様が狙ったものがイリヤであれば、このまま縊《くび》り殺せたというのに……惜しいことをした」

恐ろしさに振り向けないまま背中に衝撃を受け、男はその場で気を失って倒れた。

今日のベリアルサマは不機嫌なようだ……。

暴行を受けていた被害者の方は、私が詠唱した魔法の土壁が周りを覆って、敵と遮断するのに成功していた。ごろつき達は、突如として地面から盛り上がった壁にぶつかって後ろに倒れた。すぐに起き上がって現れた壁を忌々しそうに叩き、術を使った私の方を向く。狙いをこちらに定めた感じだ。

次の魔法を用意しようとしていた私の前に、二階建ての屋上から身を躍らせたベリアルがストンと軽快な音を立てて降り立ち、マントがふわりと靡《なび》いた。


「何事だ！」

騒ぎを聞きつけてやって来たのは、町の守備隊長であるジークハルト。

見れば通りに野次馬も集まっている。彼は私達が来た方と反対側から現れたので、ちょうど襲撃者を挟み撃ちにする感じになった。

男どもはどちらに向かうべきなのか決められず、首を大きく左右に振っている。

「ど、どうすんだよ！」

「あの赤い髪の男もヤベえぞ……！」

ジークハルトは数人の部下を連れて走り、動揺しながらも攻撃して逃れようとする男達を、次々と打ち据える。

ばらばらに行動するごろつき達は簡単に捕らえられて、全員しっかりと捕縛された。逃れた者がいないことを確認したジークハルトは、立ち止まって私達に視線を向ける。

「……また君達か」

ええぇ。助けに入っただけなのに。

私達が騒動を起こしたと、勘違いしていないかな。疑うような目のジークハルトは放っておいて、私は土魔法を解除した。

「うおっ……！」

ガラガラと壁が崩れると、中から土と血で汚れたドワーフが現れる。顎《あご》から髭《ひげ》を生やしていて、人間で言うなら中年くらいだろう。壁が消えたら周りに守備隊の人がいるし、襲ってきたごろつきは縄で縛られているし、状況の変化に驚いたようだ。

「お怪我は軽そうですね。初級の回復魔法を唱えますので、楽になさってください」

「いや、大したコトねえから。魔法なんていらねえよ」

手を振って答えるドワーフの男性の横に膝《ひざ》をつき、私は詠唱を開始した。

「柔らかき風、回りて集え。陽だまりに揺蕩《たゆた》う精霊、その歌声を届け給え。傷ついた者に、再び立ち上がる力を。枯れゆく花に彩よ戻れ。ウィンドヒール」

ふんわり優しい風が彼にまとわりつき、花の甘い香りがして傷が治っていく。効果は強くはないけれど、軽い切り傷くらいならすぐに治せる。

「おお！　すげえな、もう全然痛くねえぞ。さっきの壁といい、ありがとよ。魔法使いさん！」

ぐるぐると腕を回して、状態を確かめるドワーフの男性。

「いえ、ご無事で何よりでした」

「……そのドワーフの彼は、何故壁の内側に？」

どうやらジークハルトは、全然状況を呑《の》み込めていなかったようだ。ドワーフが襲われている場面は目撃していなくて、おかしな土壁の周囲で大勢で争っているという、謎の状況に映っていたようだわ。なるほど、抵抗したから捕らえただけだったのか。

「俺がそのごろつき共に因縁つけられて、細い通りにムリヤリ引っ張られてフクロにされてたのを、この嬢ちゃん達が助けてくれたんだよ。上にも一人、魔法使う仲間がいたみてえだぞ」

ドワーフの説明を受けた守備兵のうちの二人が、ジークハルトの指示ですぐさま建物に入って階段を駆け上がった。気絶している魔法使いは逃げられないだろう。

「詰め所で最初から説明してもらおう。被害者なのは解っているから、安心して」

今回は状況の聞き取りくらいで済むらしい。

ちなみにベリアルは来ない。連れて行きたければ力尽くで行え、と宣《のたま》うので、その場合の町の安全は保障しかねると守備兵に伝えた。

ジークハルトは疑ったことを申し訳なく思ったのか、少しバツの悪そうな表情を浮かべている。

詰め所に着くと、ジークハルトの質問より先に、先ほどのドワーフが私に自己紹介をしてくれた。

「いやあ、助かったぜ嬢ちゃん！　俺はドワーフのティモ、武具職人をしてんだ。アンタは？」

「私はイリヤと申します、魔法アイテムを作製しております」

私が名乗ると、ティモはそうかそうかと豪快に笑いながら膝を叩《たた》いている。

「あんたがイリヤって娘か！　クレマンのヤツ、腕利きの職人とは言ってたが、こんな可愛い子なんて教えてくれなかったぞ」

「クレマン……様ですか？　あ、もしや、クレマン・ビナール様でいらっしゃいますか？」

「そうそう、そのクレマンだ」

ビナールと仲のいい人らしい。職人だし、もしかすると仕事仲間かも？

「……君達、すぐに済むから話は後にしてもらえないだろうか？」

ジークハルトが執務机から、椅子に座るよう促してきた。執務机の前に応接用のテーブルがあり、六脚の椅子が並べられている。

襟足で揃えられたジークハルトの金茶色の髪の辺りに、何かがチカチカ光っている。妖精《ようせい》だ。手のひらくらいの大きさだろうか。あまり目にしたことがなかったので、ついつい眺めていると、こちらの視線に気付いて妖精は彼の後ろに隠れてしまった。

「……この子は臆病《おくびょう》で人見知りだから、あまり詰め所や宿舎の私の部屋からは出ようとしないんだ」

嫌っているわけじゃないよと、ジークハルトが苦笑する。

「それで、襲ってきた者達は以前からの知り合いか？」

「いんや全然知らねえし、ぶつかったなんてのも言い掛かりだ。わざとあっちから当たってきたぜ」

「……わざと。それならば誰かというより、君を狙って、だろうな。見張りもいたし、屋上に魔法使いまで配置していたとなると……」

ジークハルトの目が険しい。何か心当たりがあるのだろうか。

私にも勧誘があったし、妨害もするらしいし、もしかするとこれもビクネーゼという商会が？

「それで君達が見掛けて、助けに入った、と」

「おうよ、この嬢ちゃんの魔法は発動が早えな！　んであの赤い髪のが、クレマンの話してた悪魔だろ？」

「はい、ベリアル殿です」

緑色のジークハルトの瞳《ひとみ》が動いた気がする。ベリアルを警戒しているのかな、この人は。

守備隊としては当然の反応なのかも知れないけれど、私はあまり気分が良くない。彼は私を助けてくれているのに、何を疑っているんだろう。

「ほんの簡単に奴らをのしたり、屋上なんてひょいと行って戻るし、なかなかすげえな！」

褒めてくれているティモの言葉を、検証するように聞いている。ティモは途中から壁に囲まれていたけれど、上は開いていたから飛んで行き来するのは解ったようだ。

私はあまり喋《しゃべ》らないようにして、最低限の答えだけにとどめた。

◆◆◆

「ジーク、あの子はいい子だよ。どうしてあんな目で見るの？」

皆が去った、詰め所の執務室。書類の整理をする私の周りを、小さな妖精がほのかに光りながら飛んでいる。契約しているシルフィーだ。私の名はジークハルトだが、彼女は私をジークと呼ぶ。

「シルフィー。それは解らなくもないが……。しかし私は、そんなにキツイ目をしていたかな……？」

「ううん、キツイっていうより、あの子を探ってるって目をしてた」

「それは、……あの悪魔が気になるからかもね」

シルフィーが私の机に置かれた、書類の隣に舞い降りる。半透明の薄い羽が、冷たいテーブルにふわりと広がった。

「私とジークは悪魔が怖い。あと、私とあの子は、人の悪意が怖いんだと思う」

「……悪意、か」

そんなつもりはないんだが、シルフィーにはそう映ったのかな。

「しかし、彼女が嘘をついていないとも限らない。単なる町の職人が、あんなに魔法も使えるだろうか。遠い国から来て、わざわざ町で民に紛れ、普通に暮らすだろうか……」

彼女が本当は何者で、どんな目的があってこの町に住むことに決めたのか。かなりの高等教育を受けている、貴族では？　だったらそれこそ何故、供も護衛も連れずに……？

彼女から受ける印象と、経歴や行動がチグハグで、どうにも怪しい。その上、悪魔の契約者。

あの悪魔は彼女……イリヤさんが、自分で召喚したんだろうか？　もしや、ビクネーゼが召喚しようとした悪魔と、関係があるのでは……？

考え込んだ私に、シルフィーが心配そうに語り掛ける。

「気を付けた方がいいよ。ちゃんと仲良く契約してる悪魔は、契約者が嫌な思いをするの、怒るよ」

「心配してくれるんだね。……父は立派だし、兄上は二人とも素晴らしいのに、私は全然追いつけない。この町すら上手く守れないでいる。……焦ってしまっているのだろうな」

しんと静まり返った執務室に、扉をノックする音が響く。

「隊長、よろしいでしょうか」

「入れ」

失礼しますと礼をして入室したのは、守備隊の隊員だ。

「ごろつきどもを尋問しましたが、気に入らないから殴ったの一点張りで……、依頼主を白状させられておりません」

「口が堅いな。これでは雇い主の罪を問えない……」

ビクネーゼという商会の会頭が黒幕なのは見当が付いているのに、証拠も証言も得られないとは。

力尽くで勧誘したケースは、他にもあった。小さな村に住む職人が、こっそり逃げ出してきたのを最近保護しているのだ。何度か勧誘を断ったら今回のように因縁をつけて暴行され、翌日脅迫めいた勧誘をされて、アイテムを納入するようになったと話していた。

しかし報復を恐れているので、表立っての証言はしてもらえないだろう。

噂は様々あるが、確定的な証拠も証言も集まらず、咎《とが》めるには足りない状況だ。

これでは解決できない。レナントに進出しているのは支店だけだ、本店に繋《つな》がる確証がなければ、いくら協力を得られても、領主も違う地にある本店には手を出せない。

公爵閣下の方で、何か有力な情報を得ているといいのだが。

「ずさんな魔法付与に関しましては、我々が出向くと職人の不手際だったと付与を掛け直しますので、罪に問う程ではありません。むしろ職人の落ち度とされてしまいます」

「職人を無理に働かせて、魔力が枯渇に近い状態の時もあるらしいな」

騙《だま》されて不利な契約を結ばされて、厳しいノルマを課せられる者もいるようだ。

しかし正式な契約書にサインされてしまえば、こちらからどうこうは出来ない。せいぜい勧告を与えるくらいだが、罰則はない。

同業の職人から、一緒に仕事をしようと誘わせるケースもあるらしい。職人同士なら、警戒心が薄くなる。もし現在イリヤという女性が中立の立場でも、ビクネーゼの口車に乗せられて契約してしまえば、強力な魔法使いと恐ろしい悪魔を一気に敵に回すことになる。絶対に避けなければ。

ただ、今回マイスター職人を救ってくれたのは、ありがたかった。

だからといって敵か味方か……、判断しきれない。

「明日また、現場の調査をしてみます」

「頼んだ。今日はもう休むように」

「はい、では失礼します。隊長も、そろそろ休まれた方が……」

窓から覗《のぞ》くのは夜半の月。だいぶ遅い時刻になっていた。

守備兵が部屋を出ると、シルフィーはふわりと飛んで私の肩に座る。

「……ジークはがんばってる、私、知ってるよ」

宥《なだ》めるように頬に触れるシルフィー。慰めてくれているんだろう。

「ランヴァルト兄上なら、もっと早く解決しているだろう……。裏で犯罪に手を染めている商人だと見当が付いているのに、報復を恐れて証言は得られないし、警備を強化しても、後手に回ってしまうだけだ。効果的な対策を考えないといけない……」

「悪い人なのに、捕まえられないの？」

シルフィーは不思議そうな表情をして、羽をパタパタと動かす。

「ああ……、強引な販売行為とぼったくりでは基本的に罰金や注意だけだし、どんなに悪質でも被害者が訴えている支店にしか責任を追及できない。暴行や強要の指示があったとなれば本店にまで踏み込めるかも知れないが、そこまでの証言が取れないんだ」

貴族を後ろ盾にしているから、何かあると横やりが入る。これも面倒なことだ。

それに、悪魔の存在。

「人族はむずかしいの」

「……本当だね、難しい……」

呟《つぶや》きは夜の闇に溶けるように消えた。

◆◆◆

アイテムを作るには、作業する工房のある家が必要だな。

これからしばらく商業ギルドの施設は予約があまり取れなくなるらしいし、このままじゃ卸す分も足りなくなるかも。せっかく素材のある場所を見つけたのに。

何より、もっと自由にアイテムを作りたい！

ふと思い立った時に作業場がある。やっぱり、そういう環境が欲しいよね。

早速商業ギルドで家について相談することにした。まだ買う程の資金は貯まっていないけれど、分割とか賃貸とか、そんな感じで取り急ぎ何とかしたい。

宿の部屋で出掛ける準備をしていると、何故かガタンと戸棚が鳴った。

驚いて見回すが、何もない。続いて縦に震動が起きて床が揺れ始め、テーブルも椅子も、雑貨もカタカタと音を立てて震えている。

「きゃあああ！」

地面そのものが揺れてる⁉

私の叫びを聞いたベリアルが、すぐにやって来た。

「何事だね？」

「か、閣下！　魔力を感じないのに、揺れています、揺れて……！」

「……地震であろう、揺れるものだ」

ベリアルは全く落ち着いた様子だった。私はむしろ混乱してしまい、カバンを漁ってあるものを取り出した。

「魔法ではないとなると、きっと神の怒りです。これを……！」

「阿呆《あほう》か！　こんな護符を持つ悪魔がおるか‼」

六芒星《ヘキサグラム》に神聖四文字《テトラグラマトン》ＹＨＶＨが刻まれた、神聖な護符を二枚。

しかし彼は受け取らなかった。

「お任せを！　私が今より三聖誦《クエドウサ》を唱えますっ」

「そなたは我に危害を加える気かね！　それは天使共が神を讃《たた》える歌だ、落ち着かんか！　ほれもう、揺れなど収まるわ」

「……へっ？」

言われてみれば、先ほどに比べて揺れは穏やかになっている。私は辺りを再び確認した。

コップが動いていたり物の位置がずれたりはしていたが、オロオロしている間に震動は完全に収まり、もうまるで何もなかったように静かだった。

「だから先ほどから、地震だと言っておろうが」

「……地震……、エグドアルムでは起こらない自然現象でした」

「怖ければ飛行魔法でも使っておれ」

なるほど、それなら揺れに影響されない。

落ち着いてから、外に出て様子を窺《うかが》ってみる。チェンカスラー王国では、たまに地震があるんだろうか。誰も私のように狼狽《うろた》えた様子はない。全くいつもの風景だ。

「おや、露店の職人さん！」

後ろから背中を叩《たた》かれた。おお、以前の乱闘騒ぎの時に、アレシアの露店で私のポーションを買ってくれたおじさんだ。

「こんにちは。あの、……先ほどのような地震って、この国では頻繁に起きるんですか？」

「たまにだよ。でも今回はちょっと大きかったなあ」

よかった、頻繁ではないみたい。ポーションの瓶が落ちて割れでもしたら、勿体《もったい》ないわ。

「家が壊れるほど大きいのなんてホントに滅多にないから、心配することはないよ」

え、自然現象の地震で家が壊れることもあるの？　規模が魔法より大きくならない⁉

むしろ怖いんだけど……！

おじさんは驚く私に笑いながら、歩いて行ってしまった。揶揄《からか》われただけと思いたい。

道を歩いていると、五十代くらいの男性が近づいて来た。

また現れたぞ、ビクネーゼって人だわ！

「こんにちは、イリヤさん」

「こんにちは。ビクネーゼ様」

背が高くなく細めの体形の彼は、私とベリアルに視線を巡らせて、にこにこと笑っている。

「どうですか、考えて頂けましたか？」

「……せっかくのお話ではありますが、申し訳ありませんが、やはりお断りいたします。私のアイテムは露店で細々と売るような品で、立派なお店に置けるほどの量も作れないのですよ。住み込みをさせて頂かなくても、家についてギルドで相談するところですし」

ビナールを妨害しているのも、この人のお店だって話よね。笑顔でやんわりと断る。

「残念です。随分と立派なポーションを作られる職人さんですし、条件の交渉にも応じますよ」

随分と立派なポーション。どういう意味だろう、含みを感じるな。

「過大な評価を頂き、恐縮です」

「……女性の腕利き職人、というのも物騒なもので。くれぐれも怪我などされませんよう、お気を付けて。職人は、体が資本でございますからね」

目を細めて私を見詰め、そう言いながら去って行った。護衛も少し離れて付いている。

怪我に気を付けてなんて、不気味な発言だわ。これで済むようには思えない。

「くだらぬ脅しよ。我がおるのだ、心配はいらぬ」

せせら笑うベリアル。頼りになるような、やりすぎ注意の警戒音がしたような。


気を取り直して商業ギルドへ向かった。今日は人が少なくて、すいているわ。

すぐに受付へ行って、家の相場などについて尋ねた。お金を貯めるにしても、目標金額を決めないとね。分割にさせてくれる中古住宅とかもある。店舗だと賃貸もあるけど、アイテムを作る職人は特別な設備も必要になるから、借りるのは難しいとの説明だった。

職員が資料を捲《めく》って探してくれていたら、ギルド長が姿を現した。そしてまたもや、応接室に案内された。通常は相談室で行うらしい。

来客用ソファーに腰を掛けると、ギルド長が自ら紅茶を淹《い》れてくれる。

「イリヤさん、家を買うんだね」

「まずは相談に参りました。なるべく早く、いつでも魔法アイテムの作製を行える環境が欲しいと考えておりまして」

「うんうん、さすが。そこでだね、以前職人さんが住んでた二階建ての家が売りに出ていて、ちょうど次に住む人を探しているんだ」

「職人さんの家！　どのようなお宅でしょうか、内見は可能ですか？」

「もちろんだ。まずは実物を確認して、お金の話はそれからだね」

ギルド長は地図と資料を出して、簡単に家の説明をしてくれる。築年数はそれなりに経っているが、聞いた感じだととても良さそうだ。

「西門近くのわりと広い家だよ。設備がいいぶんちょっと高いけど、分割を受け付けるし、上級職人さんには融資もあるよ。早速これから、内見しないか？」

「勿論《もちろん》です！」


繁華街から少し離れた場所にあるその家は、部屋がいくつもあって思ったより広く、台所、シャワー、ウォークインクローゼット、地下室まであった。収納もばっちり。地下にアイテムの作製室や、保存をする為の保管庫も設えられている。

ベリアルの部屋、私の寝室、客間……あとは何の部屋にしよう。二階も三部屋ほどある。屋上にも出られるので、薬草を上で天日干しすることも可能だ。

お弟子さんがいたような方だったらしく、二階はその人達が住んでいたとか。

一旦《いったん》アイテム作製とは関係ない人が入居していたけど、引っ越してしまってまた空いたので、せっかくだし地下施設を活かせる私に住んで欲しいのだという。

これは願ったり叶《かな》ったりだ！　私はこの家がとても気に入《い》った。

ベリアルも否とは言わないので、ここでいいらしい。

「とても素敵ですね。いくらくらいですか？　可能なら、売らずにおいて欲しいのですが……」

「そうだね、設備がある分高くなるから……頭金だけなら、レリーフ金貨三十枚ってところかな」

レリーフ金貨は独特の模様が彫ってある金貨で、通常の金貨と比べて十倍の価値がある。

ハイポーションも卸したけど、まだちょっと足りない。それに買った場合、足りない家具や道具なども揃えないとならない。アイテム作製の為に、素材を買い足すこともある。高価なポーションは素材の値段も高いし、所持金を家につぎ込んでしまうわけにはいかない。

金銭的な余裕を持たないと大変なことになりそう。

お金を稼ぐなら、ポーションより割増しになるマナポーションを作って売るのもいいかも。エルフの森の素材もまだ残っているし、必要な素材を確保しにスニアス湖へ採取に行こうかな。

「頭金は、近々お支払い出来そうです」

「そうだろうね。他に購入希望者が現れても保留にしてもらって、イリヤさんに知らせるから焦らなくていいよ」

「はい！　家を手に入れて、エリクサーも作りたいですからね！　頑張らないと」

気合を入れた私を、ギルド長は動揺を隠せない表情で振り返った。

「エリクサー⁉　エリクサーを作る！？？」

「ええ。アレは丸一日かかるんで、施設を借りてだと無理なんですよね」

施設だと利用時間が決まっているから、閉館に間に合わない。自分だけの作業場があれば、どんなに時間がかかるものでも作れる！　勿論、素材があればだけど。

楽しい計画を立てる私に、ギルド長が小声でぎこちなく問い掛けてきた。

「その時は、け……見学しても……、いいだろうか……。見たことは絶対に口外しない」

「私は構いませんけど、丸一日かかりますよ？　最後の六時間は定着なので、作業時間は十八時間程ですけど」

ぶんぶんと首を縦に振って、肯定するギルド長。

長時間の作業になるが、構わないらしい。職人じゃなくても、作り方は気になるのだろうか。それにしても見られながら作業するんじゃ、失敗出来ないぞ。頑張らないと。

まあ、まずは家なんだけどね。

ギルド長と会話しながら歩いていると、ジークハルトが右手側から歩いてくるのが見えた。

親し気に会話する私達に、意外そうな表情をする。

交差点で別れ、私は宿に戻るのにジークハルトがいる方へ進むしかなかった。憂鬱《ゆううつ》だなと思う耳に、彼の問い掛けが降ってくる。

「先ほどはビクネーゼと一緒にいたようだが……、何を話していたんだ？」

「勧誘されましたが、お断りしました」

目撃されていたんだ。脅迫まがいな言動をされましたが。

「……それが本当ならいいのだが」

一緒に仕事をするつもりなんてありませんよ。どうしても私を疑いたいのかしら。

町に馴染《なじ》んできたと思っていたけど、何かある度に疑惑の目を向けられるのは嫌だなあ……。

私のため息をどう捉《とら》えたのか、鋭い敵意を持ったベリアルの瞳《ひとみ》がジークハルトを射抜いていたことには、気付かずにいた。


その夜は野菜のサンドウィッチを買い、部屋で温かい紅茶に蜂蜜《はちみつ》とレモンを入れて夕飯にした。

一人でゆっくり食べていると、窓をコンコンと小突く音がする。カーテンを開くと小さな光がチカチカと光って、見覚えのある妖精《ようせい》が窓を叩いていた。

「お願いお願い！　ジークを助けて！　私、あやまるから！　ジークを……!!」

この子は、ジークハルトのところにいた子だ。人見知りの妖精。ジークハルトがあまり外に出ないと説明していたのに、今は一人で私の部屋を訪れている。彼に何かあったに違いないだろうけど、なぜここへ来たのかしら……？

切羽詰まった様子に、事情を聴くのは後回しにして、急いで出掛ける準備をする。

案内しようとする彼女を肩に乗せると、飛行魔法の速度を上げて目的地を目指した。

◆◆◆

執務室に響いていた、ペンを滑らせる音が止まる。

書類を片手にため息を漏らす。

私、ジークハルトは、今日のことを思い出していた。

午後の見回りをしていた時、問題になっているビクネーゼ商会の会頭と、イリヤという女性が話しているところに出くわした。ビクネーゼはやたら笑顔で、私の存在に気付くと余裕のある態度で一礼して去って行った。まるで、遅かったと言われているような。

町を一周回って部下と別れたところで、彼女が今度は商業ギルドのギルド長と談笑していた。

一体、ギルド長と何の話をしていたのだろう……？

ビクネーゼ商会は職人を引き抜きたがっている。もし合意の上で契約されてしまえば、不当な取引でも罪に問えなくなってしまう。厄介な問題だ。

強引に勧誘などされていたとすれば、その後にギルド長の前で何事もなかったように振る舞えるだろうか？　かといって、相談していた様子は見受けられなかった。私の問いに勧誘をされたと答えたが、それで困っているようでもない。

両方と付き合いがあるとすると、どちらかの動向を窺うスパイ行為でもしているのか？　だとしたら、どちらの味方を……？

「……なかなか奴らの不正の確たる証拠が掴《つか》めない……。被害が大きくなる前に解決しなければならないが、動きが読めない」

「……下らぬ理由で我の契約者に、絡んでくれておるようだな？　そなたの態度は、もはや我の許せるものではない」

誰もいない筈の暗闇から聞こえた声に、私は弾けるように振り向く。

部屋の隅の闇に紛れて、赤い髪が明かりに照らされていた。

「……ど、どこから⁉　確かベリアルと……」

「そなた如きが呼んで良い名ではない‼」

怒りに呼応するように、何かが皮膚を弾いた。立ち上がると椅子がガタリと大きく揺れて、音を立てて倒れた。

『契約者が嫌な思いをするの、怒るよ』

そう心配していたシルフィーの言葉を思い出す。

しかし、剣呑《けんのん》な雰囲気に呑《の》まれるわけにはいかない。精いっぱいの虚勢を張る。

「……お前達は怪しすぎる！　目的が掴めないのだ。この町で何をするつもりだ？」

「そなたの思惑など知らぬ。許されぬと、言った筈である」

悪魔ベリアルから放たれるのは、冷淡な態度と、例えようもない程の威圧感。身動きすら取れない。目を逸らしでもしたら、その瞬間に命を奪われそうだ。

情けないが足が震えてきそうだった。今まで感じたことのないほどの、圧倒的な力の差に対する恐怖が奥底から湧き上がる。

スッと、ベリアルの手が私の右手に向かって上げられる。

肘《ひじ》の近くに熱さと痛みを感じ、バチンと何かが割れるような音がした。

「うぁ……ッ！」

右腕が……折れている⁉

魔力の収縮は感じたが、それだけでこんな効果が出るのか⁉　私は痛む腕を左手で押さえた。

爵位のある悪魔だろうとは思っていたが、それがどのような存在かという理解が、私には足りていなかったのか……。

とてつもなく強いとか恐ろしいと人伝《ひとづて》に耳にしていたが、高位の悪魔が戦う姿を実際に目にする機会など、ほとんどの人間にはないだろう。

「次はどこにすべきか？　選ばせてやろう」

無情な赤い瞳が細められ、歪《ゆが》んだ笑みでわざとらしく、ゆっくりと一歩ずつ近づいてくる。

「……くっ」

逃げられないことは嫌と言うほど理解出来る。これほどの相手を、探ろうとした自分が愚かだったことも。

「では……足かね？」

右手が足に向けられる。反射的に目を閉じた、その瞬間。

バタンと外から窓が開き、カーテンが大きく揺れた。

「ベリアル殿！　おやめください‼」

開け放たれた窓からシルフィーを肩に乗せて、イリヤさんが飛び込んで来た。

シルフィーが呼びに行ってくれたのか。一人で外に出ることさえ、怖がっていたのに……。

「……なぜ止める。こやつはそなたを愚弄《ぐろう》した」

悪魔ベリアルの声は明らかに不機嫌で、隣に立ったイリヤさんにも冷たい瞳を向ける。

自分が傷つけた女性に助けられるとは、守備隊長などといっても情けないものだ……。

「ですが……何も、怪我を負わせるなんて」

「必要ないと申すか？　我にはそなたを守れぬと？」

「そのようなことはありません、それに私は平気で……」

「そなたはっっ！！！」

必死に止めてくれるイリヤさんに対して、唐突にベリアルが声を荒らげる。拳《こぶし》を振り上げて、勢いよく壁を叩《たた》いた。バンと大きな音が、静かな夜の闇を裂く。

「平気だと⁉　信じられぬ！　そなたは我に何も言わぬではないかね！　いつもそうだ‼　あの頃……なぜ我を地獄へ還したままにした⁉　あのように傷ついているとは、我は知らずにおった！　この我が……契約者を守れなかったのだ……。どのような屈辱か、そなたに解るか⁉」

「……そ、そんなつもりでは……」

彼女もまさか、彼がここまで気に掛けているとは思っていなかったのだろう。戸惑って言葉を詰まらせる。

「……我は、そなたを傷つけるものを許せぬのだ。なぜ解らぬ！」

屈辱と言葉にしながら、ベリアルの赤い瞳に浮かんでいるのは悲痛や後悔、悔しさが混ざった感情に思えた。

守れないつらさ……。それは私にもよく解るものだ。

どんなに力を尽くそうとも間に合わなかったり、無力さを覚えるだけの時もある。こんなに強い存在でも、そんな思いに苛《さいな》まれることがあるのだろうか……。

このやりとりには、裏があるようには見えない。色々と疑ってきたが、私は見当違いの心配をしていたのではないだろうか？

今まで、彼女達が何故この町に来たのか、何をしていくつもりなのかを考えたりはした。だが、どのような事情でやって来たのかと、慮《おもんぱか》りはしなかった気がする。

悪い男に追われていると門番のマレインから報告を受けたが、まさか、とあまり信じていなかったかも知れない。

ベリアルという悪魔の言動から察するに、彼女は以前誰かにかなり傷つけられていて、それを知らされていなかった彼は、忸怩《じくじ》たる思いを抱いていたようだ。


「なぜ……つらいの一言を告げるに、何年も掛かるのだ……！」

「す……すみません、契約事項になかったので……」

「……なんだね、それは。……そなたは本当に気が抜ける」

はあ、と大きくベリアルが息を吐いた。

「……そなたら、今宵のことは忘れよ。全く、我としたことが……」

「ふふ、忘れませんよ。私の為に怒ってくださっただけで、私は嬉《うれ》しいんです」

「忘れろと言うに！　相変わらず生意気な小娘だ！」

あれだけの悪魔の怒気に触れても、またすぐ笑える……。彼女の胆力も大したものだと思う。

ベリアルはふん、と唸《うな》って後ろを向いた。

「ベリアル殿が怪我まで負わせてしまい、申し訳ありませんでした。こちらをお使いください」

去り際に彼女は一本のポーションの瓶を差し出してくれた。

上級ポーションだ。こんな高価なものを？

「だからっ！　そなたはお人良し過ぎる！　少し痛い目を見せておけばいいのだ！」

「もう十分、見たと思いますよ。それに、こんなものはいくらでも作れるんですから！」

いくらでも？

露店ではせいぜい、声を掛けた人だけにこっそり中級を販売しているくらいだったようだが……？

「いや、ポーションなら備品があるから。それよりも私の方こそ、すまなかった。ビクネーゼと会話している姿を目撃していたから、もしやギルド長へのスパイ行為かとも疑って……」

「……スパイですか？」

彼女はきょとんとしている。予想もしていなかったという風だ。

「職人を使うこともあるんだ。最初はいい条件を提示したりして、他にも仲間を勧誘させたり、言いくるめてスパイ行為をさせたり」

「職人を。もしかして、以前一緒に働こうと声を掛けてくださった方も、そうだったのでしょうか」

気付かないまま撃退していたのか。本当に単なる杞憂《きゆう》だったな。

「そうだろうね……。君のように魔法も使えて、悪魔と契約している人間がビクネーゼと手を組んだりしたら、我々の手に負えない事態になりかねない。内心、ヤキモキしていたんだ」

心の内を吐露すると、幾分か気持ちが軽くなった気がする。腕は痛いが。かなり。

「さすがにそんなことはありません。でも、怪我に気を付けるように忠告されまして」

「……それは危険な兆候だ。我々の方でも巡回を増やしてはいるが、本当に気を付けて。彼がいれば、問題ないだろうけど」

「はい、ベリアル殿はとても頼りになりますので」

「……当然である」

赤いマントを翻して、悪魔ベリアルは窓から飛んで出た。イリヤさんもポーションの瓶を執務机に置いて、その背を追う。

「待ってくれ……、根拠もなく疑って、不快な思いをさせた。本当にすまない」

窓の前で立ち止まってこちらを振り向く彼女に、私は続けた。

「彼を止めてくれてありがとう。さすがにこのポーションを頂くわけにはいかない、私の責任だ」

彼女は一呼吸置いて、笑顔を作る。

「お気になさらず。では夜分に失礼いたしました」

「しかし……」

ポーションを返そうと瓶を持ったのだが、彼女はそのまま飛行魔法で窓から飛び出した。

先に去ったと思っていたベリアルは窓辺で待っていて、星明かりに二人の姿が滲《にじ》んだ。

ソファーの隅っこで小さくなっていたシルフィーが、ベリアルとイリヤさんが夜の向こうに消えてから、ようやく私の肩にやってくる。

「ジーク、大丈夫？　ジーク、痛い？」

彼女の方が泣きそうだ。私は大丈夫だよと告げて、せっかくなので貰《もら》ったポーションを飲んでみた。利き手を折られたので、左手で蓋《ふた》を開けて一気に口に流し込む。

飲み干すと効果はすぐに現れた。折られた腕はあっという間に元通りになり、他の時についた小さな傷までしっかりと治っていた。試しに腕を動かしても、違和感もない。

我が国で作られているポーションより、よほど品質がいい。こんなに効果が高くて素早く効くポーションは、初めてだ。かなりの修行をしたのではないだろうか……。

「治った、すごい！　あの子のお薬、すごいね！」

無邪気に喜ぶシルフィーの頭を、指でそっと撫《な》でる。

「ありがとうシルフィー、君のおかげだ。一人で夜、外に出るのは怖かったろう？」

「ううん！　ジークを助けたかったから！」

こんな小さな妖精《ようせい》でも、一生懸命助けようとしてくれたんだな……。

この子は、召喚されて観賞用に売り買いされていたのを助けた子だ。

最初は酷く人間を恐れていて、元の世界に送還しようとしても、召喚術師が近づくだけで泣き叫んでいた。

助けた私には懐いてくれたから、出来るだけそばにいて、今でも一緒にいる。今では帰るよりもここにいると、笑顔を見せてくれている。

シルフィーを心配させない、そしてきちんと守ってやれるようにならないとな……。

大変な出来事ではあったけれど、焦って見失い掛けていた道を、見失わずに済んだ気がする。

明日から気持ちを一新させ、焦らずに仕事に邁進《まいしん》しよう。

幕間　エグドアルム王国サイド　五

「どなたか、いらっしゃいますか？」

私は今、山間《やまあい》の小さな村にいる。その中でも外れの方にある、一軒の家を訪問した。

イリヤという女性の生まれ育った家だ。彼女が生存して国外に亡命しているとしたら、家族には何らかの手段で連絡を取る可能性がある。

「……あの、どちら様で……？」

出てきたのは疲れた様子の、五十歳前後の女性だった。彼女の御母堂に違いない。

「私はエクヴァルと申します。イリヤ殿の同僚でした」

「まあ、あの子の……」

どうぞと勧められ、家に入った。さほど広くはないがキレイにしており、調度品もそれなりに揃《そろ》っている。彼女はかなり家に仕送りしていたという話なので、そのおかげもあるのだろう。

彼女の家族は母親と三歳年下の妹のみ。これは調べてある。

彼女が宮廷入りする切っ掛けになったのは、十二歳の時、視察に来た領主を魔物から助けたことだ。領主は彼女の魔法の才能に感激し、王都にある宮廷魔導師直下の魔法養成施設へ推薦した。

十三歳で施設に入った時には既に、魔法と魔法アイテム作製においては、殆《ほとん》ど学ぶべき事柄がない程の腕前だったという。礼儀作法を中心に学び、約二年で宮廷魔導師見習いに駆け上がる。

しかしそれが特に良くなかったのだろう。妬《ねた》みを持った貴族の子息も多かったという。実力もないくせに、とんでもないバカどもだ。

周囲から辛辣《しんらつ》に当たられ、言葉遣いが無礼だと馬の鞭《むち》で打った愚か者もいたらしい。

悪魔と契約をしていたというのなら、その様を契約者が見ればよかったのにな。

楽には死ねんぞ。

そんな境遇の中で、討伐任務に回されながらも賛同者を増やしていったのだ。彼女の誠実で実直な人柄が窺《うかが》える。第二騎士団の連中なんて信者なのかと言いたくなるほどだし、団長は頼れるパートナーとして彼女を扱っていた。

そして何より宮廷魔導師の、アーレンス殿だ。貴族である彼が、こんな田舎出身の、それも十歳以上も年下の娘に対し、副官のような態度だったらしい。この国の権威主義の貴族ばかり目にしていると、俄《にわ》かには信じられない。

宮廷魔導師の見習いや、見習い以下の候補生にも、彼女を慕う者はいたらしい。討伐や魔法の技術指導などで交流があったのだろう。

宮廷魔導師見習いとして、魔法養成施設の講師もしていたからね。

それにしても悪魔か。アーレンス殿の話によれば、悪魔から魔法と魔法アイテム作製を学んだと思われるのだが。そして十三歳の時には既に一人前の腕。

……と、いうことは。悪魔との契約は子供の頃だと推測される。しかしそんな小さなうちから、高度な召喚術が使えるとは信じがたい。

そこから導かれる、最も考えられる結論――

つまり彼女は、現在契約している悪魔を召喚などしていない。

何らかの理由で、いや十中八九、召喚主を殺して世に出てしまった悪魔と偶然出会い、契約を交わした筈《はず》だ。他の存在よりも悪魔は特に、召喚されて契約を交わさないと、この世界で能力を発揮出来ないと言われている。高位になればなるほど顕著らしい。

悪魔を召喚した術者が殺される事件は珍しくないし、未契約の悪魔と出会い契約に至るケースも耳にしている。

総合して考えてみるに、その悪魔は自らの能力を使う目的で子供だったイリヤ嬢と契約、そして見返りに知識を授け、何故か未だに彼女を守っている……、というのが妥当な線か。

子供だった彼女がどんな契約をしたのか、なかなかに興味深い。

そして高位の悪魔ならば、配下に何かさせる為に召喚術も学ばせたに違いない。

彼女の母親が紅茶を淹《い》れてくれた。

私は礼を述べ、湯気の立つカップを口に運ぶ。

「わざわざこんなところまで、ありがとうございます。先日も第二騎士団の副団長様とおっしゃる、とてもご身分の高そうな方が来てくださって……」

アイツも来ていたのか。呼べよ、私も。

私一人でこの重い空気に耐えろというのか。人を慰めるのは苦手なんだよね。

「いえ、この度は私どもの方こそ、御息女をお守り出来ず……」

「……その方にも丁寧に謝って頂きました。もう十分です」

ああ……、っ……つらい……。これはまだ連絡はないな。

ここまで来て収穫なしではなあ。しばらく滞在するにも、宿も理由もない。

「あの、可能ならで良いのですが、ご息女のお部屋を拝見させて頂けないでしょうか？」

「……え？　何故でしょう」

「実は今回の任務にあたって、少々気になることがありまして。何か残されていないかと」

「はい……。まだ何も持ち出しておりませんし、構いませんが」

よし、なんとか少しは調査が進みそうだ。

不思議そうにする母親の後に続いて、奥にある彼女の部屋の扉を開いた。あまり広くない部屋に、ベッドと本棚、小さな洋服ダンス。タンスに扉はなく、何着かの服が色を晒《さら》している。予想以上に質素だ。ベッド脇に置かれた木造りの小さな机は、引き出しが一つ開いたまま。

その空っぽでむき出しになった底に、記号のような落書きがあった。

あ、これ秘匿文字だ……。何してるんだ、この娘。さすがに後で消させてもらおう。もしもバレたら、家族全員捕まるぞ。

ちなみに本来の私の任務には禁忌の漏洩《ろうえい》を防ぐことも含まれているので、一応それなりの知識はある。知らなければ見抜けないからだ。

ただし魔法の腕前は大したことがないから、私自身は知識だけでろくに使えない。

呆《あき》れつつも視線を移すと、壁に掛けられたボードに紙が何枚か張り付けられていた。彼女のメモ、風景の葉書、それから……。

見覚えがあるようなソレを、私は凝視した。

力ある名前が記入された正三角形で囲まれた、独特な魔法円《マジックサークル》。三角の周囲にも文字や模様が描かれ、円の脇に配置された文字は組み合わせると名前になる。肝心な魔法円の内の文字がある筈の場所は丸く穴が空いているだけで、空白になっている。だがこれは。

通信魔法じゃないか！

我々特務をこなす者の一部でしか扱っておらず、彼女はおろか宮廷魔導師長もこの方式は知らない筈だ。アイツらが信じられないから、一部の研究員と開発したんだよ！　三角の中に丸というのは、異界と繋《つな》ぐマジックミラー技法の応用だからだ。同じ発想をしたようだ。

し……信じられん才女だ。独学で仕上げたのか……。

「御母堂！　これを外しても良いでしょうか？」

私はいったん席を外した母親に、慌てて声を掛けた。

「お姉ちゃんの部屋、誰かいるの？」

妹も帰って来たようだ。ちょうどいいので、二人にこの部屋へ集まってもらった。

「……これは、いつ彼女が書いたものか覚えていますか？」

二人はううんと唸《うな》って、顔を見合わせた。

「確か、……去年の終わりに帰省した時でしょうか？　わりと最近でした」

「なるほど、ありがとう。面倒なので、結論から申し上げます。彼女は生きている可能性が高いでしょう」

「……は？　何を？　姉は討伐任務で死んで、遺体も発見されないと……」

そこまで口にしたところで、妹はハッとして顔を上げた。

「この話は全て内密に……、それこそ彼女が生きているとすら気取《けど》られないようにお願いします」

私はそう警告してから話を始めた。


「これは私達が独自に開発し、秘匿している技術である、通信魔法に酷似しています。いや、同じ効果があると考えて間違いがないでしょう。つまり彼女は、どこからか誰にも知られず、この家に連絡を入れる為にこれを残したのです」

私はその紙を持って立ち上がった。そして机の引き出しにある、落書きを指す。

「更にこれは秘匿文字。旅を表します。この空白部分にこれを合わせることで、発動するようにされています。つまり、この家以外ではこの文字を知らない限り、通信は不可能。よほど居所を知られることを警戒していたんでしょうね」

「……では……、娘は……」

大きく目を開いた母親の声は、震えている。

「生きています。そしてこの通信魔法で、いずれ連絡をしてくると予想しています」

良かった、と母子は手を取り合って涙を流している。喜ぶのはいいけど、まだ説明が終わっていないので聞いて頂きたい。

「我々の形式であれば、手紙という形で現れます。この場所にしっかりと留めておいてください。そして、誰にも見られてはなりません。この技術を知る者は限られているので大抵の人間は目にしたところで気付かないのですが、これは持っているだけで罪に問われる可能性があるものです」

「そ……、そうなんですか⁉」

二人とも驚いている。そうだろうな。まさかそんな技術の粋を、無造作に放り投げておくとは誰も考えない。机の引き出しから魔法円《マジックサークル》がチラリと見えたので、彼女の最後の作品だと思って、飾っておいたそうだ。説明する余裕すらなかったにしても、これでは発動しないじゃないか。せめて人の目に付かない様にと、注意くらいはして欲しい。

「まさかこれを独自に開発するとは、とんでもないですよ……」

「そういえば姉は、いいこと発見したーって、とても喜んでました」

「……そういう次元の問題じゃないんですがね」

そんな軽く……。やった、これで妨害されないで連絡が取り合えると、男同士で抱き合って喜んでしまった私達が、バカみたいじゃないか。

なんだろう、切ないな……。だが、これで道筋が見えたので良しとするか。

「私はしばらくこの村に滞在しますので、連絡がありましたら教えてください。捜索に向かわねばなりませんので」

「……でも、それは……」

ここまでして逃げた人間をわざわざ探すというのだ、不安にもなるだろう。きちんと伝えておかないと、連絡が来ても隠されそうだな。

「ご安心ください、捕らえたり罪に問おうというわけではありません。無理に連れ帰ったりもしませんよ、様子を確認して事情を伺わねばならないんです」

一息置いて、声を潜める。

「宮廷魔導師長に色々と疑惑がありましてね、その調査の一環でもあります。これは皇太子殿下が、直々に下された任務なのです」

三章　火の花とギガンテス

うん。やっぱり、そろそろ家族に連絡を取ろう。

引き出しを開けて新しい便せんとペンを出し、手紙を書く。家族は母と妹だけ。チェンカスラー王国のレナントに移り住んで、元気で生活していると伝えなきゃ。

唐突にあんな風に出国して、結局騙《だま》す形になってしまったことをしっかり謝らないと。私が生きていることは秘密にして欲しいとも、念を押して。

そんなに時間が経っていないのに、ずっと会っていなかったような気がしてくる。村を出て王都で暮らすようになってからは、年に数日くらいしか帰れなかったから、今までとそんなに変わりはないのだけれど……。

もっと一緒にいれば良かったと、今になって思う。

私は頭を振って、通信魔法へと改造したマジックミラーを用意した。いや、これには鏡は使っていないから、正式にはミラーではないわ。単なるマジック・トライアングルか。

家には改良中の物しか残せなかったけど、通じますように……！

正三角形の線を二重に引いて、その中の一辺毎に聖なる名前を黒色で入れる。

真ん中にはミラーのかわりに〝旅〟を現すルーン文字、そしてその周りにも独特の模様と文字。

「車輪は回り、風を呼ぶ。森の小道、野の草の道、田のあぜ道。汝《なんじ》と共に旅立たん。舞い上がり行くべし、心は蝶《ちょう》の如く軽やかになれり」

文字の力を発動させる言葉に合わせて、文字が浮き上がるように見えた。

被せるように手紙を置いて、次は空間を繋ぐ呪文に移る。

「地の果てまでも、声よ届け。海の底までも、意識よ飛べ。其は全てを透過せし光、偉大なる尊き御名の方の掌の内、全ては収まる事象である。我が一歩は、前に進みて後ろへ行くものなり」

すぐに変化は現れない。魔力を注ぎ過ぎないよう調節しながら送り続けると、手紙がふわりと浮き、ゆらゆら揺れて忽然《こつぜん》と消えた。

成功だね！

……と思ったけど、届いたかの確認は取れないか。とりあえず今回はこれで良し。

手紙がちゃんと届くといいなと願いながら、布団に入った。

◆◆◆

久々にやって来たスニアス湖。町の東側にある朝霧の出る湖で、この町で最初に行った採取地。昨日アレシアの露店へ顔を出した時に、もっとポーションを作って欲しいとお願いされた。それで素材採取に、朝からここへ来たわけなのである。

本当はアレシアも誘ったんだけど、ちょうど朝一番のアイテム作製施設の予約が取れていて、間に合わないと困るからと断られてしまった。私も必要な素材採取が間に合えば、一緒にアイテム作りをしたいなあ。さすがに無理かな。

辺りを見回せば、今朝は他にも数名が採取している。この場所は町から近いから、なりたての冒険者や、たまに他の露店の人なんかも見掛ける。

奥へ進む人、もう帰る人。冒険者を連れている職人らしき人もいるよ。

まずは普通のポーションとマナポーションの素材を探そう。ここは腹痛や熱冷ましの薬になる薬草も揃《そろ》うから、しっかり採取をしてアイテムを作るのだ。家を買う為にも、頑張るぞ。

そうだ、アレシアの分も採って行こうかな。そろそろポーションを作る練習をしたいだろうし。

朝の空気は爽《さわ》やかで、うすい靄《もや》が湖にかかる風景はきれいで好き。

しばらく採取を続けているうちに、周りにいた人達の姿がいつの間にかなくなっていた。夢中になり過ぎたな、私も戻ろうと籠《かご》を持って立ち上がると、数人が歩いて来る音が耳に届く。

私は一人だし隠れておこうかと思ったけど、現れたのは見知った顔だった。

「イリヤさん、採取をしてたのかい。で、用って何だい？」

クレマン・ビナール。私と付き合いのある、商会の会頭だ。でも用って、私は何も言っていない。わざわざこんな場所へ、呼び出したりするわけがないし。

「おはようございます、ビナール様。用とは、どういうことでしょう?」

「え?　昨日、手紙をくれたじゃないか。明朝スニアス湖でお待ちしてますって。これを」

ビナールの手には、裏側に私の名が入った封筒があった。そこからカードを出すと、確かにそのように書かれている。しかしこれは私の字じゃないし、そもそも手紙なんて出していない。

「……これは、私ではありません。どういうことでしょう……」

私の返答を聞いたビナールの後ろにいる三人が、即座に私達に近づく。彼らは護衛のようだ。

「まさか……何かの罠《わな》?」

「……会頭‼」

ビナールの隣に立った護衛の一人が、彼を何かから庇《かば》うように腕を広げた。

次の瞬間、どこからか矢が飛んできて護衛の男性の腕に突き刺さる。

同時にもう一本の矢が、私の頬を掠《かす》めた。

「……きゃあっっ‼」

思わず口から叫びが漏れる。

あと少しでもずれていたら、大変なことになった……！

ドクンと心臓が冷たく跳ねた。

震える手で布越しに、服の下のペンダントに触れながら、防御の魔法を詠唱する。

「荒野を彷徨《さまよ》う者を導く星よ、降り来たりませ。研ぎ澄まされた三日月の矛を持ち、我を脅かす悪意より、災いより、我を守り給え。……プロテクション！」


ベリアルが魔法を込めてくれたネックレス。これを発動させれば、異変はすぐにベリアルの知るところとなる。彼は彼で、ビクネーゼの様子を探りに行ってしまっている。

それにしても、見張られていないのは確認してあったのに、どうしてここに罠なんて仕掛けられるの⁉　一人なら飛んで逃げるけれど、ビナール達を置いて行けない。

その後も数本の矢が射られたが、全てプロテクションの壁に阻まれて地面に落ちるだけだった。

「……どこから狙ってるか、解るか⁉」

「木の上に二人、下にも二人ってところでしょうかね」

ビナールの言葉に、先ほど矢を受けた護衛が苦し気に答えた。

後の二人は、周りを警戒しながら敵の位置と数を探っているようだ。弓兵だけのわけがない。

そうだ、ポーション‼

さすがに顔の付近を矢が過ぎるなんて、本能的な恐怖を感じてしまっているようだ。早く冷静にならないと……。

「あ、あのこれ、中級のポーションですから。その傷はすぐに治ります」

動揺しながら差し出す私の手が、情けないけれどどうしても僅《わず》かに震えてしまう。

「ありがとうございます。すみません、怖い思いをさせてしまいました。貴女に危害は加えさせませんので……！」

ポーションを受け取った男性は、腕に刺さった矢を一気に引き抜いて、それを飲み干す。

傷はみるみるうちに塞《ふさ》がり、痛みもないと感心していた。

「さすがにイリヤさんのポーションは効果抜群だな……。大事な職人さんだ、皆、しっかりお守りしてくれ！」

「承知しました！」

三人とも大きな声で返事をする。

そこに、二十人ほどはいるだろうか。薄汚れた軽装を身に着けた男達が、森から姿を現した。

「商人くらい、矢で射殺せると思ったんだけどな。護衛まで連れてやがるとは、用心深いこった」

「近頃は物騒だからね……、まさかおびき出されるとは思わなかったが。彼女は関係ない、逃がしてやってくれ」

話し掛けてきた男が頭目のようだ。他の男達より立派な鎧《よろい》を身に着け、抜身の銀色の剣を携えている。隣には頭目の補佐らしき、筋肉質の男が付き従っていた。

ビナールは犯人に心当たりがありそう。

やはりこれも、ビクネーゼの仕業なのだろうか。ビナールの店にも妨害をしているらしいし。私にも接触してきていたから、私達に関係があるというのは把握していたのだと思う。

「依頼主が、彼女をご所望でね。腕のいい職人なんだろ？　ああ、あの矢は足を狙えって命じたんだよ、逃げられないように。殺しはしないから安心しな」

「……ふざけるなっっ！　お二方には、指一本触れさせない！」

ビナールの護衛が、不敵な言葉に声を荒らげた。

このままでは膠着《こうちゃく》状態なので、プロテクションは切らなければならない。

「……防御魔法を切ります、戦闘の準備はよろしいでしょうか？」

「もちろん‼」

力強い返答に、魔力の供給を止める。プロテクションの光が徐々に薄くなり、完全に消えた。

三人は私達を囲んで守るように立ち、ビナールも私を庇ってくれている。

「では、私はこれより詠唱を開始いたします」

「ははっ、たった三人でどうしようってんだ！　やっちまえ」

広がって歩いて来た男達が、こちらに向かって距離を詰める。

「燃え盛る焔《ほむら》は盤上に踊る。鉄さえ流れる川とする。栄えよ火よ、沈むは人の罪なり」

体の前で勢いよく手を合わせれば、パァンと高い音が遮るもののない湖面を滑る。

「あれ？　イリヤさん、何を唱えてるの……？」

これは火属性の攻撃魔法です。火の柱が発生するから、助けが来た時に場所が解りやすいかと思いまして。矢も防げるし、一石二鳥！

……とはいえ、説明している場合じゃないんだよね。

「滅びの熱、太陽の柱となりて存在を指し示せ！　ラヴァ・フレア！」

三本の炎の柱が灼熱《しやくねつ》を帯びて聳《そび》え立《た》ち、襲撃者の行く手を阻む。

「あ、あちぃ！　なんだこりゃ、あの女、職人じゃなくて魔法使い……!?」

「うわあ、燃える！　俺の手が燃える……！」

赤い炎の柱に当たった男が転がるように逃げて、手をバタバタと叩《たた》いて火を消していた。

三人の護衛も少し驚いた顔をしたが、混乱の中でも接近してくる敵を確認して、戦闘を開始。

カキンと、剣が合わさる。脇から走ってくる敵は別の一人が防ぎ、二、三度切り結んで肩に一太刀浴びせた。もう一人の護衛は、火の柱を抜けてこちらへ向かう矢を、剣で叩き落としてくれた。

「そこかね、イリヤ」

「ベリアル殿！」

もう敵から当初の余裕はなくなりつつある。とはいえ、ベリアルが来てくれた。

まだ敵の数の方がだいぶ多いし、頭目の強さも不明だし、私の魔法はちょうど途切れたし、弓も怖いけど、これで安心！

空から舞い降りる姿を振り仰ぐと、私の顔を見た彼の目が大きく見開かれた。

「……傷を……負わされたか……」

あ！　自分の傷を忘れていた！

命の危機に掠っただけの傷なんて、構っていられないもの！

「ほ……、ほんのかすり傷で」

「よくも……この我の契約者にっ‼」

しかしこれは危険信号だ。契約に基づき、襲撃者を全員殺せることになる！

ベリアルの怒りに呼応するように、激しく熱い風が彼を中心にして渦のように吹き荒《すさ》ぶ。木の上にいた二人の射手は、音を立てて地面に落ちた。ビナールや護衛達もよろついて、言葉を失って彼を凝視していた。

地面に落ちている数本の矢をベリアルが踏みにじると、儚《はかな》く燃えて一瞬で灰と化す。

「矢を射かけるとは……」

怒気に溢《あふ》れた低い呟《つぶや》きに、憎悪の篭《こも》った恐ろしい眼差し。

「万死に値する！！！」

「うがあああ！」

絶叫がこだまし、弓を持った四人が突然猛烈な炎に包まれた。激しく悶《もだ》えてやがて動かなくなり、黒く燃え尽きた。最初は周りから怯《おび》える悲鳴のような声が聞こえたが、今は水を打ったように静まり返っている。

「ベリアル殿‼　抑えてください！」

「黙れっ！」

強い口調に怯《ひる》みそうになりながら、私は思わず彼の腕にしがみついた。

「こ、この者達は雇われただけなのです！　雇い主を吐かせねば！」

「…………」

怒りの衝動を抑え、ベリアルは黙って耳を傾けてくれている。

「あの男、あの銀の剣を持った男が頭目です！」

まっすぐに見据えて指さすと、男は顔色を真っ青にし震えながら後ずさりをした。

剣呑《けんのん》なベリアルの視線が、彼を捉《とら》える。

そして片腕がスッと上げられて。

「来るな、うあ、ギアアッ‼　腕がっ！！！」

腕を折ったらしい。頭目の男は、右腕を押さえて痛みに呻《うめ》いている。

「警告は以上である。誰に頼まれたか、答えねば次はない」

展開が早い！

「言う！　ビ……ビクネーゼの旦那《だんな》だよ！　金で頼まれただけなんだ、助けてくれぇ‼」

「……ビナールとやら。そなたも存じておるか？」

「あ、ああ……。狙われたのは私なんだ。巻き込んでしまって、申し訳ない……」

さすがに誰も〝私の足を矢で射って連れ去ろうとした〟とは、口にしない。かすり傷でこれなら、それを知ったらどんな反応になるのか。怖過ぎる……。実行されなくてよかった。

私も助けに来る悪魔が怖い。

とんでもない事態に硬直してしまっていると、町の方から鎧の足音が響く。守備隊の兵士が数人、走ってこちらへやって来た。今日はジークハルトの姿はない。

「恐ろしい炎の柱が見えたが……何事だ⁉」

あ。ラヴァ・フレアの火に、町から気付いてくれたんだ。

所々焼け焦げた森と草叢《くさむら》、怯えて腰を抜かしたり顔色を失っている襲撃者達。

本当に、何があったんだって感じだ。

事情を告げて捕縛してもらう。ベリアルは特に発言しないが、とりあえずこれでいいらしい。

帰ろうとすると、唐突にベリアルが私を横抱きに抱えた。

「え、あの⁉」

さすがにこれは初めてだ！

「……傷は痛むかね？」

「いえ、全然‼　自分で飛べますから！」

彼はそれ以上言葉を発せず、私を抱えて空に浮きその場を離れた。ずっと無口でいる彼の横顔を、盗み見る。いつにない無表情で、何を考えているのか読めない。

私はこれ以上ベリアルが傷を気にしないように、アイテムボックスから傷薬を取り出して、しっかり塗っておいた。

宿に戻ると、なぜかそのままベッドまで運ばれた。

重傷じゃないですよ！　貴方が腕を折った人の方が、大怪我ですよ……！

あまりの過保護ぶりに、ベリアルってこういう悪魔だっけ、と混乱してしまいそうだわ。

「……我はそなたに報いねばならぬ」

「え？　そんな、いつも助けて頂いていて……」

ベリアルの顔が近づき、傷口に唇が触れられた。

ビックリして頬を染める私の耳に、とんでもない言葉が落とされた。

「此度は、そなたを抱いてやろう」

「……は？」

発想が斜め上過ぎる！　何がどうしてそういう結論になるの！？？

飛んでいる間、何も喋《しゃべ》らないと思っていたら、そんな卑猥《ひわい》なことを考えていたの……!?

「喜べ、この王の褥《しとね》に入れるのだぞ。人間などには、そうそう与えられぬ栄誉である」

「いえ！　遠慮します‼」

私が全力で断ると、間近に迫ったベリアルの顔が怪訝《けげん》な表情を浮かべた。

「何故だね？　安心せい、我に任せておけ。この世のものとは思えぬ快楽を授けよう」

え？　解らない？　断られるの、解らない……??

ベリアルの手が私の頬に触れる。そして顔をさらに近づけて、唇を寄せてきた。

私は慌てて、彼の顔を両掌で押し返す。

「そ、そういうのはいりませんので……！」

何なの、言葉が通じないの？　さっきまでの真面目な雰囲気は、どこへ吹き飛んだのよ⁉

「遠慮するでない。我と契りを結べるのだ、感謝せよ」

「ほんっと、やめてください‼」


まさか！

この人、世界中の女は皆、自分に抱かれたがっているって思ってる！？？

しかも本気だ！　怖い‼　考え方が全く理解出来ない！


ベリアルはおかしなヤツだと、マントと装飾品を外し始め、サイドテーブルの上に置く。

やめて！　脱ごうとしないでっ！

「出てって！　出て行ってください！」

私が叫ぶと、眉《まゆ》を顰《ひそ》める。そしてははあと、何か思いついたような顔で笑った。

「さてはそなた、慎ましやかな胸を気にしておるな？　無用である、我は別に気にせんぞ」

ベリアルの手が私の胸を鷲掴《わしづか》みにして、五指が別々の動きで確かめるように柔らかく揉《も》んだ。

「悪くないではないか」

……私の中の、何かが切れた気がする。

「す、す……」

「ぬ？」

「すけべっ！！！」


バチン！

思いっきり頬をひっぱたいた。

彼は赤い目をぱちくりさせている。

「……何をするか！」

「それはこっちのセリフですから！」

私はカバンから慌てて護符とベリアルの印章《シジル》が入ったプレートを取り出した。

「六芒星《ヘキサグラム》よ、調和を表す星よ、純然たる正義に輝け。我を悪しき存在より守り給え。契約の効力により、悪魔ベリアル、地獄の王よ、退け！」

力いっぱい唱えると、バチンと音がして、ベリアルがベッドから弾かれる。

しかしまだこの程度なのだ。王が相手だし私も焦っているし、そんなに大きな効果が出せない。

とはいえ、引き離しには成功だ。しばらくは近づけないだろう。

「せっかく我が、情けをやろうと言うに！　どういうつもりだね、そなたは！」

「だから！　いりません‼」

私は叫んで、カバンから指輪を取り出し指にはめた。そして魔力を指輪に集中させていく。

「なんと生意気な……、む？　いずこかで見掛けたような指輪であるな。感じたことのあるような、魔力を帯びておる……」

手の甲をベリアルに向け、指輪を見せつけるようにした。

「テトラグラマトンに示される偉大なるお方、アナクタム・パスタム・パスパシム・ディオンシムの大いなる御名において命ずる！　王たる者の指輪よ、力を解放せよ！　我が意に応えよっ‼」

指輪からは、六芒星の護符とは比べ物にならないほどの魔力が発揮されている。

先ほど護符と印章で弾いたのは、時間稼ぎなのだ。指輪の方が発動が遅い。

「待て……、そなた何故そのような物を⁉　デザインは多少違っておるが、その魔力‼　よもや、その指輪は……」

鉄とオリハルコンで作られ、中心に六芒星を描き、その周りに四つ、黒いモリオンという強力な魔除けの石が嵌《は》め込まれた指輪。四方のモリオンを繋《つな》ぐように、「yod－he－vau－he」の文字を配置。そして左右にはエルとシャダイと彫り込んである。

効果を高める為に、アームの部分には〝始まりであり《アルファ》、終わりである《オメガ》〟と、〝神〟を表す言葉も入れてある。

「地獄の王、ベリアル！　我が眼前より、疾《と》く去れっ！！！」


言葉の途中で、一瞬にしてベリアルの姿が消えた。

指輪の効果が発揮されたのだ。隣の部屋から、悔しそうな叫びが耳に届く。

た……助かった！


「それはまさか、ソロモン……‼」

禁書の記述から再現してみた、悪魔と天使を支配するもの。

神が与えたとされる、ソロモンの指輪。

どこまで再現出来たかと思ったけど、王にも効果があった……！


壁の向こうは、すぐに静かになった。ベリアルはどこかへ憂さ晴らしにでも出掛けたのかも。

自業自得だよね、本当に何を考えているんだか。

「しまった！」

ホッとしたら思い出した。採取した薬草、スニアス湖に置きっぱなし！

取りに戻らなきゃ……。

◆◆◆

昼間っからとんでもない悪魔のことは、しばらく放っておこう。

せっかく採取した薬草をスニアス湖にそのままなのは、勿体《もったい》ない。一人で取りに戻ろうかな。でもまだ、さすがに怖いな……。冒険者を雇う……とか？

まずはビナールのところに顔を出して、無事を確かめよう。襲撃してきた人達がちゃんと全員捕らえられたか、確認も出来るし。

ビクネーゼ商会が、他にも人を雇っている可能性もあるか……、うーん。

悩みながら歩いていると、ジークハルトが通りの向こうを部下と巡回していた。傷はしっかり治ったみたいで、安心した。もう変な疑いを掛けられたりもしないだろう。

ジークハルトは子供からクッキーを貰《もら》って、緑色の目を優しく細めていた。人気だな。アレシアも憧《あこが》れていたし、町の人に好かれているのね。隊長自ら見回りまでしているし、信頼されるよね。

彼の表情は、今まで目にしたどんな時よりも穏やかだった。

用があるわけでもないので、声を掛けずに通り過ぎる。

時間はお昼を過ぎていて、町に着いた隊商が大勢で大衆食堂を貸し切って食事していた。賑《にぎ》やかな通りを歩き、繁華街の中心部にあるビナールのお店の本店へ顔を出した。

「あ、イリヤ様」

私の顔を覚えている店員が、出迎えてくれる。

「大丈夫ですか、大変だったと伺っています。それで、会頭がこれを」

あ、私の採取かご！　持って来てくれたんだ。濡《ぬ》れた布を被せてあるので、めくって確認してみる。薬草がしっかりと入っていて、萎《しな》びてもいない。置いた場所に日が当たっていたら、へにゃへにゃになるところだった。萎びないように、布を掛けてくれたのね。

「ありがとうございます。お陰様で、状態も良く保たれております」

しっかりと頭を下げる。乾燥させる薬草でも、早く洗った方が断然キレイになるのだ。まだ町の外に出るのは心配だったので、本当に助かった。

あの場面で忘れないでいてくれるなんて、さすがビナール。頼もしいな。

女性は辺りを軽く確認し、声を小さくして隠すように手の平を口の脇につけた。

「襲撃して来た連中は、全員捕縛されたそうです。今回はさすがに誰に雇われたか、ちゃんと証言したとか。でもまだ気を付けてくださいね」

「はい、何から何までお世話になります」

「あの方は、兵もいないような小さな村の人達に仕事を与えて、収入源が自分のところになるようにしたんです。そして逃げられないようにして、どんどん仕事をさせてのし上がったんです」

あの方、とはビクネーゼのこと。念の為に名前を伏せて話をしている。嫌な手口だな。もしかして住み込みの作業場って、そういう村にあるのかしら。それは逃げるのが難しそう。

ビクネーゼを告発すると収入が断たれるから、訴えられないっていうのもあるのかも。

でも、元々はビクネーゼから仕事を貰わなくても、生活していたんだもんね。悪い人が捕まって、上手くいい方向に向かうといいな。

それはともかくお腹が空いた。もうかごを持ったままでもいいかな、ご飯にしよう！

◆◆◆

宿の台所を借りて薬草をキレイに洗い、傷薬を作る。残りはしっかり水気を切って、束にして吊《つ》るしておく。今日は施設が借りられなかったので、ポーションが作れない。空いている時に、予約だけ入れておいた。

やはり家……自分の家がないと。せめて、いつでも使える作業場だけでもあれば。採取したての青臭さを堪能しながら、アイテム作りをしたい。

結局あれから半日以上、ベリアルと顔を合わせていない。部屋で一人、夕飯を食べながら窓辺に吊るした薬草を眺める。彼もさすがに少しは反省しているだろう、うん。

次の日の朝、ベリアルに声を掛けた方がいいかしらと迷っていると、コンコンと窓をノックする小さな音が。

「イリヤ、イリヤ」

ジークハルトと一緒にいる妖精《ようせい》、シルフィーがまたもや窓からやって来た。透き通る羽をパタパ夕と動かして、長いスカートの柔らかそうな裾《すそ》が揺れている。名前は前回教えてもらった。

「どうしたの、シルフィー」

「イリヤ、お薬ちょうだい。ジークが病気なの」

「病気？」

「うん、昨日からお熱高いの。イリヤのお薬なら、きっとまた効く」

ケガが原因の発熱……というわけではないか。昨日の昼間は元気だったもんね。

本当に偶然？　まさかベリアルじゃ……。

不安になったのでベリアルの部屋をノックして、確認してみる。不機嫌そうに姿を現した彼は、顔をしかめて首を横に振った。

「我はそのような能力は持っておらんぞ」

やっぱり関係ないのかな。もしも魔王の呪いなんて受けたら、それこそ病気なんてものじゃなく、死を宣告されたようなものだし。天使が祝福を与えるように、地獄の王も呪いを授ける。ただ、どちらも簡単に使うものではない。そして熱が出るかは知らない。

とりあえずシルフィーに連れられて、守備隊の宿舎へと向かった。

放っておけと忌まわし気なベリアルだったけど、仕方ないと同行してくれる。

「全くそなた……、我にどのような無礼を働いたか覚えておらんのかね」

ちょっと待って、なんで私が悪いことになっているの⁉　本当に自分勝手なんだから。

宿舎は本部の隣にあるあまり大きくない建物で、四十人ほどが寝泊まりしているそうだ。現在は夜番だった数人が、各々の部屋で寝ているらしい。

ジークハルトは一人で、一番奥の角部屋を使っていた。

ノックをするけど返事がない。

そっと扉を開けて覗《のぞ》くと、ジークハルトは窓際に置かれたベッドで苦しそうに眠っていた。壁にはマントやコートが掛けてあり、机上にしおりを挟んだ分厚い本が数冊並んでいる。

「ずいぶん顔が赤いですね。かなり熱が高いのよね……」

忙《せわ》しなく彼から漏れる息が熱い。かなり汗もかいている。

「お薬、飲んだけど効かないの。ずっと苦しそう」

「これは……尋常ではない感じがします」

枕元から心配そうに覗き込むシルフィーに、苦しむジークハルトが気付く様子はない。

「何か、おかしなものを食べたのではないかね」

「おかしなって……子供じゃないんですから」

ベリアルはドア付近の壁に寄りかかって、つまらなそうにこちらを眺めている。

私が取り合わないでいると、あたかも面倒だと言わんばかりにため息をついた。

「そのような意味ではないわ。砂漠の熱病である。あやつが来た気配はない故、病原の魔力を何かに混ぜ、口から入れられたのではないか、と申しておる」

「熱病……!? あやつとは誰か、聞いてもよろしいでしょうか？」

「……風の魔王パズス。熱病をもたらす者である。我らとは異なる立場の者だ」

これは魔王の魔力による病⁉　薬が効いていないとシルフィーが教えてくれたし、この状況が続くとかなり危険なのではないだろうか。早くに呼びに来てくれて良かった。

「たべもの……。子供に貰ったって、ジーク、クッキーを食べてたよ」

「あ、私も受け取るのを見たわ。人気だなと思ったんだけど……」

「それであろう。子供に渡させれば、警戒心が薄れる故、な」

守備隊長が病に伏したら、湖で私達が襲われた事件の捜査に支障をきたすだろうし、取り調べも甘くなるかも。他の町でも被害があるようだけど、連携もスムーズにはいかなくなる。

まさか、これもビクネーゼの策略なの？　子供を使うなんて、卑怯《ひきょう》だわ！

「もしかすると、この熱を起こす魔力を持つ何かを、まだたくさん持っているのでは……？」

「それはない。ヤツ本人が来ておらんようでは、いい契約内容だったとは思えん。せいぜい命と引き換えに一つ二つが、いいところであろう」

「命と引き換えに……」

どうして、そこまでしてこんな真似をするんだろうか。それとも、全く命を懸ける気もなくて、簡単に考えていたのだろうか。誰かを殺す為に喚ぶなんて。

「そなたも解っておろう、地獄の王を召喚する危うさを。あやつは町一つなどの単位で病を引き起こす者だからな。一人を、などとぬかして交渉が上手く運ぶわけがない。そもそも、王を喚び出すこと自体が不敬である。まあ、王を召喚する気だったかまでは解らぬがね」

「……そうですね。とりあえずそのことは後にして、病気を治しましょう！」

これ以上病が広がる可能性は薄そうなので、ジークハルト一人に集中しよう。

一刻を争う事態だわ。普通の熱冷ましでは効果がないことは聞いているし、強力な解熱効果がある薬の材料はすぐには揃えられない。そうなると、これが一番適している。

私はカバンの中からソーマを出した。あらゆる病を治すといわれる薬。

これでもダメなら、私に出来ることはない。これ以上の薬も、この熱病の特効薬も知らないからだ。そして手持ちはこの一つだけで、足りない場合はどうしようもない……。

「浄化は……」

「此度においては必要ない」

早速飲んでもらおうと思ったが、コップがない。瓶に入ったソーマは、一瓶で三回分ある。

「ねえシルフィー、コップはどこ？」

「コップ、だいどころ」

一緒に取りに行こうとしたところで、扉がノックされた。

「あの、隊長。マレインです。具合はどうですか？」

ちょうどよかった！　アレシアの知り合いの門番だ。彼なら顔も覚えてるし、話しやすい。

「失礼しています。お入りください、ちょうどお話がありました」

私がいてマレインは少し驚いたようだが、シルフィーから薬が欲しいと連れて来られたと伝えると、なるほどと頷《うなず》いた。

そしてこの病が砂漠の熱病といわれている、悪魔がもたらすものだと教えた。

マレインに頼んでコップを持って来てもらい、私が作った薬だとだけ説明して、まず一回分のソーマを注ぐ。意識の薄いジークハルトの体を彼が支えて、なんとか飲んでもらえた。

熱で喉《のど》が渇くだろうから水差しを枕元に用意するよう告げて、しばらく状態を見守った。

ベリアルは退屈そうに窓の外を眺めている。たまに人が通るくらいで、見るようなものはないよ。

やがて息遣いが穏やかになり、顔の赤みも徐々に引いてきた。熱も下がったようだ。目は覚まさないけれど、危機は脱したよね。


この薬を、朝起きてからまた飲むよう伝えた。

もし治らなかったらすぐに他の方法をとって、私にも連絡をして欲しいと念を押しておく。シルフィーとマレインがありがとうと笑顔を見せてくれたけど、原因が悪魔だし、これで完治するかはまだ不安がある。

守備隊長が病だと広まったら、町が混乱するかも。秘密にしつつ、念の為にビナールのお店や素材屋で高熱に効く薬草があるか、確認しておこう。ソーマはあの一瓶しか持っていない。

帰りは宿舎の窓から退出。ベリアルが飛んで行くのに続いたんだけど、やたら高いところを目指している。どうしたのかな、いや……、何かいる？

枯草色の髪で、毛先が茶色っぽくなっている男性だ。年の頃は三十代後半に見えるけど、悪魔の年齢なんてあってないようなものだ。旅装束のような服で、赤茶のレザーブーツを履いている。

「こりゃまた偶然。地獄の王の一人か」

「西風の息子、パズス。そなた、何をしておる？」

これが病をもたらす悪魔⁉　気配を断って町の上空にいたなんて！

「俺はただ、結果を見定めに」

どうやらこの悪魔は、病が治せるのかを確認しに来たようね。本当にそれだけなのか。目を細めて昏《くら》い瞳《ひとみ》で口元に笑みを浮かべている、男の真意は読めない。

空中で椅子に座るように、膝《ひざ》を曲げて足を組んでいる。

「それならばまだ、決着はついておらんな」

「え、ソーマで最悪の事態は脱したのでは？」

完治するかはすぐに判断出来ることじゃないからともかく、浄化も必要ないと言ったんだし、あとは対症療法で済むんじゃなかったの？　ベリアルは不満そうに、ちらりと視線を寄越《よこ》した。

ソーマでも完全には治らないと知っていて、黙っていたのね！

「ソーマ！　貴様の契約者か、いい腕の職人だ」

表情を緩めてこちらに顔を向けるのを、遮るようにベリアルが立つ。

「……疫病の悪魔の頭目であるそなたが、わざわざ召喚に応じた理由は何だね」

「貴様と同じようなことさ」

「退屈だったのかね？」

「大当たり」

どうも真剣なんだか遊んでいるのか、掴《つか》めないやりとりだわ。ベリアルと同格だから、やっぱり王なんだよね。服装からすると、普通に旅人みたい。

「この町は我が拠点にしておる」

「安心しろ、皇帝サタンと争う気はない。貴様と対峙《たいじ》すると、後が面倒でなあ」

ベリアルは地獄の皇帝サタンの配下で、皇帝の配下は他にたくさんいる。地獄の最大勢力なのだ。

こんなところで戦闘にならなくて良かった。そもそも私が足手まといになっちゃう。王同士の戦いなんて、想像もつかない。

「地獄へ還るのならば、送らせるがね」

「せっかくの申し出だが、お帰りにはまだ早い時間だ」

軽く手を上げる。どこか別の場所へ移動するみたい。背を向ける直前、私を振り返る。

「お～い、ベリアルの契約者。あの男を救いたいんだろう？　コイツは当てにならないぜ。熱はいったん下がるだろうか、俺の魔力が残っているうちは何度でも再発する。食わせるってのは、悪くないやり口だ。クク……人間は、愉しいモンよ」

不意に熱い風が、パズスを包むようにピュッと吹いた。つむじ風を起こして、笑い声だけを残し消えるように去った。

「……チッ。黙っておれば良いものを」

ベリアルは心底、嫌そうだ。相変わらずの性格だわ。

「……要するに、熱は下がるけど何度でも再発してしまう。それを防ぐには、悪魔の魔力を消さなければならないのですね」

「有り体に言うと、そうであろうな」

ふて腐れている。浄化ではなく、もっと根本的に体内から消さなくちゃならないのか。「浄化は必要ない」って、それだけでは足りないって意味だったの……。

となると、必要な素材を揃えないと。疫病の悪魔ということは、強力な魔除け効果が必要。

クパーラの火の花。あるのなら、これがいいだろう。

◆◆◆

まずは通りから少し離れた場所に降りて、繁華街にあるビナールのお店の本店へ向かう。

「こんにちは……」

挨拶《あいさつ》しながら入店したら、カウンターには若い男性店員が一人だけだった。いつも二人はいるから、珍しいな。

「いらっしゃいませ、イリヤ様」

あまり見掛けない店員だったけど、すっかり顔を覚えてくれている。これなら話が早いね。

「実は、クパーラの火の花が欲しいんです。在庫はありますか？」

「少々お待ちください」

すぐに奥へと入って行く。誰かと会話している声が、小さく届いた。

時間がかかってるけど、ないのかな。店頭に並んでいるのを見たことがないし、素材専門店にも置いていないからなあ。足音がして、先ほどの男性が戻って来た。

「申し訳ありません。入荷予定だったのですが、荷物が届いていないんです」

入荷が遅れているだけなんだ！　でも待つ時間も惜しいわ。

「もしすぐに入手することが出来ないのでしたら、今回に限り仕入れ先から直接買わせて頂けませんか？　緊急なんです、差し支えございませんでしたら、仕入れ先を教えて頂けないでしょうか」

男性は困った表情で、どうしようか考えている。

「……会頭からもイリヤ様に助力するよう申しつかっていますし、他ならぬイリヤ様にならお教えしても大丈夫でしょう。確か東側の山の方から来る隊商が卸していますよ。北東の山奥で採れると聞いています。先に商業ギルドでも尋ねてみたら、いかがでしょうか？　希少な素材ですので、持ち込みがあるかも知れません」

「ありがとうございます、そういたします」

あったらいいな。まずは助言に従って、商業ギルドで聞いてみよう。手に入らなかったら、採取地までの途中にある村を教えて貰《もら》えたので、それを頼りに探しに行こう。

広い交差点の左右に冒険者ギルドと商業ギルドが立っている。どちらのギルドも、いつもより人が多く出入りしている様子が気になった。商業ギルドの外には、箱や袋がいくつか置いてある。

「どうしたんだろう……？」

私が登録している商業ギルドを覗《のぞ》いてみると、皆が慌ただしく動いており、珍しく受付には誰もいなかった。サロンでは商人達がいつになく騒々しく会話をしている。

早足で女性が私の前を横切った。いつも受付にいる、水色の髪で淡い黄色のシャツにカーキ色のベストを着た受付嬢だ。奥へ姿を消す前に、声を掛けて引き止める。

「お忙しいところ、申し訳ありません。クパーラの火の花を入手可能か尋ねたかったのですが……、どうされたのでしょう？」

「あ、イリヤ様！　大変なんです、数日前、地震がありましたよね⁉　その時にこの町の北東の山でがけ崩れが起きて、いくつかの集落が孤立しているそうなんです！　何とかここまで辿《たど》り着いた方が、食料などの物資が不足しているから届けて欲しいと訴えてきたのですが……」

「そうなんですか⁉　……道が塞《ふさ》がれていては、物資があっても届けられないでしょう」

「ええ、飛行魔法が使える方がお二方いらっしゃったのですが、さすがに大量には運べませんし。冒険者ギルドでも運搬する人を募集していますが、なかなか集まらなくて。現在は他の地域や王都に伝令を飛ばして、町長やギルド長で対策を考えているところです」

確かに私達も飛行魔法を使えるけど、普通は一人が運べる量なんてたかが知れている。外にあった箱などは登録している商人が提供したものらしく、ギルド内でも追加を用意していた。冒険者ギルドも混乱しているだろう。町からは備蓄を放出するらしく、現在準備中だとか。

守備隊は既に土砂の撤去に向かったそうだ。こんな時に守備隊長が病で寝込んでるなんて、本人が一番悔しいだろう。

「更に、地形が変わったのが原因で凶悪な魔物が出たとかで……」

「……凶悪な魔物、とな。どのような魔物であるかな？」

唐突にベリアルが会話に割り込んできた。

「はい。緑色の毛で大きな体を覆った、蛇の頭に長い尻尾《しっぽ》を持つ、変わった魔物だそうです。火を吹いて、家畜を食べるとか……」

「……まさかラ・ヴェリュ……」

もしかすると、エグドアルム王国の魔物被害報告で見たものと同じかも知れない。

「ご存知ですか、イリヤ様」

「それは人や家畜を食する魔物だと思います。エグドアルム王国では昔、数体が確認された時に、討伐までの間に山奥の村が二つ、壊滅させられた記録があるのです！」

「そんなに危険なのですか⁉」

受付の女性だけでなく、聞いていた周りもざわついている。

当然だ。道が塞がれて通れなくなり、孤立状態の村にそんな魔物が現れたら、単なる餌場になってしまう。火の花も欲しいけど、こっちは本当の緊急事態だわ。

「家畜に被害が出たのなら、もう猶予はありません！」

「ふははは、ならば我々がその魔物を引き受けようではないかね！　ついでであるな、物資輸送が得意な者に心当たりがある。うむ、人助けだ！」

人助け。似合わない単語を使うなあ。むしろ、凶悪な魔物に反応した気がするけど。暴れたいのかな？　やる気があるのはいいこと……かなあ。

「私達がすぐに参ります。魔物が目撃された場所を教えてください」

女性が慌てて地図を出し、詳しく説明してくれる。クパーラの火の花があると教えてもらった方角と同じだ。片付けたらすぐに向かう予定だったけど、そのまま探しに行けるかな。

「で、物資とやらは集まっておるのかね？」

「は、はい。集会所に町の備蓄と、民から提供された支援物資が集められる予定です。こちらには商人からの支援が現在も届いています」

もうそれなりに集まっているらしい。行動が早いね。こちらもベリアルの知り合いの、物資輸送が得意な者と連絡を取らなくては。


ベリアルに急《せ》かされて町の外まで出たら、なんとそこで召喚をしろと言い出した。心当たりって、配下とかなのかな。

今回はベリアルがすぐそばにいるので防御の為の魔法円《マジックサークル》はいらないと、せっつかれて円と五芒星《ペンタグラム》と四つの力強い名前の描かれた座標を書いた。座標はいわば目印だ。

「呼び声に応えたまえ。閉ざされたる異界の扉よ開け、虚空より現れ出《い》でよ。至高の名において、姿を見せたまえ。悪魔セエレ！」

座標がパアッと光り、うっすらと影のような人馬の姿が浮かぶ。ブワッと煙が噴き出してから、徐々に姿がハッキリとしてきた。現れたのは翼の生えた白い馬に乗った、紺の髪の美男子。

「貴様！　魔法円《マジックサークル》も用意せず、ずいぶんこの私を見くびってくれ」

「ほう、見くびるとな。それはどのようなことかね？」

「あ、べ……ベリアル様でいらっしゃいましたか！　本日はお日柄もよく……」

ベリアルに睨《にら》まれて、ペコペコと謝っている。わりと気弱そうな悪魔だわ。やっぱり形だけでも、儀式魔術的に用意するべきだったかな。とりあえず物資の輸送を頼みたい旨を伝えると、それなら得意だと頼もしい返事が。

いったん商業ギルドに戻ろうと歩いているが、セエレはベリアルに少し怯《おび》えているようだ。脅すのは良くない。


商業ギルドへ戻り、先ほどの受付の女性に、悪魔セエレが物資の運搬に長けていると伝えた。早速物資を持てるだけ運んでもらうことになった。ギルドの前に積まれていた箱にサッと手を振ると、それだけで荷物が消え彼の特殊空間に収まるのだ。

セエレにも村の位置を説明して、集会所の荷物も集めてから向かってもらう。私達は一足先に魔物退治に出発しよう。

それにしても、そういう村って備蓄があると思うんだけど。数日閉鎖されたからって、こんな急に食べ物がなくなるものなのかしら。備蓄の少ない時期なのかな。行ってみれば状況が解るかな。

説明を終えた女性が、あっと思い出したように言葉を続けた。

「そうでした、クパーラの火の花の件ですけど……、持ち込みなどはありません。復旧までは、こちらには入荷されませんよ」

そうだ、元々この為に来たんだっけ。やっぱりなかったか。

私がベリアルと外へ出ると、どうやって行くのかと尋ねられたので、飛行魔法でと答えた。使えることは、あまり知られていなかったようだ。


空から村を目指す私とベリアルは、途中で崩れている土砂の撤去作業をしている、守備隊の兵達を見掛けた。有志らしき町の人も手伝っている。

物資を提供した人もいるのだし、私は私のやれることをしようと思う。

目的の村の付近には緑の毛に覆われた魔物がいて、既に戦いが始まっていた。

やはり魔物はラ・ヴェリュだわ。確認出来たのは、三体だ。

怪我人も出ているけど、なんとか数人が対応して抑えている。初級の魔法で応戦したり、槍《やり》や武器を持って振り回したり。それでも、なかなか倒せずにいる。

近くまで出てきた一体に、剣を持った男性が近づいて行く。

「近づいてはいけません‼　その魔物の毛は、針のように硬いのです！」

「え……？　うわっ！」

私は叫んで知らせてから、詠唱を開始した。

「荒野を彷徨《さまよ》う者を導く星よ、降り来たりませ。研ぎ澄まされた三日月の矛を持ち、我を脅かす悪意より、災いより、我を守り給え。プロテクション！」


私の声に気付いて男性が下がったので、防御の魔法が間に合った。

すぐにそばへ降りて、破られないようしっかりと魔法を展開する。

「ありがとう……。なるほど、それで家畜や被害者に、おかしな傷がたくさんついてたんだな」

「この魔物はラ・ヴェリュ。私の祖国で、村を二つ滅ぼした危険な食人種《カンニバル》の魔物なのです」

「二つの村を滅ぼした、食人種《カンニバル》……！」

近くにいた別の男性が、驚愕《きょうがく》の表情で呟《つぶや》く。

村は封鎖された状態になっているのだ、そこに食人種の魔物など、恐怖の対象でしかない。

魔物はプロテクションの壁をガンガンと叩《たた》いている。

さすがにこれではプロテクションを切れないな……。

攻めあぐねていると、ラ・ヴェリュの後ろに降り立ったベリアルが、二本の指だけを伸ばしたまま掌を上に向けた。そしてクイッとその指を持ち上げる。その動作だけで三体の魔物は炎の柱に包まれて燃え尽きてしまった。

戦闘能力の低い人にはかなり恐ろしい魔物なんだけど、さすがにあっけない。

「も、燃えた！？？」

隣にいた男性も、他の人達も驚いている。

「心配いりません、味方の攻撃です。これでひとまずご安心頂けます」

「……安心するにはまだ早いであろうな。あの崖《がけ》の崩れ方、アレは地震が原因ではあるまい」

魔物の焼けた跡を尻目《しりめ》に、ベリアルがカツカツと歩いて近づいた。

「確かに、そんなに大きな揺れでもなかったのにおかしいなって、村でも話してたんです」

「そういえば、山の形が変わったと噂していたのですが……」

「……山？」

山の中腹ほどの集落なので、見回すと更に高い山がいくつも聳《そび》えている。

元々の風景を知らないから解らないけど、何か違うんだろうか。

連なる山の一つが、少し動いている……気もする。

「……あれは、山ではないな」

「と、申しますと？」

ベリアルが厳しい眼つきで睨む、その先にあるもの。

「ギガンテス……最大クラスの巨人である。地震で目覚めつつあるというところか……」

「ギ……ギガンテス！？？」

男性達の声が震えている。ギガンテスが現れるなんて、滅多にない。巨人の中でも体が大きく、倒すのが非常に困難な部類の魔物だ。

こちらに向かって来たなら、村どころか山ごと崩されるだろう。

もしかしたらラ・ヴェリュも、ギガンテスが動いたのに気付いて逃げ、偶然この村へ辿り着いたのかも知れない。

「……どこに避難して頂いたら、いいと思いますか？」

とりあえず尋ねてみた。

「道が封鎖されているのなら、無駄であろうよ」

「……では、このまま参りましょう」

「良い判断だ」

「エピアルティオン採取です！　ギガンテスがいるということは、そこにある筈《はず》です！」

四大回復アイテムの一つ、ネクタル作製に必要になる薬草。持っていて損はないわ！

「……そなた、色々と不憫《ふびん》な女であるな」

なんで⁉

青白い肌をした『大地より生まれた者《ゲゲネイス》』であるギガンテスが、ゆっくりと目を開く。

上半身を気だるげに起こし、のろのろと立ち上がった。本当に山のように大きい。以前エグドアルムで討伐したことがある個体よりも、さらに大きいものだ。

これに近寄るのは危険。まずは少し離れたところから魔法で攻撃をする。

「雲よ、鮮やかな闇に染まれ。厚く重なりて眩耀《げんよう》なる武器を鍛えあげよ。雷鳴よ響き渡れ、けたたましく勝ちどきをあげ、燦然《さんぜん》たる勝利を捧《ささ》げたまえ！　追放するもの、豪儀なる怒りの発露となるもの！　ヤグルシュよ、鷹《たか》の如く降れ！　シュット・トゥ・フードゥル！」

渦を巻く厚い黒雲がギガンテスの頭上に発生し、稲光が生まれる。

雲の中心から太く輝く閃光《せんこう》が地上へと駆けて、雷がギガンテスに直撃した。真っ白い光が辺りを覆い、轟音《ごうおん》が鳴り響く。

衝撃で巨体が膝《ひざ》をつくと、地面がドスンと揺れた。

「ほう、昔よりも威力がだいぶ上がっておる！　では我の番であるな。炎よ濁流の如く押し寄せよ‼　我は炎の王、ベリアル！　灼熱《しゃくねつ》より鍛えし我が剣よ、顕現せよ！」

この、地獄の王が自らの名において術を行使する行為を、「宣言」という。溢《あふ》れる魔力が一気に凝縮され、恐ろしい程の威力を生むのだ。

ベリアルの右肩や腕が炎を纏《まと》い、それが集まって剣となった。

出現させた炎の剣を手に、肘《ひじ》に火を残したまま巨人に向かって飛ぶ。今回の剣の色はオニキスのような滑らかな黒だ。これは、剣に最大の攻撃力を与えたことを意味する。

ベリアルの剣は赤から黒になるにつれ、攻撃力が上昇するのだ。

大きく振りかぶり、落雷の衝撃で動けないでいるギガンテスに、頭から一撃喰らわせる。

「ウグアアァ！！」

天をつんざくような叫び。

胸の高さまで降りたところで左の掌を向け、焼き払うほどの炎を一気に浴びせる。ギガンテスは呻《うめ》きながら苦しそうに腕を動かして、ベリアルを振り払おうとした。

「……ぬっ！　かなりしぶといな……！」

すっとベリアルが後ろに下がって避《よ》ける。

「なんて生命力……！　あの炎でもまだなんて……」

明らかに、エグドアルムに出現したものよりも数段強い。こんな巨人が現れたら、どんな大国であれ滅んでもおかしくない程だ。

まずは痺《しび》れる効果もある、風系の上位に当たる強い雷魔法を唱えたけど、これをもう一度使ってもまだ決定打に欠けるようだ。大地の巨人だから、火よりも水か、雷でない風系……。

となると、一番得意な水属性にしよう。

呪文を決めて、上級のマナポーションを飲み干した。雷属性は攻撃力が高い分、魔力の消費が大きい。上級はあと一本しかないから、また作らないと。

「原初の闇より育まれし冷たき刃よ。闇の中の蒼、氷雪の虚空に連なる凍てつきしもの」

腕を振り回すギガンテスの攻撃を避けつつ、ベリアルの剣が巨体の硬い皮膚に食い込み傷を与え

ていく。大きな目が怒りに満ちて、ベリアルを捉《とら》えている。

詠唱を続ける私から意識を逸らしてくれているんだろう。

大木よりも太いギガンテスの足が地面を蹴《け》ると、木は薙《な》ぎ倒《たお》され大地に深い窪《くぼ》みが穿《うが》たれた。

「煌《きら》めいて落ちよ、流星の如く！　スタラクティット・ド・グラス！」

巨大で鋭い氷の柱が一本、ギガンテスの頭に突き刺さる。

断末魔の叫びを上げてのけ反ったところに、ベリアルの剣が巨体の胸を深々と貫いた。

背中からドンと眩《まばゆ》い炎が溢れ、ついに敵は最期の瞬間を迎える。

ギガンテスは体力があって、特に倒しにくい魔物。ベリアルの攻撃力と私の魔法をもってしても、手間が掛かったな。


薬草、エピアルティオンはギガンテスが寝ていた近くの洞窟《どうくつ》に群生していた。これはギガンテスが食べている、という噂があるのだ。

嬉《うれ》し過ぎる！　たくさん採取して、村へ戻った。

配達する物資を集めてから出発した悪魔セエレは、私達がギガンテスと戦っている間に到着したようだ。既に物資を渡し終えていて、とても感謝されていた。

「先ほどの魔法使いさん！　ギガンテスを退けてしまうとは、本当にすごいですね！」

村人が手を振って迎えてくれる。

「ベリアル殿もいらっしゃいましたから、何とかなりました。まだ危険な魔物が潜んでいる可能性もありますので、どこかで一泊させて頂いてもよろしいでしょうか」

私が尋ねると、男性は快諾して、後からやって来た村長に話を通してくれた。

この村には宿がないので、村長が部屋を提供してくれることになった。村の中心部にある、他より大きな木造家屋で、山羊とニワトリを飼っている。

届いたばかりの食料の一部を皆で分けて、食事を振る舞ってくれた。パンとスープと、ちょっとしたおかずがあるくらいだけど、お腹が空いたから十分美味しい。

「魔物を退治して頂きありがとうございます、本当に助かりました」

「いえ、ご無事で何よりです。ところで、この辺りでクパーラの火の花が採取できると伺っているのですが、ご存知でしょうか」

「ああ、アレですね。あの山を上ったところにある、奥の村から森へ入ると聞いてますよ」

あとで採取に行かなきゃね。この山は珍しい植物が生息しているのかな。他にどんな素材が入手出来るのかしら。まあ今回は、この花だけで帰ろう。

「……そういえば……、不思議に思っていたのですが、地震で分断されたにしても、数日かと存じます。備蓄などはされていらっしゃらないんでしょうか？」

「……普段なら、それなりに蓄えているんですよ」

苦い表情の村長。食べ終わった食器を片付けに来てくれた人も、頷《うなず》いている。

セエレも一緒にいるけど、ベリアルが怖いみたいで彼はあまり喋《しゃべ》らない。

「不作だったんですか？」

「いや、実は今まで行商に来ていた人が引退してね。その後を引き継いだ奴らが、突然値上げをして、物が手に入りにくくなってしまったんです。他の商人が来ようとする時に邪魔もするようで」

それでただでさえ備蓄が減っていたところに、地震で分断されて買い出しにも行けなくなり、大変になっていたのね。畑を見たけど、主食になる作物が少なそうだった。穀物は重いしたくさん使うから、荷馬車と護衛がいないと、とてもじゃないけど運べない。獣にも狙われるし。

「このような小さな村で、大した利益が出るとも思えぬが」

不思議そうにするベリアル。地獄に宮殿を持つ、ベリアルからすればねえ。

「全くです。ビクネーゼ商会というそうですが、少しの儲《もう》けに目が眩《くら》んで他人の生活を追い込むなんて、本当に性質《たち》が悪い連中ですよ」

ここでもビクネーゼ！　どうしようもない人達だわ。

私達を襲撃した人達はビクネーゼに頼まれたってハッキリと証言したんだし、捜査は進んでいるよね。きっともう、この村でも悪さは出来ないね！

食事を終えてゆっくりしてから窓の外を覗《のぞ》いたら、辺りは墨を流したように真っ暗になっていた。

「頃合いですね。ベリアル殿、参りましょう」

「うむ」

「でしたら、村の入口まで送ります」

「いえ、もう夜中ですし、申し訳ありませんので」

さすがに辞退する。しかし村長は自分には慣れた道だからと、一緒に村の門まで来て詳しく場所を説明してくれた。

さあ、採取に出掛けよう。この花は、真夜中に採取しなければならないのだ。

暗い夜の道を、借りたランタンを片手に進む。教えられた村に着いて、村の横にある昼間でも見落としそうな細い道に入った。一人がやっと歩けるほどの狭い山道で、ランタンの明かりに木の幹が陰影を濃くして浮かび上がる。月明りも届かない、深い森の奥。

狼のような魔物が襲い掛かろうと闇から飛び出したのを、簡単にベリアルが倒している。

「ギャウウゥ！」

ベリアルがクイッと指を上げると、木に隠れて私達を狙っていたであろう影が火に包まれた。

「ふはは、歩きやすくなったわ」

「山火事には注意してくださいね……」

敵を燃やして明かりにするとか。道は照らされるけど、ちょっと怖い。

毛の焼ける不快な臭いを越えて進んでいたら、小さな泉に辿《たど》り着《つ》いた。徐々に道が草に覆われてくるのを、踏みながら更に奥へ。泉のほとりの急な勾配《こうばい》を登る。

坂が終わると急に開けて、小高い草地に到着した。

ここだ。空には月の顔が覗く。背の低い草が生い茂る中で、何本かには蕾《つぼみ》が付いている。しばらく待つとその丸い蕾が、生き物のように上に移動を始めた。

もうすぐ、もうすぐ。ワクワクするな。花の横にしゃがみ込んで、じっと待った。

「そなた、近過ぎるのではないかね」

「せっかくなので、間近で眺めます」

ベリアルは少し離れた場所に立っている。高地だから、夜は冷える。


ちょうど真夜中、ついに花が熟した。

パン、パアアァン！

激しい音を立てて蕾が二つに裂け、火の花が開花。

開く時に強烈な音と閃光を放つ、それがクパーラの火の花。

予想以上に音が凄《すご》かったし、目を開いていられない程の激しい光だった。やっぱり、離れているのが正解ね……。燃える花の輝きが落ち着くのを待って、採取する。朝になると萎《しお》れてしまうので、深夜にしか採取出来ない花なのだ。

目的を果たしたので、今度は飛んで村長さんのお宅へ戻った。早く寝よう。


次の日の朝、セエレと手分けして見回りをしたけれど、ラ・ヴェリュはもういなかった。これで大丈夫かな。道さえ通じたら、守備隊の人がこちらへ来てくれるだろうし、村の現状を訴えられる。

そしてセエレの私への態度が、ちょっと変わった。気を遣われている気がする。ベリアルの契約者だからだろうか。

ちなみに彼は、盗賊でも誰でも物資輸送の依頼があれば運べるだけ運ぶ、運送に生きがいを感じている異色の悪魔だそうだ。


セエレへの代償は、ギルドから報酬を先払いで貰ったから、それでいいそうだ。

そんなセエレを地獄へ送り還して、レナントへ戻った。

ジークハルトの病が再発する前に、早く薬を作らないといけない。宮廷魔導師見習い時代に纏《まと》めた資料で作り方を確認して、足りない材料を素材屋で購入した。そして宿のおかみさんに、台所を使わせてもらう。

クパーラの火の花に、ハナハッカ、オトギリソウ、キクニガナ。それから海の露。これらをクタクタになるまでよく煮て濾《こ》したものに、ラピスラズリの粉と、ラベンダーのオイルを合わせる。

この液体にミツロウを加えて、軟膏《なんこう》にするのだ。

冷ましてから容器に移し、これを持って守備隊の宿舎へ向かった。

ちょうど門番のマレインが庭にいたので、ジークハルトの部屋へ案内してもらった。廊下を移動しつつ、ソーマを飲んでからの容体を尋ねる。

「あの後、わりとすぐに意識はハッキリとされたよ。朝にもう一度飲んで頂いたけど、まだかなり怠《だる》いみたいで。熱は下がっているけど、ベッドからあまり起きられないでいるんだ」

やっぱり、治ってはいない。熱が再び上がる前で良かった。

「悪魔の魔力が残っているようなんです。それを消す薬を持って参りました」

「そうか、助かるよ！　こちらではどうしたらいいか解らなかったんだ。イリヤさんがいなかったから念の為に別の人に往診してもらったけど、異常はないという診断だったし。夕方にもう一度頂いた薬を飲んでもらおうと考えていたよ」

普通に病気を治療している人には、見抜けないよね。私も悪魔から直接聞くまで、ソーマならば治せるかもと、期待してしまっていたし。

水を持ってくるとのマレインの申し出は、塗り薬だからと断った。塗布するのをやってもらおう。

扉を開くと、ジークハルトはベッドで上半身を起こして座っていた。金の髪は乱れていて、やはり気怠そうだ。

「イリヤさん。薬を頂いたそうで、ありがとう……」

「隊長、それが熱を下げるだけじゃ治らないそうで。イリヤさんが治療薬を持って来てくれました」

「治療薬？　わざわざ私に？」

病気もあってか、さすがにジークハルトも穏やかだわ。話がしやすいね。

「はい、こちらを胸に塗ります。それから仰向けに寝てください、特殊な呪文を唱えますので」

「ああ、……ありがとう」

やはり飲み薬だと思ったのかな、首を傾げつつも従ってくれる。

座った状態で夜着を捲《まく》り、マレインに薬を塗ってもらう。裾《すそ》を戻し、ゆっくり横になった。

その間に、入手しておいた杖《つえ》の代わりになるヤドリギの棒を用意。さあ開始。

「ガダ・タリドゥ、憤《いきどお》れるもの。熱の風よ、風よ、熱よ、潜み狙うものよ。熱病よ、大燕《おおつばめ》のようにその巣に戻ることのないように。捕らえし病に、暗き所に、正しい秩序をもたらし給え」

ヤドリギに宿った魔力がジークハルトに向かって流れ、包み込んで霧散する。消えて行くと同時にスウッと清浄になる感じがした。効果があったみたい！

「……体が軽くなったような」

「ここで油断せずに、今日一日は安静にしていてください」

「はい」

素直な返事がきた。さて、これで終了ね。よおし、今度こそ稼ぐわよ！

「では私は帰りますので。もしまた容体が悪くなりましたら、お知らせください」

「解った、ありがとう。治療費は後で請求してくれ」

マレインにもお礼を言われ、宿舎を後にした。

◆◆◆

ジークハルトに薬を渡してから、商業ギルドにラ・ヴェリュの討伐と、悪魔セエレによる物資輸送の完了を報告に行った。ギガンテスは倒されていたのを目撃したと報告しておいた。私達が倒したと言ったら騒ぎになりそうだし、後始末だけ任せちゃおう。

調査隊が出るだろうけど、場所が国境近くだから、他の国の人が倒したとでも勘違いしてくれないかな。村長には口止めをしておいたよ。

今回の報酬は国と町から、ギルドを通して貰《もら》える。倒した魔物の数なんかも報告したので、計算して準備をしてくれている。まだすぐには出せないみたい。

お金を待っていても仕方ないぞ。

いったん宿に戻り、ビナールが回収してくれていたスニアス湖で採取した薬草と、エルフの森で得た素材の残りを乾燥させたものを持ち、予約しておいた施設で無事にアイテムを作製。

アレシアの露店へ届けて、ビナールのお店には念の為に商業ギルドから届けてもらう。ビクネーゼの件もあったし、他にも危険なことがあるかも。しばらくはこれを続けようかなと思う。

アイテムボックスを使えばお店に持ち込むところは見ても解らないだろうけど、私が訪ねた後にポーションが販売されたら、私からだって勘付かれちゃうよね。


商業ギルドの講習会は始まっていて、本当に作業場の予約が取れなくなっている。借りられても短時間だったりするし、これだと中級ポーションくらいしか作れない。やっぱり家が必要だわ。

あまり長く施設を借りられなかったから、時間が余っちゃったな。

そういえば、ジークハルトの病はきちんと完治したかな。あれから数時間、経っている。

本来なら経過観察に行きたいけど、やっぱり何か気まずい。

作ったことはあっても、実際に使用するのは初めての薬と呪文なのだ。効果を確かめて、経緯をレポートに認《したた》めたい。こんな状態に陥ること自体、滅多にないからね。だからといって頻繁に宿舎へ行くのもなあ……。

悩んでいてもしょうがないわ、次のアイテム作製の準備をしよう。早めの夕飯を食べてから帰って、ハンパに残った素材を干したり瓶に詰めたりした。明日は少し遠くへ、採取に行きたいな。

明くる日、山の方を目指して低く飛んでいた私とベリアルの耳に、街道から人の怒号や叫び声、剣戟の音、それに混じった笑い声や魔法による爆発するような音が聞こえてきた。

「何か起きてる……⁉」

とっさに高度を下げ、声がする方へと向かう。

「盗賊の襲撃であろう。かなりの群れであるな」

少し進むと、襲われている馬車が視界に入る場所まで辿り着いた。

そこでは武器を持った大勢の賊と思われる集団が、紋章の入っている馬車を襲撃している最中だった。金で意匠を凝らした馬車まで敵は迫っており、既に多くの護衛兵と思《おぼ》しき人が怪我をして、血を流し地面に倒れていた。

護衛側に召喚術師もいたのだろうか、獅子《しし》のような獣が唸《うな》り声を上げて盗賊を威嚇している。しかしこの子も傷を負って、とても痛々しい姿だった。

「やれ！　ただし娘は傷一つつけるなよ、売り物だからなっ‼」

「…………」

簡単に人を殺して……その上、売り物？　怒りで心臓が痛いほど脈打っていた。手が震えるほどの興奮を覚えているのに、思考は青く染まっていくような気がする。

「お嬢様！　お逃げ下さい‼」

紋章の入った高価そうな馬車の扉を開け、三人ほどの騎士姿の男性が叫んでいる。馬は矢が刺さったままの状態で地面に突っ伏していて、馬車はもう動かせないのだろう。馬車自体にも、風の魔法によると思われる攻撃の跡がある。

「どうしよう、助かるの……⁉　どうなるの、私……どうなるの！？？」

アレシアと同じ年頃の少女が、泣きじゃくりながら馬車を降りて姿を現した。足が震えて、自分では立てないような有り様だ。

突然の襲撃に護衛隊は総崩れになり、移動手段を潰《つぶ》された。数に勝る男の集団が、奇声を発しながら迫っているのだ。女性ならずとも恐怖に打ち震えてしまうのは仕方がない。

盗賊は抵抗する者達を笑いながら斬り殺していく。見るに堪えない蛮行だわ。

「……天上の光、地上の風、大地に根ざす命の源。生命の源たる力よ、寿《ことほ》ぎを。守り癒す力を我に与え給え。あまねく命を守り給え、守り給え……」

詠唱に反応して、私が想定した区間に白い光が地面から立ち上り、壁のようになっていく。

「なんだこりゃ⁉　プロテクションの魔法か？」

賊は薄ぼんやりとした光に剣を叩《たた》き込《こ》むが、逆に弾かれ武器が欠けてよろめいた。

「祈り届きしなれば、盾となりし力を示せ！　コンソラトゥール・ミュール！」

回復効果をプラスした私独自の防御魔法を展開し、地面に降りて、私は横に立つベリアルを見上げた。ちなみにこれは物理攻撃を防いで回復効果をプラスしてあるが、魔法による攻撃は一切防げない。

「閣下に言上《ごんじよう》奉《たてまつ》る！」

彼の前に勢いよく片膝《かたひざ》をついて頭《こうべ》を垂れた。

「……発言を許す」

「この不埒《ふらち》者どもを、一人残らず捕らえて頂きたくお願い申し上げます！　このような輩、見逃すわけは参りません。私は庇護《ひご》を必要とする者達の、救護をさせて頂きたく存じます」

「良かろう、イリヤよ。しかしそなた……」

ベリアルが動いてくれる。これならばもう安心だと喜色を浮かべた私に、彼は呆《あき》れた様な半笑いをした。

「ここは、術式を使ってでも命令する場面ではないかね？　なぜ平素よりもへりくだり、我が配下のような態度になるのだ」

「え……と……？　そういえば、そういう方法もあります……か、ね？」

言われてみれば恥ずかしい。召喚術師としては、ちょっとおかしな言動だった。

これは多分魔法養成所時代に、貴族達から礼がなってないだの野蛮だのと、罵《ののし》られたからかも知れない……。頭に血が上った時ほど丁寧にしないと、ボロが出て余計に辛辣《しんらつ》に当たられたものだ。

それに、子供の頃にアイテム作りなどを教えてくれたベリアルの配下から、〝閣下〟と呼んで敬うようにと散々指導されたので、今でも無意識だと閣下と呼んでしまうのだ。

そもそも地獄の王に無理に命令するのは、盗賊の殲滅《せんめつ》より難しいんじゃないかな。

「ふふ……全くそなたは飽きぬな。しかしこの数、全てに手加減することは難しいと心得よ」

「あ、はい。契約に基づき、同意を致します」

戸惑っている私の前から、ベリアルの姿は一瞬で掻《か》き消えた。契約に基づく同意とは、人を殺すことに同意するという意味だ。私が襲われた場合以外は、同意なく人を殺さない契約をしている。

私も気を取り直して、戦場に向かって駆け出す。

襲われていた人々は、突然出来た光の壁を警戒して動けないでいた。それでも三人の騎士は少女を守るように立ち、腰に提げた剣の柄に手をかけている。

「加勢いたします！」

一言だけ告げて、私は少女が降りた馬車の横を走り過ぎた。

「き、君は……？　これは一体」

「私の防御魔法でございます。ご安心を！」

「……待て、君は魔法使いでは？　すぐに陣形を立て直す、この魔法を切って攻勢に……」

喋《しゃべ》る間も惜しいので、尚も騎士が続ける言葉を聞かずに、どんどんと離れていく。そして防御魔法をするりと抜けて、壁の向こう側になってしまった人達の援護に向かった。

混戦になりつつあったので、馬車側の人々を切り離すだけで精いっぱいだった。

こちらでは取り残された護衛達が戦闘を続けている。壁は外側から来た者を弾くが、中から出る者は妨げないと気付いた無傷の者達も、各自の判断で戦闘に加わり始めていた。

目の前には足を負傷した男性が地面に尻《しり》もちをついており、賊の一人はとどめとばかりに剣を振り下ろそうとしている。

「巻き上がれ大気よ、烈風となりて我が敵を蹴《け》散《ち》らせ。汝《なんじ》の前に立ちはだかるものはなし！　一切を巻き込みし風の渦よ、連なりて戦場を駆けよ！　クードゥ・ヴァン！」

風属性の攻撃魔法を唱えると渦となった暴風が駆け抜けて、振りかぶった剣ごと男の姿は遠くへと消えた。後ろにいた敵達も体を切られて転んだり、飛ばされたりしている。

「あ、慌ててちょっと使うの間違えたかも……」

味方らしき人達も、風圧に晒《さら》されてしまった。埃《ほこり》や飛び散った小石を、腕で防いでいる。

「すまない……、しかし貴女は」

目の前の男性が、立ち上がりながら尋ねる。答えるよりも、次の魔法を使うことを優先した。私は両手を左右に広げ、新しい詠唱に集中する。

「燃え盛る焔《ほのお》は盤上に踊る。鉄さえ流れる川とする。栄えるは火、沈むは人の罪なり」

パンと両手を体の前に持って行き、一拍打つと同時に、魔力が熱を帯びるのが感じられる。発動場所をしっかりと認識して。

「滅びの熱、太陽の柱となりて存在を指し示せ！　ラヴァ・フレア！」

途端に三本の火柱が聳《そび》え立《た》ち、柱に触れてしまった賊達は患部を押さえて、のたうち回った。

「なんで急にこんな火が！　あちい、痛えよ……！」
「あの女も護衛か⁉　魔法使いか……！」
「おい、アイツを殺せ！　早くしろ！」

混乱しつつ口々に叫んでいるけど、賊は状況が呑《の》み込めず、まだオロオロとしている。その間にもベリアルがあっという間に敵を蹴散らしていき、立っている人数の方が少ない程になっていた。

自らの火を使って顕現させた真っ赤な炎の剣で一振りすれば、ろくな訓練もしていないであろう盗賊など、全く敵にもならない。炎の力を自在に操り、周囲に導火線でもあったかのように火が走って襲っていく。

火炎の中を優雅に歩いて敵を葬る、まさに炎の王の姿だ。

他に助けるべき人がいないだろうかと辺りを見回すと、不意に黒い影が目の前に現れた。

「……この戯《たわ》け！　我に任せたのだ、大人しくしておれ！」

「ベリアル殿」

彼がかざした手の前で、矢が止まっている。私が狙われていたのだ。赤い髪が揺れて、ベリアルは矢が放たれた方向に顔を向けた。厳しい視線が敵を射抜く。

「これは返そう」

矢はくるりと向きを変え、火を纏《まと》って持ち主のもとへと放物線を描いた。

木の幹の上に届くと短い叫び声が聞こえ、人が地面へ落下した。


予想以上に素早く平定されたわ。

とはいえ、死んでしまった人は生き返らない。到着が遅かったことが悔やまれる……。

私は気を取り直して、負傷者の手当てを始めた。エリクサーもあるけれど、ザッと確認したところ、使わなければならない程の重傷者はいないようだ。

薬は護衛の兵に託して、私は怪我の大きな人に回復魔法をかける。

二回ほど回復魔法を使ったところで、少女の護衛に就いている三人の騎士の一人が私の横に立ち、頭を下げた。他の人達は救護の他、馬車の様子を確かめたり、盗賊を捕縛したりしている。

「ありがとうございました。おかげでお嬢様をお守りすることが出来ました。しかも、治療までして頂けるとは……」

「通りがかりです。お気になさらず」

助けたことが大事《おおごと》にならないといいなと考えていると、馬の嘶《いなな》きが響き、蹄《ひづめ》の音がどんどんと近づいてくる。


「イレーネ！　無事か⁉」

真っ白な馬に乗って登場したのは、レナントの町の守備隊長、ジークハルトだ。金茶の髪に緑の瞳《ひとみ》の、整った顔立ちをした若い騎士。

馬から降りたジークハルトは、少女の前に跪《ひざまず》いて怪我がないか確認した。無傷なことに胸《むね》を撫《な》で下《お》ろして再び立ち上がり、涙に濡《ぬ》れた少女の顔を覗《のぞ》き込む。

そして無事を確かめるように抱き締めた。

「怪我がなくて良かった……。怖かったろう」

「お兄様……！　お兄様こそ、ご病気だったのでは……？」

少女も泣きながら縋《すが》りつく。二人は兄妹だったのね。熱病のお見舞いにでも行く途中だったのかな。ジークハルトも完治して、もうこんなに動けるようになっていたんだ。

私のそばにいる騎士は、二人の様子に頷《うなず》きながらこう説明してくれた。

「あのお方はヘーグステット子爵の三男でジークハルト様、そしてお助け頂いたのがその妹君である、イレーネお嬢様です」

……え？　子爵？

◆◆◆

イレーネの護衛が、私をヘーグステット子爵の三男でジークハルトだと紹介すると、目の前の女性……イリヤさんは急に顔色を白くした。もう既に調べて、ある程度は把握されているのではと考えていたのだが、そうではなかったらしい。すぐさま崩れるような勢いで、ひれ伏す。

突然の出来事に、私は思わず目を見張った。

「高貴な方とは存じ上げず、大変失礼いたしました……！　今までのご無礼、伏してお詫《わ》び申し上げます」

今まで会った民達は、最初から貴族だと知っていればそれこそ這《は》いつくばるように伏せる者もいたが、何度も話をして多少なりとも打ち解けた後ならば、いきなり膝《ひざ》をついたりはしなかった。まさかの事態に、妹も瞬きを繰り返している。

「いや、気にしないでほしい……！」

とりあえず落ち着かせようとするが、耳に届いているのか。

落ち着いてもらいたいのだが、どう語り掛ければいいのだろうと悩んでいると、彼女の後ろから漆黒の影が涼やかな音色で言葉を紡いだ。

「面《おもて》を上げよ、イリヤ。この者は平伏されるのを望まぬ故、自ら身分を明かさなかったのだろうよ」

「……閣下……」

ようやく身を起こした彼女は、自らの護衛たる悪魔を見上げた。

……ん？　閣下？　なぜ彼女は自分が従える悪魔を、そのように呼ぶんだ？

「そもこの男が、無礼だとそなたを打ち据えるように思うかね？　あの国の貴族どもと、同族であると？」

「いえ、そのようには……」

恐怖の象徴のようなベリアルという悪魔が、淡々と諭すように問い掛けている。


当初私は、彼女が恭しく敬語を使いつつも壁を作るような態度をとるのは、何か良からぬ秘密を抱えているのだと考えていた。

ちょうど彼女が現れたのと同じような時期に、ビクネーゼという厄介な商会が進出して来たこともあって、かなり警戒心を強めていたんだと思う。少しずつ関わるようになって悪事を企む人間ではないと解ってきても、違和感は拭《ぬぐ》えなかった。

しかしそれは、貴族達に傷つけられて、自分を守ろうと両手で肩を抱いているような、痛々しい姿の表れだったのかも知れない。私が疑いの目を向けてしまったことが、壁を作る原因だったような気もする。

この国の貴族の中にも、身分が下の者を軽んじて冷遇したり、民をまるで人とも思わぬような態度で乱暴狼藉《ろうぜき》を働く者もいる。彼女もそのような目に遭っていたのだろうか。民達を守る立場でありながら、気遣えなかった自分が恥ずかしい……。

そのようなことが、この恐ろしい存在がついこの前に吐露した、彼女が傷つけられた時に守れなかったという出来事だったのだろうか。

「そして、だ。我《わ》が眼前で契約者を甚振《いたぶ》るような不埒な真似を、この我が許すと思うかね？」

「……許さないと、仰られておりましたね」

「覚えておるではないか。ならば胸を張らんか！　これでは我の立つ瀬がないわ！」

悪魔であるベリアルは呆れたように手を差し出して、イリヤさんを立たせた。

イリヤさんはこちらに視線を向けて少し恥ずかしそうに、いつものように体の前に手を合わせて、キレイなお辞儀をする。

「申し訳ありません、見苦しい姿をお見せしました」

「いや、事情を話さなかったこちらにも落ち度はある。その……すまなかったな、不安にさせた」

「ジークお兄様は、理不尽な怒り方はしませんのよ」

泣き止んだイレーネが、私の腕にしがみ付きながら照れたような笑顔を作った。

馬車の馬が使えなくなったので、ここからは歩いてレナントまで戻るしかない。

死者が何人も出てしまった。生き残った盗賊の一味は縛ってあるので見張りをさせて、まずは私達数名がレナントへ向かい応援を呼ばなければ。

「イレーネ、私の馬に乗りなさい」

「……でも、その助けてくださった女性は……？」

イレーネは自分だけ馬に乗るのを申し訳なく感じているようだ。まだ少し足が震えているようなので、歩くのは厳しいだろう。妹の護衛の三人も、すぐ近くで様子を見守っている。

「私は平気です。飛行魔法も使えますので、気になさらないでください」

「まあ！　優秀な魔導師の方ですのね。確か、そちらの男性がイリヤと呼ばれてましたわ。イリヤさんでよろしいんですの？」

私が支えて馬に乗せる間も、妹はイリヤさんと会話をしている。

「はい、イリヤと申します。そしてベリアル殿は、私の契約している悪魔でございます」

「悪魔なんですの⁉　こんなに洗練された美しい悪魔、初めて会いましたわ！」

「ほう……兄とは違い、見る目のある娘だな」

さっきまで泣いていた妹が元気を取り戻しつつあって、少し安心した。妹の称賛に満足して得意気な悪魔ベリアルは、私に向けては不遜《ふそん》な笑みを浮かべた。

「ああ、忘れるところだった。イリヤさん、素晴らしい薬をどうもありがとう。イレーネ、私の病気が治ったのも、彼女のおかげなんだ」

「そうなんですの⁉　イリヤさんは、私達の恩人ですわね。ジークお兄様、お兄様こそ失礼をなさらないでくださいね！」

「そうだね……」

苦笑いで返すしかない。手綱を引いて、妹が乗った馬を歩かせる。

「そういえば、どうしてジークハルト様はお一人でこちらに？」

「ああ、母から〝妹が向かったが、感染する病なら会わないで欲しい〟と、早馬で知らせが届いてね。もう近くまで来ているのではと思ったら、不安になってつい馬を駆って飛び出したんだ。こちらも色々あったし、ね。そうしたら、悲鳴が聞こえてきて……、気が気じゃなかったよ」

戦闘が行われている喧噪《けんそう》が耳に届いた時には、本当に気を揉《も》んだ。

せめてもう少しでも早く到着していれば、妹をこんなに怯《おび》えさせずに済んだだろう。それに、イリヤさんの使う魔法を見たかった。

町まで近づいたところでふと後ろの様子が気になって振り向くと、イレーネを護衛する三人のうち二人が、遅れてきていた。

「……どうした？」

「いえ、お気になさらず……」

歩き方が少しおかしい。年若い男が足に怪我を負い、もう一人が付き添っているようだ。

「怪我をしたなら、無理をせずに早く言いなさい。治療をしよう」

「大した怪我ではありませんので……」

「私が回復魔法を使いますわ！　いつも助けてもらっていますもの！」

遠慮する護衛の騎士に、イレーネが名案とばかりに両手を合わせてパンと鳴らす。

私は腕を広げて待っているイレーネを抱え、馬からゆっくりと降ろした。

護衛が血に濡れて破れたズボンから足を出すと、壊れた脛当《すねあ》てとザックリ切れたふくらはぎが現れる。よくこれで歩いていたなと感心する程だった。我慢強いのも考えものだ。

「柔らかき風、回りて集え。陽だまりに揺蕩《たゆた》う精霊、その歌声を届け給え。傷ついた者に、再び立ち上がる力を。枯れゆく花に彩よ戻れ。ウィンドヒール！」

イレーネがしゃがみ、怪我をした足に向かって一生懸命に詠唱をした。

ふわりと甘い花の香りが漂い、傷口を優しく撫でる。しかし怪我が酷く、初歩の回復魔法では傷を完全に塞《ふさ》ぐのは無理だったようだ。少しでも痛みが引けばいいんだが。

「あ……ごめんなさい、治っていませんわ……」

「そんな、だいぶ良くなりましたよ！　もう痛くありません、これなら歩けます！」

ガッカリと肩を落とす姿に回復魔法をかけてもらった護衛が慰めようとするが、これで歩くのはまだキツイだろうな。むしろ気を遣わせてしまった。

「イレーネ様、更に強い回復魔法にいたせばよろしいんですよ」

「でも私、まだ教わっていませんわ……。攻撃魔法を中心に習っていたんですの。……怖くて全然使えませんでしたけど」

「それは仕方がありません。出来ることを、なされば良いのです。どうぞ、こちらの魔法をお使いください」

イリヤさんはメモを取り出し、細い指で滑らかに詠唱を書き出して、イレーネに渡した。

遠慮しながらも受け取った妹は元気にお礼をすると、目を輝かせて何度も口の中で繰り返し、覚えましたと顔を上げる。


「薫風《くんぷう》巡りて野を謳歌《おうか》する。籠《かご》に摘みたる春に、恵みよ溢《あふ》れよ。華めけ、満たされしもの。痛みも辛苦も、汝《なんじ》に留まることはなし。ブリエ・ウィンドヒール」


なんと、あの傷がキレイに消えた！　風属性の、中級の回復魔法……。

命を助けてくれただけではなく、こんな魔法を惜しげもなく教えてくれるとは。

「ありがとうございます！　先生を驚かせてやりますわっ！」

騎士達も口々に感謝を述べる。彼女は大したことではないからと、照れくさそうに笑った。

「ありがとう、私からも礼を言う。それと……今まで色々と、本当にすまなかった。強力な熱冷ましの薬と、それだけじゃなく病を治す薬まで作ってくれて、ありがとう。感謝してもしきれない程だ。これからは私で力になれることがあったら、何でも頼ってほしい」

「……ありがとうございます。ではその時は、遠慮なく」

初めて目にする彼女の屈託のない笑顔は春の日差しのように暖かく、それでいてどこか私を落ち着かない気持ちにさせるものだった。

町に着いてからジークハルトが命令し、守備隊の兵がすぐに盗賊の捕縛に向かった。

今回ジークハルトは妹が心配なこともあって、部下に始末を任せている。一緒に守備隊本部までイレーネを送った私達に、話がしたいからまた明日来てほしいと告げられた。

これはさすがに聴取でもないよね。

◆◆◆

次の日の午前中、ジークハルトが待っている執務室に向かった。

「今回は妹を助けてくれて、本当にありがとう。今まで嫌な思いをさせて申し訳ない」

ジークハルトが椅子に座る私達を向いて、執務机につくほど頭を下げる。

これは予想外！　昨日も謝って丁寧にお礼も言ってくれていたのに、なんで急にそんなに腰が低いの？　これで喜ぶのはベリアルくらいだわ。

「当然のことをしたまでです」

「……それが君なんだね。その、ビクネーゼ商会についてだが」

あ、そっちね。何か動きがあったのね！　頷《うなず》くと、彼は話を続けた。

「今回の、スニアス湖で君とビナールが襲撃された事件のみならず、悪魔召喚についてもようやく裏が取れた。そして他の町の守備責任者が一人、私より先に同じ病で亡くなったのも、彼らの仕業だ。ビクネーゼの本店がある地域を治める公爵閣下が、病の調査に動いてくださっていた。ようやく代表の身柄を拘束したから、証言する者も増えそうだ」

もう大詰めだ。後はどんな罰になるか、だね。

「安心しました。これで襲撃の恐れはないですね」

「ああ、心配はいらない。それというのも、彼らを庇護《ひご》していた貴族が庇《かば》いきれないと悟ったのか、見捨てて横やりを入れてこなくなったんだ。上の方に介入してもらうまでもなく、ずいぶん捜査もしやすくなった」

妨害がなくなったんだ、それは良かった。ジークハルトは他の人達とも連携していたんだ。

「ふ……ははは。小心も長生きの秘訣《ひけつ》であろうよ」

突然声を立てて笑うベリアル。これは何かしている。赤い瞳《ひとみ》が愉快そうにジークハルトを捉《とら》えた。

「庇っていた者に、気付いていたのか……？」

「当然であろうが。町をまたいで大掛かりな悪事を働く者は、権力者を後ろ盾にして笠《かさ》に着るものよ。襲撃に失敗をして子飼いが捕まったとならば、兵に圧力をかける為に、その者に接触を図ろう」

つまりベリアルは、私達が襲撃された後こっそりビクネーゼが貴族に助けを求めるのを追跡して、いつの間にやらその貴族を脅していたの⁉

それなりの貴族なら、大抵魔導師や召喚術師を抱えている。地獄の王……とまでは知らなくても、高位貴族の契約者に手を出した相手を守ろうなんて、召喚術を理解している人間なら間違っても思わない。その貴族も進言を聞き入れて、ビクネーゼと手を切ったのね。

ということは、ちゃんと裁判にかけられるんだ。

「……色々な罪状が並ぶだろうな。我々のような町の守備隊は領兵なんだが、守備隊長を暗殺したのは我が国では反逆罪にも該当する、相当に重い罪だ。ビクネーゼ本人は、死罪まで有り得る。少なくとも、牢《ろう》から出られないだろう」

ビクネーゼはこれから、王都に身柄を移送して裁判になる。さすがに罪状が大きいので、この町では扱いきれないらしい。

「あの病で、亡くなった方もいらっしゃるんですか……」

「当初は病の原因が解明されず、治療出来なかったんだ。悪魔の行方は掴《つか》めていない。ビクネーゼも把握していないようで、疫病をもたらす魔力を籠めたモノ二つと引き換えに、召喚術師を殺して去ったそうだ」

やっぱり術師も殺されている。

「憂慮はいらぬ。周辺にはとどまっておらん。そもそもあの者は疫病の悪魔の頭目であるが、病を振《ふ》り撒《ま》くだけではない。捧《ささ》げものでもすれば、配下の罹患《りかん》させた病を治す気分屋であるぞ。むしろあの者を表す護符を飾っておけば、疫病の悪魔などは避けて通るわ」

「なるほど。疫病の悪魔と言われると恐ろしい連想をしてしまいますが、対応さえ間違えなければ害はないのですね」

「その通りである」

病に関してはベリアルより味方みたいだった。私に治せるか、遊び感覚で試していたんだろう。

ジークハルトも、これで最後の懸念がなくなったね。

「そうだったのか……。感謝する、警戒を解くよう連絡をするよ。それと商業ギルドに、魔物討伐の報奨金が届いている筈《はず》だよ。受け取りに行くといい。イレーネを助けてくれた時の、盗賊の討伐に協力してくれた分も足すように連絡してある」

「早速参ります。ありがとうございます」

捕らえに行くように指示した時に、そんなことまで伝令しておいてくれたんだ。

「一緒に受け取れるよう、私の薬代とイレーネの魔法指導の代金も預けておいたから」

勝手に教えちゃって、代金が発生してしまった。次からは確認した方が良さそうだ。

せっかくだしありがたく頂こう。よーし、それも家の頭金にしちゃうぞ。ちなみに物資輸送の報酬は、セエレが契約書を交わして先に受け取っている。悪魔との契約をギルドでって、面白いよね。

ジークハルトに見送られて、守備隊の本部を後にした。

商業ギルドには人が多くて、商売の交渉をしたりと相変わらず賑《にぎ》わっている。

「こんにちは」

「イリヤ様、お待ちしておりました」

受付には、いつもの水色髪の女性がいた。報酬のことだと、察してくれているようだ。

「今回お渡しするのは、ラ・ヴェリュの討伐及びセエレ様を召喚して頂いたことへの召喚料、盗賊の討伐、ビクネーゼの捕縛への貢献、それから守備隊長様よりお預かりしている代金です。冒険者ギルドに退治依頼があった盗賊なので、あちらからも報酬がきてますよ」

いつのまにやら色々と増えているなあ。当初の予定通りに使おう。

「報酬についてですが、先日内見させて頂いた家の頭金にさせて頂けませんか？　足りない分も、用意いたしました」

「おめでとうございます、ついにご購入ですね！　すぐに手続きをいたしますか？」

「はい、お願いいたします」

受付の女性が、書類を用意してくれる。ふふふ、ついに私も自分の家を持てるわ。

説明を受けながら、書類に必要事項を書き込む。まずは家に必要な家具を揃えてから、宿の部屋を引き払って入居しよう。

「では、譲渡の準備を進めさせて頂きますね」

「ありがとうございますっ！」

なんだかこの町の一員になった気がしてくるね。アイテムをたくさん作るぞ！

「余った分は、現金で今お渡しいたしますか？」

「……へ？」

報酬は予想以上に高額だったようだ。間が抜けた顔をしていたようで、ベリアルが笑っている。

足りない分を払うどころじゃなかった！

幕間　エグドアルム王国サイド　六

私は疑念を抱かれず村に居座る為に、まずはこの地方の領主の館へと赴《おもむ》いた。老年の領主は快く私を迎え入れてくれて、突然の訪問であるにもかかわらず、歓待を受けた。

〝皇太子殿下が、犠牲になった宮廷魔導師見習いの女性に深く同情していらっしゃる。せめて実家がある村の状況を確認し、亡くなった彼女に憂いがないよう私を遣わされた〟という話もすぐに信じて、何日でも滞在しやすいよう取り計らってくれるという。

よし、チョロい、チョロい。

イリヤ嬢の捜索に関しては私に全権が委ねられているから、好きなようにやらせてもらえる。

私、エクヴァル・クロアス・カールスロアは、一日だけ領主の館に宿泊して現状を伺い、現在は件《くだん》の村で村長宅に滞在させてもらっている。

十五歳になるという村長の孫娘は、赤紫の目がくりっと大きくとても可愛らしい。花柄のワンピースも似合っている。やっぱり年寄りの家より、こういう可愛い子がいる家だよね。

領主の館はメイドもベテランの年配女性ばかりで、不満があったわけではないが、村に滞在すれば様々な年齢とタイプの女の子に会えると思うんだ。

「カールスロア様、どちらへ行くんですか？」

「今日はワイバーンを討伐に。キノコ狩りに行かれた方が、遭遇したと訴えてきたからね」

「気をつけてくださいね……、ましね！」

この少女の敬語の使い慣れてない感。いいね、可愛いな！　新鮮だ。

手を振ってくれているのも嬉《うれ》しいね。

この村はワイバーンが繁殖する谷に近く、ある程度倒してもまた出て来るそうだ。すみれの君ことイリヤ嬢は、ここでワイバーン退治の経験があるんだな。どうりで最初から恐れないわけだ。

いや、普通はそれでも群れを討伐するとなると、恐怖を感じるか。

鉄の意志を持ってるなあ……。

私は森の中を散策し、遭遇したと教えられた場所まで辿《たど》り着《つ》いた。その場にはいなかったが、更に奥へと進んだところで、太い枝から飛び上がるワイバーンを発見。

「……飛躍！」

ブーツにかけてある魔法を使う。空を飛ぶ飛行魔法は使えないが、高く跳び上がるだけの飛躍の魔法ならば、仕込んでおけば制御できる。

ワイバーンの高さまで跳び、剣で一気に切り裂く。

羽の付け根から腹を裂いて尻尾《しっぽ》の近くまで大きく傷を作ると、私が着地するより早く巨体が地面に叩《たた》きつけられた。

「よし、好調だな」

皇太子殿下直属の親衛隊の一員である私には、この程度は朝飯前だ。

殿下のご学友だったので、こうやって殿下の手足になる仕事を気軽に任されて、今では半分、特務隊の一員のようにもなってしまっているが。

あの方は、優しい顔して人使いが荒いんだよな……。

「私の側近なのだから、下級の竜くらいは一人で倒せるよね」と宣《のたま》った、あの笑顔が忘れられない……。私だってそんな無茶は言わない。いや、倒せたけども。


さて、この村。もともと山奥にオーガが住んでいるだの、何処かに竜がいるだの、物騒な話が昔はあったようだ。

しかし今回調査したところでは、特別に危険と思われる存在は確認されなかった。元から存在しなかったというよりは、討伐されたという印象がある。例えば巨大な竜の鱗《うろこ》が落ちていたり、オーガが持っていると噂されていた品が洞窟《どうくつ》に残されていたり。

討伐を実行したのは、イリヤ嬢か、契約した悪魔か。

あんまり考えたくないな……。

そんなこんなで数日が経過し、村での生活にも馴染《なじ》んできた頃だった。

何か仕事がないかと広場を歩いていると、若い女性が息を切らして駆けて来る。

「あの、姉から手紙が……！」

こっそりと耳打ちするのは、彼女の妹であるエリー嬢だ。薄紫の髪とアメジスト色の瞳は、彼女と全く同じらしい。とにかくエリー嬢と一緒に自宅へ急行した。

そして通信魔法で届いた手紙に書かれていた内容は、こうだった。

『前略

お母さん、エリー、お元気ですか。

イリヤです。秘密にして欲しいのですが、私は生きています。

たくさん心配を掛けてしまって、本当にごめんなさい。

出来ればもっと二人を助けたかったのだけれど、私が宮廷で過ごすのは限界だと感じていました。

誰にも相談せずにワガママを通してしまったことを、お許し下さい。

今は新しい地で生活を始めて、この暮らしにもだいぶ慣れてきました。

お友達も増えて、とても楽しく過ごしています。

ちなみに魔法アイテムを作る職人として、商業ギルドにも登録しました！

住まいはチェンカスラー王国のレナントという町です。ここは雪が降らないそうです。

自分で好きなところに薬草を採取しに行ったり、ポーションを作ったり。

自由という言葉の意味を知った気がします。

怒っていて私を許せないかも知れませんが、またお手紙します。

では、お体に気をつけて』

……チェンカスラー王国⁉　ずっと南だよね？

なんでわざわざ、そんな遠くに！？？

え、これ私が行くの？　行かなきゃならないの……⁉

母と娘は手紙を手に生きていてくれたと泣きながら喜んでいるが、私はとてもそんな気分にはなれなかった……。

殿下にお任せくださいとか宣言してしまった。隣国にいるのかな、くらいに考えていたよ。

才女を甘く見ていたな……。逃げるとなったら徹底的だ。

ちなみに読んだのは、文字を教わった彼女の妹だ。母親はほとんど読めない。山間《やまあい》の村なんかだと、識字率はまだまだ低いからね。

うう……。まさかこんな展開になるとは。馬ではキツイな。戦闘能力があって走る速度が速い、白虎でも召喚して契約しようかな……。体力もあるらしいし。

母娘には私が向かうから、手紙を書くなら預かるし、長文が書けなければ代筆もすると伝えた。

さすがに通信魔法の利用方法は教えられないので、あれは受け取る専用にしてもらう。本来ならこれもダメなんだがね。

こうなっては仕方ない。村長に出立することを告げ、早々に村を後にした。

帰り際に領主にも挨拶《あいさつ》を済ませてから、いったん報告の為に王都へ戻る。
そしてチェンカスラー王国への旅の支度を始めるのだった。

四章　悪魔召喚とファイヤードレイク

家の頭金を払ったので、現在は引き渡し待ちだ。数日掛かるみたい。思ったよりお金も稼げていた。この調子ならすぐに残りも支払えるね。

ビクネーゼも捕まったし、すっかり平和になったので、これからは安心して出掛けられる。

ビナールのお店で濾《こ》す為の紙や、作った薬を入れる瓶や容器を買っていると、商会の会頭であるビナール本人が奥から姿を現した。朗らかに挨拶してくれる。

「やあ、イリヤさん。その節は巻き込んで済まなかったね。無事で本当に良かったよ。アイテム作りは順調かい？」

「こんにちは、ビナール様。こちらこそ失礼いたしました。お陰様で滞りなく作製出来ております」

「それは良かった。ところで商売仲間が北にトレント素材を買い付けに行くんだが、イリヤさんは必要かな？　本当は一緒に行けばと思ったんだが、最近ドラゴンが目撃されてるらしい。行くのは危険だから頼ん」

「ドラゴンとな、それは重畳《ちょうじょう》！　参るぞイリヤ、クク……狩りであるな！」

ベリアルがビナールの言葉を遮る。趣味がドラゴン狩りらしいから、随分楽しそうだ。ギガンテスを退治したばかりなのに……。それにしてもドラゴンか。ちょうど欲しい素材があるのよね。

「それならドラゴンの素材を採取しましょう。ドラゴンティアスが欲しいですね。中級クラスがいるといいんですけど。わりと色々使えるんですよね」

「え……君達、ドラゴン……嬉しいの……？」

ビナールは引いている。

もともと隊商の出発は、数日後の予定だった。しかし危険が増しているので冒険者を確保次第、すぐ出発してしまうそうだ。とりあえずは連絡待ちだ。


ビナールに会った後、私はアレシアとキアラの露店を訪れた。ポーションがだいぶ売れて、商品が品薄になっている。傷薬や解熱の薬などの魔法薬中心とはいえ、追加を持って来て良かった。

「施設が空いてなかったりするから、アイテムの数が安定しないですね」

アレシアがため息をつく。商品がないと、商売にならない。

「そうなのよね。でも、家の頭金を払ったわ。近々入居する予定なの、そうしたら作り放題よ」

「すごい！　イリヤお姉ちゃん、もうお家を買うの⁉」

商品を並べ直していたキアラが、キラキラした笑顔でこちらを振り向いた。

「ええ、地下にアイテム作製の工房付き！　あ、でもこれから北へ出掛けるの」

「北ですか？　……トレントを倒しに行くワケじゃないですよね？」

トレントは素材としても人気の木の魔物で、慣れない人には普通の木と見分けがつきにくい。目的の町の名産という話だから、アレシアも知っているのね。

「まさか。ドラゴンが出たらしいから、倒すならドラゴンよ」

「あまり弱いドラゴンでなければ良いがな」

会えるかは不明だけど、ベリアルは気合十分だ。

「ドラゴンなんて出たの！？？　ベリアルさんもイリヤお姉ちゃんも、行かない方がいいよ！」

「大丈夫。ドラゴンの素材採取は、職人の大事なお仕事なのよ！」

「違うと思います」

アレシアにキッパリと否定されてしまった。おかしいな。


「どっちにしても、二人とも早く帰って来てほしいなァ。ずっとレナントにいればいいのに」

口を尖《とが》らせるキアラ。引き留められると後ろ髪を引かれる思いがするけど、なんだか嬉しい。

そんな和やかな雰囲気を壊すように、ズカズカと近づいてくる影が一つ。

「そこの男！　貴様、悪魔だな！　隠していても解るぞ‼」

唐突に黄緑色で短い髪の男性が、大声を上げてベリアルを指さす。

背中に生えた、一対の白い翼。天使だ。

召喚されたのかな。下位じゃない天使は、貴族悪魔より珍しい。

「……中位三隊の天使といったところかね。今日は機嫌が良い、見逃してやろう」

ベリアルは面倒だと追い払うように、手を左右に振って答えた。

「見逃してやるだと⁉　私は位階第七位の能天使《パワーズ》、カシエルだ！　貴様も我らが魔の者どもと戦う階級だと知っていよう！」

　好戦的な天使だと思ったら、人間で例えるなら最前線で戦う軍人だ。こんなところで戦闘に入られても困る、せっかく友好的になったジークハルトから、また尋問を受けちゃうわ！

　今のところベリアルが相手にしていないのが救いだ。そもそも悪魔って特に隠してないけど……。

「かしましいものよ。吠《ほ》えるだけが仕事かね、主の御使い《エル・ロイ》」

「貴様っ！　私を侮辱するか⁉」

　ベリアルの機嫌が急降下している……。天使焼失事件とかにならないといいな。

　だんだん険悪な雰囲気になっているし、アレシアとキアラにも迷惑だろう。場所をわきまえて頂きたい。どうにかしなくてはと、考えていた矢先だった。

「はいはい、そこまで！　周りに迷惑だから、やめてくれよな」

　手をパンパンと叩きながら、私と同年代くらいの男性が歩いてきた。軽く武装していて、長年使い続けているような擦り切れたブーツを履いている。

「悪いね。ウチの天使、気が荒くてさ。僕はウルバーノ、Bランクの冒険者をしてる」

　この天使の契約者ね。こちらは友好的で良かった。

「私はイリヤと申します、魔法アイテム職人をしています。彼の契約者でございます」

　お辞儀する私に、ウルバーノは不思議そうな視線を向ける。

「こいつが突っかかるんだし、けっこうな悪魔だと思うんだけど……。君はアイテム職人なの？」

「はい、魔法も召喚術も使えますが、現在の本職は魔法アイテムの職人で間違いございませんよ。商業ギルドにも職人として、登録しておりますから」

穏やかに自己紹介をしていたが、隣はまだ臨戦態勢だった。

「ウルバーノ、止めるな。これは私の本来の仕事だ！」

ええ……。王の一人を討つって、下手したら大戦勃発《ぼっぱつ》になるだろうから、こんなところで戦端を開こうとするのはどうかと思う。天使と悪魔は、現在は冷戦状態みたいなものなんだよね。

それに、欲目とかではない私の見立てでも、この天使はベリアルに敵わないだろう。

「いや、迷惑になるから。ここ往来で、しかも露店の前だからね」

「邪魔はそなたよ。去《い》ね」

向かい合って立ってみると、ベリアルの方が線が細いし、少し背が低い。

天使カシエルは輝くような大きな翼で凛《りん》とした立ち姿なのに、それでもベリアルとは明らかに存在感が違う。これが王の威厳ってやつなんだろうか。

そんな一触即発の雰囲気の二人の間に、小柄な影が立ちはだかった。

必死に両手を広げたキアラだ。

栗色の髪が肩で揺れ、大きな茶色い瞳《ひとみ》でキッと天使を睨《にら》みつける。

「ベリアルさんに意地悪しないで！　ベリアルさんは悪魔って隠してないし、悪いこともしてないよ！　どうしてケンカしようとするの⁉」

「子供の方が道理を心得ておるようであるな。……で？　そなたはどうするのかね？」

勝ったとばかりに挑発している。ものすごい笑顔だ。なんだか解らないけど悪い、悪いと思う。

「く……っ、少女を手なずけるとは！　卑怯《ひきょう》な……っ！」

さすがにどうすることも出来ず、悔しそうに顔を歪《ゆが》めるカシエル。

「ほらほら、商売の邪魔すんなよ。行こうぜ」

ゴメン、と手を顔の前に垂直に出して、ウルバーノが天使を連れて去った。

カシエルの方はまだ納得出来ていない感じだったけど。彼と契約しているのは冒険者なんだし、ここに留まるわけじゃないよね。もう会わなくて済むかな？

上機嫌のベリアルはキアラに食べ物などを買い与えて、篭絡《ろうらく》に余念がない。

少女を懐かせる悪魔……。

なんだか不穏なものしか感じないのは、気のせいだろうか。

明くる日に連絡が来て、出発は二日後になった。どんな人と、どんな旅になるんだろうか。

ドラゴンが出てくるといいな。

◆◆◆

北の町、テナータイトへ向かう日の朝。太陽が昇るとともに集合だ。

私はベリアルと一緒に待ち合わせの北門へ向かった。

そこには荷馬車を含む数台の馬車が連なって停まっていて、たくさんの人が集まっている。こんな大きな隊商なんだ！

誰に声を掛けたらいいのかなとキョロキョロしていると、ビナールより少し年下の男性が、見慣れた人達に語り掛けていた。

「そろそろ来ると思うんだが、お世話になっている商人から一緒に連れて行ってほしいと、頼まれている人がいてね。若い男女らしいんだ。お客人だから、くれぐれも粗相のないように」

もしかして、それって私達のこと⁉　客人だなんて、ビナールはどんな説明をしているの？　おまけくらいの気持ちでいたんだけど。

「あれ、イリヤ？」

商人から説明されていたのは、イサシムの大樹というDランク冒険者の五人だ。この国で知り合った冒険者のパーティーで、よく露店で私のポーションを買ってくれるお客様でもある。

二日前に町へ戻って来たばかりだったのに、今回の護衛にも応募したのね。私は軽く手を振ってから、彼らと一緒にいる男性に深くお辞儀をした。

「お初にお目に掛かります、イリヤと申します。この度は快く同行の許可を頂き、心より感謝申し上げます。道中お世話をお掛けすることもあるかと存じますが、何卒よろしくお願いいたします」

「これは、ご丁寧にどうも。アランです、こちらこそよろしくお願いします」

アランも慌てて頭を下げる。イサシムの五人は、私達のやり取りを笑顔で見守っていた。

「まずは、こちらをお納めください」

私は手で抱えていた通常のポーションと中級ポーションを五本ずつと、マナポーションも五本手渡した。往来でアイテムボックスから出すのはやめた方がいいと考えて、最初から手持ちにしたの。

相手は戸惑って、すぐには手を出さない。

「は？　いや、これはそんな！」

必要ないと両手を振っているが、受け取ってもらえないと困る。

「馬車に乗せて頂くお礼です、どうぞ遠慮なさらずお受け取りください。お役に立つ品と存じます」

アランは戸惑いつつも、もらい受けてくれた。ビナールの紹介とはいえ、さすがに私も無料でしかも初対面の人の、護衛つきの馬車を借りるのは心苦しい。

「それにしても……イリヤがいるなら、安心ね」

一段落ついたところで、魔法使いのエスメが私の隣へ進んだ。

「楽しい旅になりそうだなっと！」

「よろしくお願いします、イリヤさん」

弓使いのラウレスと、リーダーで剣士のレオン。今日は二人ともしっかりとした装備だ。最初の頃より、装備が良くなった気もする。

『君達は、彼女の知り合いかい？　魔法アイテム職人さんって聞いてたけど、まさかポーションをくれるとは」

「私達はいつも、イリヤのポーションを買うんです。効果がいいんですよ！　それに、すごい魔法使いだし！」

レーニが私を褒めてくれる。アランは驚いたように目を丸くした。

「え、彼女、職人じゃないの？　魔法使い!?」

「職人で魔法使いで、召喚師。でしょ？」

エスメがベリアルを見上げた。

今回の旅は安全になりそうだと、皆が笑った時。


「貴様……この前の悪魔！」

あ、Bランク冒険者のウルバーノと、この前ベリアルと一触即発だった天使カシエル……。

彼らもテナータイトまで一緒なの？　これ大丈夫!?

「あ〜……、よろしくお願いします」

天使カシエルがベリアルに突っ掛かりそうになったが、「客人だから丁重に」とアランが釘《くぎ》を刺してくれたおかげで、何事もなく出発することが出来た。

一際大きな、しっかりした椅子のあるホロ付きの馬車に、アラン、秘書らしき年配の人、私とベリアル、あとレーニとエスメも乗せてもらっている。護衛の冒険者は本来なら歩きや他の馬車になるけど、私が無理にお願いをしてしまった。二人ともっと、お喋《しゃべ》りをしたかったから。

アランは嫌な顔一つせずに、了承してくれた。

二人はレナントに来てから出来た、お友達なの。もともと住んでいたエグドアルム王国では、周りに男性が多くて女性の友達が作れなかった。よく一緒に討伐した第二騎士団には男性しかいなかったし、宮廷魔導師なんかもほぼ男性。

ここでの最初のお友達は、露店を開いているアレシア。宿を紹介してくれたり親切にしてくれて、二人でアイテム作りもした。アレシアと、彼女の妹のキアラと一緒に、お店番をしたり。レーニとエスメは町を案内してくれて、買い物もしたの。お食事して、スイーツまで食べたわ！

私も順調に町に馴染《なじ》んでいるよね。


隊商には独自に契約している護衛もいて、他の人を乗せた馬車や、町で買う予定の素材を積む荷馬車などが列を作っている。こういう移動は初めてなので、ちょっと心が弾む。だいたい移動といえば飛行か、騎士団と一緒だったので騎馬の列に紛れた感じだったかな。


「今回は私の魔導書《グリモワール》を買う予定だったのに、リーダーが武器を新しくしちゃって！」

イサシムの皆はそろそろ敬語はやめて、呼び捨てにしていいとも言ってくれた。友達だからって。

ふふふ、そう。友達なのよね！　しかも馬車で女友達と楽しい魔法トーク。とてもいい旅になりそうな予感！　行くことにして大正解だった。

「何の魔法が知りたかったの？」

「それが選べなくて、イリヤに意見を聞きたかったのよ」

「……そういえば私、貴女の魔法って見たことがないわ。何を教えたらいいかしら。ストームカッターとか？」

エスメは新しい魔法を覚える機会を奪われて、少し拗《す》ねていたようだ。次こそ新しい魔導書を買わせてもらおうと、魔法についてのアドバイスが欲しいらしい。私が知っている魔法のことなら、いくらでも教えられるけど。

「ウィンドカッターの強化版……かしら？」

「そうよ、切り裂く威力は強いわよ。一番の違いは掌相が決まってることね。親指と人差し指で、こうやって三角形を作るの」

実際に手で示すと、エスメも私の真似をして、三角を作っている。やたら指に力が入っているみたいで、指先が赤くなっていた。

魔法を覚えるのには、大きく三つの方法がある。

一つは誰かに師事すること。大きな町には魔法を教える塾があるけど、レナントにはない。

もう一つは魔導書《グリモワール》を買うこと。

最後の方法は、国や軍の施設で覚えること。これは貴族が優先されてしまうので、庶民にはわりと狭き門らしい。

冒険者の大半は、魔導書を購入して魔法を覚えていく。エスメもそうしていて、魔導書はランクの低い魔法でも値段は安くない。ベリアル達、悪魔に教えてもらった私は、ずいぶん得をさせてもらっていると思う。

ちょうど馬車が休憩で止まったので、森に向けて実演することになった。

アランを含め数人が見物している中で、私は詠唱を始める。

「大気よ渦となり寄り集まれ、我が敵を打ち滅ぼす力となれ！　風の針よ刃となれ、刃よ我が意に従い切り裂くものとなれ、ストームカッター！」

円状の刃になった風が勢いよく森をすり抜ける。触れた木を何本も切って薙《な》ぎ倒《たお》し、魔法の通った場所が開けた。

「うわ、威力スゴ……」

レーニが肩を竦《すく》める。詠唱はウィンドカッターに似ているから、知っているなら覚えやすいだろう。続いてエスメも唱えてみたが、半分の威力も出ていなかった。

「緊張したんじゃないのかしら？　プラーナの統制が甘いわ。詠唱もしっかり覚えて自信を持たないと、力を出せないわよ。魔力の魔法への還元率もまだまだね」

「うう……はい……」

「Dランク冒険者の魔法使いに、魔法とその使い方を教える魔法アイテム職人……か……」

私達の様子を眺めて、アランは苦笑いを浮かべていた。

休憩を終えると、また馬車がガラガラと移動を始める。

「ねえイリヤ、何を書いてるの？」

動く馬車の中でメモを始めた私に、レーニが問い掛けてきた。

「エスメにさっきの魔法の詠唱と、注意点なんかをね。まだ威力が足りていなかったから」

「……え、私に？　でも、そういうのは貴重な情報じゃない。……簡単に頂けないわよ。別に、相談に乗ってくれるだけで嬉《うれ》しいわ」

「構わないわ、友達……だもの」

いつもツンとした印象のエスメだけど、今日はしおらしいわ。やっぱり魔法って距離を近づけるのね。相談ならいくらでも乗るよ。

「……お礼はあとで、しっかりするわね」

「期待しているわ」

私達の会話を、アランと秘書は微笑ましく眺めている。

「旦那《だんな》様、イリヤ様と仰る方は博識で気品のある、とても親切な女性でございますね」

「ああ全く……ビナールさんの紹介じゃ断れないと思ったが、さすがあの人が優遇するだけあって、立派な人物だ」

和やかに繰り広げられる会話は、隊商の護衛の叫びで止まった。

「敵襲‼　リザードマンの群れだ、警戒態勢をとれ！」

魔物の襲撃が起こったのだ。

森に紛れて、前と後ろから挟み込むように現れたリザードマン達は、明らかに隊商の護衛よりも数が多い。進むことも引くことも出来なくなった馬車の列が止まり、馬の嘶《いなな》きが空に木霊《こだま》した。

「行くわよ、レーニ！」

「ええ！」

レーニとエスメはすぐに馬車から飛び出した。入れ替わるように隊商の護衛が二人、扉を開けて顔を出す。

「会長！　リザードマンです、既に交戦状態にあります！　我らはこの馬車を守りますので、心配いりません。皆様、お心を落ち着けて！」

「ああ、大事な客人も乗せているんだ。頼んだぞ！」

アランは二人に真剣な瞳《ひとみ》で頷《うなず》いた。緊張感で空気が張り詰める。そんな中でこんな申し出をするのは、ちょっと不謹慎なんだけども。

「あの……、実はリザードマンを拝見したことがありませんので、私も席を外してもよろしいでしょうか？」

「……は？　しかし、危険で……、いや魔法使いか」

「では空からなら問題ないですね！　ベリアル殿、どうされますか？」

「我も行くかな。あの忌々しい天使の働きを、見物してやろうではないか」

「雲の如く空に浮け、枝の如く水に浮け。我に鳳《おおとり》の翼を与えたまえ！　空の道よ開け！　翔《か》け上がれ、飛翔《ひしょう》！　ラピッド・エン・ヴォレ」

報告に来た護衛の脇をすり抜けて馬車から降り、飛行魔法で一気に空へ浮く。ベリアルは後からストンと優雅に地面に降り立ち、真っ直ぐ上へと昇った。

馬車の外でこちらを見ていた二人の護衛は地から見上げて、

「と……飛んだ！　こんなスムーズに！？？」

と、驚いていた。


空から確認した様子だと、リザードマンの攻撃力と防御力の高さに、皆苦労しているようだわ。

リザードマンとは武装した緑色のトカゲで、皮膚は硬く筋力も優れていて、背は人間ほど。知能もある、戦いづらい種族だ。天使カシエルは空を飛んで、リザードマンの首魁《しゅかい》を探しに向かった。統率が崩れれば、戦況は楽になる。

善戦してくれているけど、怪我人も出始めていた。Bランク冒険者のウルバーノは馬車の先頭付近で一振りごとに敵を倒していき、イサシムの皆は列の中ほどで馬車を守って戦っている。

エスメが先ほど覚えたばかりの魔法を早速使い、魔法の発動後に剣と大きめの盾を装備したルーロフと、軽装で両手剣を握ったレオンが斬り掛かり、ラウレスは弓で他の敵を威嚇。

レーニは周りの他の護衛も含めて、回復魔法をかけている。なかなかうまく連携は取れているようだ。

苦戦しているのは後方。退路を断とうとしているのか、後ろからも多くのリザードマンが突撃してくる。リザードマンは集団戦を得意とするので、群れで襲われるとわりと厄介みたいね。

「……攻撃力の上がる補助魔法を使いたいのですが」

敵味方が入り乱れている状況で、味方だけを焦点にして魔法をかけるのはかなり難しい。本当なら戦いになる前が望ましかったが、今更言っても仕方ない。

突然ベリアルが私を抱き寄せ、外側から大きな掌が瞼《まぶた》を覆った。

「ベ……ベリアル殿？」

「仕方ない、我が補助する。存分にせよ」

瞼の裏に感覚的な視覚が広がっていく。真っ暗な中、何故かリザードマンと人間がぼんやり区別がついてきた。これは多分、種族の違いによる魔力の差異を感知しているんだと思う。

なるほど、魔法で再現が可能なのでは。

「旗を天に掲げ土埃《つちぼこり》をあげよ、大地を踏み鳴らせ。我は歌わん、千の倍、万の倍、如何なる軍勢にもひるまぬ勇敢なる戦士を讃《たた》える歌を！　エグザルタシオン！」

護衛が敵の剣を受けてから反撃すると、リザードマンの無防備な二の腕から血が噴き出した。

鍔《つば》迫《ぜ》り合《あ》いになって押されていた人も、逆にリザードマンを押し返して一太刀浴びせる。

「攻撃が……あの硬いリザードマンを楽に斬れるぞ⁉」

「これは、誰かの補助魔法か？　これならいける……っ！」

魔法の広がりを確認した私は、そのまま劣勢になっている後方へ向かった。味方全員に攻撃力上昇がかかっているから、前方の戦いは今より楽になる筈《はず》だし。

皆の後ろに降り立つと、気付いた護衛達が思わずといった様子で、チラリと視線だけでこちらを確認する。

「え、今どこから……？」

「これから魔法を唱えます。巻き込まれないよう、今いる場所より前に出ないようお願いします！」

大声でそれだけ宣言して、早速詠唱を始める。

護衛達は答えるだけの余裕がないほどで、すぐに敵へ向き直った。剣戟の間には、怪我を負ったのであろう悲鳴まで混じっていた。

「燃え盛る焔《ほむら》は盤上に踊る。鉄さえ流れる川とする。栄えよ火よ、沈むは人の罪なり」

体の前で手を勢いよくパァンと合わせた。魔力が熱を帯びて熱くなっていく。三本の炎の柱が発生する魔法だ。発現場所を目で確認し、しっかりと認識してイメージを強める。

「滅びの熱、太陽の柱となりて存在を指し示せ！　ラヴァ・フレア！」

瞬く間に三本の炎の柱が後方から押し寄せるリザードマン達の間に聳《そび》え立《た》ち、発生した場にいた敵は火に包まれた。また近くにいる敵達も火傷を負って、キイイィと笛の音のような絶叫を上げた。

灼熱《しやくねつ》の炎の柱を出現させるこの魔法は、近くにいるだけで熱風に晒《さら》されるので、火属性に弱いリザードマンは多少離れていても弱体化する。

「さやか風の音、葉は揺るるなり。精霊の戯れに耳を傾けよ。ウィンド」


そしてそよ風を操るだけの魔法で、熱気が味方に当たらない様に風向きを操作する。

「すごいぞ、こんな火の魔法は初めて見た！」

「今だ、奴らは怯《ひる》んでる！　打って出ろ！」

形勢はこちらに良い方に向いているようだ。

「首魁を討ち取った！　降伏するなら、森へ去れ！」

天使カシエルが森の奥に潜んでいた敵の首魁を打ち取ったと高らかに宣言し、スッと飛んで来て、リザードマンの一掃を開始。

崩れ始めたリザードマンの陣中に、ウルバーノが単体で突っ込んでいった。襲い掛かる敵の剣を避けて横なぎに切りつけ、返す剣で更に一体に攻撃を入れる。

「うお、すげえ……！　これが攻撃増強魔法の威力か！」

力いっぱい剣を振れば盾も鎧《よろい》も意味をなさず、緑の皮膚は簡単に切り裂かれていく。

他の護衛達もどんどんと前に押し出て、ついにはリザードマンは撤退を始めた。

しばらく乱戦が続いた後、生き残ったリザードマンは全て森へ引き返し、戦いはようやく終わった。

リザードマンという種族は沼や湖に住まうので、もともと人間との接点は薄い。しかし敵対しているわけでもない。こうやって襲ってくるのは、主権争いに敗れ自分達の行き場を失った者や、何らかの理由で食べるものがなくなり、人から奪おうとする者が多いそうだ。人間と同じように、罪の意識を持たない強盗もいるらしい。

薄闇が辺りを覆い、森は一層濃い色に沈んでいる。

先に数人が開けた野営場所を確保しに行き、怪我人を治療してから残りの全員で移動するという流れになった。

負傷者は多く、レーニ達回復魔法の使い手のもとに、ある人は脇腹を押さえながら、ある人は足を引き摺《ず》り、またある人は仲間に支えられてやっと歩いているという体《てい》で、治療を求めて集まった。

それでも幸いにも、死者は出さずに済んだ。

「イリヤさんにポーションを貰《もら》って助かった！　早速これも使わせてもらおう」

アランが馬車からポーションを持ってくるよう指示したので、私はすぐに止めた。使うにはまだ勿体《もったい》ないからね。

「いえ、私が回復魔法を使いますので、お使いになるのはお待ちください」

「イリヤ様は、回復魔法まで使えるのですか⁉」

隣にいた初老の秘書が、驚いて目を大きくした。

「はい。拙《つたな》い術ではありますが、このアスクレピオスの杖《つえ》を使えば、十分な効果を発揮できると存じます」

上部が楕円《だえん》になった背丈ほどの木の杖に、ミスリルで作った蛇の彫刻が絡みついている、回復の杖。

こんな杖は初めてだと、二人はまじまじと凝視している。

「私が複数人に効果のある広域回復魔法を使いますので、現在の治療をやめて、この馬車の周りに負傷した皆様を集めて頂けますか？」

「それは心強い！　ぜひお願いします」

すぐに秘書の男性が走って、皆に知らせてくれている。

全員集まったと聞かされてから、私は大きく息を吸って、詠唱を開始した。

先ほどまで治療に当たっていた回復魔法の使い手や、アラン達、それに一部の護衛達も周りで見守っている。私達もいるから無理しないでとレーニが気を遣ってくれたけど、多分必要ないだろう。

「満月は空にかかりて朧《おぼろ》に明かし。闇の褥《しとね》に憩い、一時の休息を求めん。ああ宵の静寂よ、今や虫の音も途絶え、帳《とばり》は足元まで降れり。誇りしは月、我が居《きょ》は岩の苔《こけ》にあり」

全員に柔らかな銀の輝きが降り注ぐのを確認して、術を発動させる。

ふわふわと浮かぶような小さな光を、不思議そうに皆が見回していた。

「フフェラ・ルナエ」

一瞬眩《まばゆ》く輝いて視界を白く染め、誰もが反射的に目を閉じる。

恐る恐るまつ毛を震わせると、辺りは元通りの色で、そして大きな傷もたちどころに回復していた。

「あ……あの傷がこんな一瞬で……⁉」

「すごいぞ。中級のポーションよりも効果がある！」

「しかもこの人数を、一気にかよ！」

口々に歓声が上がり、私は久々に行った魔法の効果を実感して、誇らしく思った。

「な……何なの？　今のって何の魔法⁉」

レーニが私の両肩を掴《つか》んで、顔を近づけて迫る。ちょっと勢いが怖い。

「は、はい⁉　今のはフフェラ・ルナエ。これは私の回復魔法用の杖で、補助を受けながらなのよ」

「すごい！　私もこんな杖が欲しい‼　それにこの魔法も……！」

興奮しながら杖の前で祈るように両手を重ねるレーニ。

アランと秘書も、改めて杖に興味を持ったようだ。

「残念ながら、それは簡単に手には入らぬ。何せこの我が、ユグドラシルより作らせたものであるからな」

近くに停められた荷馬車の荷台に腰掛けたベリアルが、肩を竦《すく》めてみせる。

「ユグドラシル⁉　そんな最高級の希少素材を、こんなに使って、杖に……！？？」

「え、そんなに貴重なんですか？」

アランは商人だけあって、さすがに詳しい。

これを貰ったのは魔法の練習をしていた頃。攻撃魔法は合格点になったけど、回復魔法はまだまだだからって、けっこう気軽にくれた気がするんだけど……⁉

「イリヤさん！　ユグドラシルは非常に珍しい神聖系の巨木で、どの木よりも太く背もかなり高いんだが、世界で一本しかないから伐採禁止なんだよ！　枝下ろしがされた際、切った枝だけがオークションに出品されるんだ。国が国策として買ったりするほどなんだよ……！　この蛇だって、ミスリルにこんな精巧な彫刻をして、金で装飾を施して目にはブルーダイヤが……！」

ものすごく真剣な目で説明されて、思わず一歩退《ひ》いてしまった。ベリアルに顔を向けると、涼しい表情で微笑を浮かべている。

……は、そうか！

価値を説明させる為に、今になって素材を明かしたのね！　相変わらず狡《ずる》いというか。

「そ……そうなんですね、大切にいたします」

なんとか絞り出した答えが、それだけだった。どう反応するのが正解なのか解らなかった。とりあえず話題の転換を図ろう。

「それはそうと！　今のは闇属性の上位魔法だから、レーニにはまだ早いわよ」

「え⁉　闇属性も回復ってあるの？」

「少しだけね。夜になったから、闇属性を使ったの。月に関係する魔法だったし」

そっかと呟《つぶや》くレーニは、ちょっと残念そうだ。そういえばエスメにだけ魔法を教えてあげて、レーニには何もしていない。

「レーニには、さっきの攻撃力を増強させる魔法を教えるわね。エグザルタシオンっていうの。メンバーの三人に掛けるくらいなら、大した魔力は使わないで済むわ」

「え、あれイリヤの魔法だったの？」

気付かれてなかった。まあ戦闘が始まってから攻撃力増強はあまり使わないし、彼女自身は回復役だから意識もしないかも。

でも嬉《うれ》しそうにしているから、私も嬉しいな。


野営地へ移動する間、アラン達からも今回の魔法について質問され、護衛費用を払うべきではないかと真剣に相談される。なんとか辞退して、町に到着してから宿の手配と代金を払って頂くことで、折り合いがついた。攻撃力増強の効果はかなり好評だったらしく、護衛達からも感謝された。

野宿を嫌がるベリアルだったけど、今地獄へ帰ると天使から逃げたと侮られそうなのがイヤだと、今日はこの付近の適当なところにいるらしい。

他人と同じテントには入らないと、言い張っていた。

夜。

私はなかなか寝付けずに、一人静かにテントを出た。

テントには私とレーニ、エスメ、それから隊商で働く他の女性もいる。

ふと、少し離れた木の向こうから聞こえてくる話し声。

「今日はありがとうな。まさかリザードマンが襲ってくるとは、ついてなかった」

「……しかしあの娘の魔法は、なかなかに大したものだった。あのような悪魔を従えているのだ、当然といえば当然だが」

ウルバーノと天使カシエルだ。今日の反省会なのかな。

「仕事だからな、あの悪魔にケンカを売るんじゃないぞ。それに……ハッキリ言っちゃ悪いが、あっちの方が上手《うわて》だと思う」

「………」

「イヤミじゃないよ、お前が僕を認めてくれる間は、僕の相棒だからな。心配してるんだよ」

ウルバーノの言葉に、カシエルは答えにくそうに眉《まゆ》をひそめたが、ため息をついて髪を掻《か》き上げた。

「すまん……。……何故かヤツの前だと、焦燥感が募るような……、どこか追い立てられる感じがするのだ」

「まあ、それは解るわ。ゾクッとするほど冷たい魔力を感じるからな。アレは、尋常じゃない」

真剣な表情のウルバーノ。どこかで薪の爆《は》ぜる音がした。

天使と過ごしているだけあって、悪魔についての感覚もあるようだ。

「討つべき敵であることには間違いがない」

「やめてくれよ。……お前一人じゃ無理だろうし、それにあっちは客人だ」

どうにもあの天使カシエルは、自分がベリアルと戦いたいと思いたがっているようだけど……。

多分それは違うのだろうと思う。

「本当です。もう少し、お考えください」

私は木の陰からゆっくりと歩き、二人の前に姿を出した。

「イリヤさん……」

聞かれたのかと、ウルバーノがバツの悪そうな声で私に視線を向ける。

「貴方が何故、焦りを感じてしまうのか。それを自身の心にもっと問うべきです」

「……心に、か」

意外にもカシエルは、私の言葉に神妙に耳を傾けていた。ベリアルに対した時の様子から、悪魔の味方だと糾弾してくると思っていたのに。

「焦燥感とは、どのような時に掻き立てられるのか、と。私に言えることは、これだけです」

貴方は彼に敵わないと頭では解っているのでしょう。そしてそれを認めたくない。

そのことにより生じる感情……恐れ……を。認めたくないのでしょう。

死、という名の恐怖を。


私が思考した結論、恐怖が原因であるとは告げずに、その場を後にした。

二人はしばらくの間、沈黙して立ち尽くしていた。


明くる昼過ぎ、予定より遅れてテナータイトへと到着。

壁に囲まれた町で、木の魔物であるトレントの素材が有名だ。私達は検問を抜け、馬車で門をくぐった。レナントよりも大きなこの町は、商業が盛んで通りにはたくさんのお店が軒を連ねている。

この北には更に大きな都市ザドル・トシェがあるが、こちらは国境に近い防衛都市だそうだ。

アランに宿を手配してもらって、部屋を確認してから大通りを歩く。

噂通りトレント素材を扱う店が多く、杖、タリスマン、木の細工物、単なる木札や家具など、さまざまな用途でトレントが加工されている。面白そうなものを見つけたら、買おうと思う。

「で！　ドラゴンはどこにおる」

ベリアルの目下の興味はこれだ。

しかし目撃したという情報が増えてきただけで、確実な居場所は解らないらしい。もし判明していたら、もう討伐されているんじゃないだろうか。

「明日、情報収集しましょう。この辺りでどんなものが採取されるかも知りたいですし」

「悠長なことを言っておると、横取りされるではないか！」

貴方のものじゃないですよ、という言葉を飲み込んで、初めての町の散策を続けた。

◆◆◆

僕は契約している天使のカシエルと共に宿から出て、朝食を屋台で買い、道の端に置いてある椅子に座って食べていた。

テナータイトの朝は騒がしい。物流が盛んで朝から営業している店も多いから、住民も朝食を外食にする人が多いそうだ。どのお店も朝から客でにぎわっている。


「ウルバーノ、あれは何をしている？」

西門付近の広い道で、人が集まって何かを見物している。

止めてあげなよと、気遣う女性の声。気になったので人の間をすり抜けると、遠巻きに眺める人垣の中心で、三台の馬車と、護衛やお供が何人も困った顔をして立っていた。

荷馬車の後ろで、中年の男が大声で小悪魔を責めている。

「これは注文された品だぞ‼　なんてことをするんだ！」

「仕方ないじゃないか！　俺はそんなに持てねえよ‼」

「こっちは契約してるんだ！」

商人は自身が召喚魔法を使えるらしく、契約した小悪魔を殴り飛ばした。

重そうな壺《つぼ》を馬車に積もうとして、うっかり落として壊してしまったのか。

だからって、乱暴するとかないよな……。

「失礼ですが……貴方は召喚術師では？　このような振る舞いをなさるのは、契約には含まれないものですよ」

突然間に割って入ったのは、昨日まで一緒の隊商に同行していたイリヤさんだ。悪魔と契約してるだけあって、肩入れするものだ。いや、そうでなくても弱い者いじめは頂けないか。

天使であるカシエルも、眉をひそめている。

男は彼女に、嫌悪を隠さない表情を向けた。

「関係ないヤツは黙ってろ！　こっちは商品を壊されたんだよ、だいたい契約ってのは相手を従えるもんだ！　だから俺がどうしたって、勝手だろう‼」

「……その発言は、全ての魔導師、召喚術師に対する侮蔑《ぶべつ》です。取り消しなさい」

おお、最後は命令口調だ。ちょっとカッコいいぞ。

「はあ？　なんだお前、お前が術師を代表してるつもりか⁉　こんな小悪魔の為に！」

小悪魔は今までもこんな待遇だったんだろう。契約者である、商人の男を睨《にら》んでいる。大丈夫かよ、恨みを買い過ぎじゃないか。

「召喚の際は敬意を払うべき、そして契約は対等であるべき。それが召喚の術です」

これが彼女の持論なのか。確かに納得だ。僕もその考え方には賛成する。

しばらく平行線の言い争いが続いた後、その商人はとんでもない言葉を言い放った。

「なら、その術を使って立派な悪魔でも召喚してみろ！　そしたら認めてやるよ」

「……そう仰るならば、披露いたしましょう」

嫌な方向に話が流れたな……。

ていうか、召喚する前に立派な悪魔がいるじゃないかと思ったが、よく見れば彼女一人だ。悪魔がいるから強く出たわけじゃなかったらしい。

「止めた方がいいのではないか？　彼女は、爵位のある悪魔と契約しているだろう。また喚《よ》べるんではないか？」

カシエルの心配も、尤《もっと》もだ。しかし彼女は、既に道具を取り出していた。

大人しそうな顔して、やると決めたら早いな……！


紐《ひも》の片側に先の尖《とが》った棒、もう片側に召喚術で使うペンを括り付けたものを持ち、棒を石畳の隙間に差し込む。そして紐をピンと張って円周を描くのだ。これが外での円の描き方。二重に円を引き、コンパスで方角を確認する。

それから中心に五芒星《ペンタグラム》を描き、四方向に四つの名前。

これは対象を召喚する際の、言うなれば座標だ。この場所に、召喚したい相手を喚び出す。

普通のヤツはこんな丁寧に描かないもんだが。

「ヤバいモンが出たら、僕達で対処しよう。そのうち、あの悪魔も気付くだろ……」

「そうだな。悪魔に頼るのは心外だが、魔の者とはいえ力弱い存在に暴行を働くのを、見ていられんものだしな……」

意外と優しいんだよな、こいつ。戦士以外には。


次にイリヤさんは召喚用の魔法円《マジックサークル》を取り出す。これは召喚術師が、紙やプレートに書いて持ち歩いている。僕も持っているよ。

魔法円は中心に四つの方角を角にした四角形が描かれ、東西南北にはそれぞれ六芒星《ヘキサグラム》。周囲には力強い名前や文字に独特の模様、円周も特殊な文字がびっしりと書き込まれていた。

召喚師の身を守る用途のものだ。悪魔を召喚した時に、その円の中にいれば危害を加えられない。しかしその為には正しい魔法円を描き、正しい呪文、作法で入らなければならない。そして敬意を払い高位の存在と交渉をする。

これが本来の召喚術。儀式魔術と言われる所以《ゆえん》で、一通りの手順が決められているのだ。正確さがキモになる。

香やキャンドルを使うこともあるが、これは気持ちを鎮めたり、体内のプラーナを統制して魔力を安定させる効果で使うので、なくても問題はない。

彼女の魔法円の外側にも、キャンドルの正しい配置は書き込んである。

「あのイリヤという女……。達者なのは口と魔法だけではないようだな。アレは完璧《かんぺき》な魔法円だ。正しく使うことが出来れば、魔王でさえ退けられるのではないか……⁉」

「本当か⁉　僕でさえ、まだそこまではいかないのに……！？？」

いやちょっと待て。その完璧な魔法円に入って喚び出すのは、どんな存在だ……？

やばいぞ、危険な香りしかしない！　ていうか危険なのは、彼女以外の全てだよ‼

イリヤさんは指揮棒のような長さの六角形の棒を手にしていた。何か文字が刻んであって、底には六芒星が書いてある。多分杖《つえ》の代わりなんだと思う。


「大いなる御名の方、円に降り立ちませ」

最初に東を向いて、五芒星《ペンタグラム》を右下から棒の先で描く。

「我が声は東の門の鍵《かぎ》となる」

続いて南、西、北の順に向いて同じ動作をくり返し、また東に向き直る。

「栄光の内に我も入らん」


「始まってる……。手際が良すぎるぞアイツ。止める暇がなかったよ……」

「同感だ。どんな手練《てだ》れだ、あの人間は……」

完成されたお手本のような、見事なまでの手際の良さだ。こんな状況でさえなければ、じっくり学ばせて頂きたいところなんだが。あまり人を褒めないカシエルでさえも、同じ感想のようだ。

「呼び声に応えたまえ。閉ざされたる異界の扉よ開け、虚空より現れ出《い》でよ。至高の名において、姿を見せたまえ」

幾度か呼びかけを続けると、やがて座標となった円から煙が現れた。座標を目指すように弧を描くように風が吹く。徐々に煙は濃く厚くなり、人に似た姿へと変化が生まれる。

出たぞ……悪魔だ。

顔に髭《ひげ》を生やし、背は高くガッチリとした体格をしていて、上半身が人間より一回り大きい。ひゅうと空気が冷たくなったように感じた。

悪魔の姿を確認するより早く、イリヤさんは膝《ひざ》をついて頭《こうべ》を垂れた。

「人間の女……。貴様、この俺に何用だ」

「……お呼び立てして申し訳ありません。そこなる商人が貴方様の眷属《けんぞく》へ暴行を働いた上、召喚をしてみせろと騒ぐので披露いたしました。つきましては……」

「な、なんだ女！　貴様も召喚師なら堂々としろっ！　そんなもので召喚……」

商人が彼女を罵《ののし》ろうと叫んでいる途中に、悪魔から魔力を帯びた強い風が吹く。

カシエルが僕の前に立ちはだかって庇《かば》ってくれたが、商人や他の見物人達は、転んだり吹き飛ばされたりしている。商人の馬車さえひっくり返る始末だ。

しかしその中にあっても、イリヤさんは髪の一筋すら動いていなかった。

魔法円の防御が完璧だ……。

「……なるほど女、それなりに実力はあるようだな。話くらいは聞いてやろう」

あの悪魔も少し感心したようだ。わりと理性的な悪魔だな。

「まずは貴方様の御名をお教え頂きたく存じます」

召喚術としては異界から対象を喚び出しただけではなく、名を聞いて契約まで結ばなければ、成功とは言い難《がた》い。しかし契約まで一気にいくのは、下位の存在でもなければ、よほど利害が一致しない限り難しい。

今回だと契約はともかく、名前を聞いて送還くらいまで出来れば妥当か。

「……断れば、どうするつもりだ？」

「……忍耐強くお尋ねするしか、ございませんね」

彼女は答えながら、カバンから何かを取り出した。そしてまっすぐに立って、悪魔を見据える。

「精霊の力、この符に宿れり。万能章よ、大いなる偉力を余すことなく発揮せよ！　汝《なんじ》、悪魔よ。名を告げよ！」

「く……」

万能章という護符からは魔力が立ち昇るように溢《あふ》れ、イリヤさんの持つ召喚用の棒に集約されて、魔力が何倍にも増幅されている。その力が言葉に乗り、悪魔に対する支配力の波となって押し寄せているのだ。悪魔は苦々しい表情で、絞るような呻《うめ》きを零す。

「悪魔よ、そなたの名を告げよ！」

「……ルキフゲ・ロフォカレ……。地獄の、長官である！！！」

護符は木組みで六芒星《ヘキサグラム》の形が作ってあり、中心にはミスリル版にTに似た文字。六つの頂点には、一つ一つ文字がある。

名乗った……！　なんだこの魔力、何が起きてるんだ⁉

「万能章ってのは、なんだ⁉」

「あれは、あらゆる護符の頂点とされる、力強い護符だ！　あんな切り札があったのか‼」

さすがにカシエルは知っていた。通常持っているような品ではないらしい。アイテム職人と名乗っていたし、もしかして、自作？　こんなに効果抜群な護符を⁉　僕も欲しいっ！

「ぐおおおお！！！」

悪魔の咆哮《ほうこう》だ。よほど悔しかったんだろうな。

一層の強風が吹き、建物から何かが飛ばされてしまうのが視界に入った。見物人の中には慌てて逃げだすヤツもいて、辺りには悲鳴が飛び交っている。僕ら召喚術師からすれば、何の準備も防御もなく悪魔召喚を眺めてる方にも、問題があると思うんだけど。

カシエルも少しキツそうだが、相変わらずイリヤさんの周りは全くの無風。

「……商人！　貴様が原因だったな⁉　貴様も己の円に入れ、防ぐか死か！　一度きりのチャンスをやろう‼」

怒った悪魔の矛先は、商人に向けられた。男は真っ青になって、慌てて魔法円を取り出す。顎《あご》をガクガクさせながら定められた動作をしてその中に入るが、風すらろくに防げない。

悪魔がその場で手を向けると、体程もある幻のような大きな手が現れる。それは滑るように商人の魔法円へと伸ばされた。

「うわあああ‼」

悲痛な叫び声の後に、パリンと割れて崩れるような甲高い音がした。

次の瞬間、その実体なき手に商人は捕らえられ、宙に浮いて足をバタバタと暴れさせている。

「……デーモンとの契約を破棄してください」

「破棄する！　破棄するから助けてくれ‼」

自由を奪われたまま慌ててもぞもぞと紙を取り出すと、契約の羊皮紙をビリッと一気に破く。イリヤさんはそれを確認して頷《うなず》き、悪魔ルキフゲ・ロフォカレの方を向いた。

そこには恐れも侮りも、荒ぶる感情は一切なく、ただ力強く見据える。

どんな神経してるんだ、こいつは……。僕の方が恐ろしい。

ちなみに悪魔の階級《ヒエラルキー》で、最下層の悪魔がデーモン、その上がデビル。悪魔の大半は、この二つのどちらかに属する。小悪魔はこの二つの階級の、総称ってとこだな。

当然ルキフゲ・ロフォカレと名乗ったこの悪魔は、小悪魔ではない。もっと上の存在だ。

再び万能章を掲げ、もう片手に持つ棒で悪魔を示す。そして手を放すように命令するだけで、商人は悪魔の手から逃れられた。

地面に落とされた商人は尻餅《しりもち》をつき、這《は》うようにして慌ててその場から去ろうとした。だが、まだ動けないでいるようだ。これはあの悪魔が、何らかの魔力でしているのだろう。

カシエルは商人の様子に注意を向けている。

「……このようなことの為に、俺を喚び出すとは。非常におかしな女だ。だが面白い。今回の代償としては、この男の命か、お前の体か。どちらかを選ばせてやろう」

「……えっ⁉」


そうきたか！　悪魔を喚び出して何かをさせる時は、基本的に代償がいるものだ。

小悪魔なんかを使役する連中で、そんな知識すらないのもいるが。そういうヤツは隙を見せれば、こっ酷《ぴど》い目に遭う。

しかし、彼女にはずいぶんと酷な選択肢だな。イリヤさんは代替案でも考えているんだろうが……。

やり込められた悪魔の反撃だ、これは躱《かわ》せないだろう。僕は剣の柄《つか》に手を掛け、カシエルに合図を送った。言葉に出さなくても、アイツは理解してくれる。

行くか。

彼女をこんな悪魔の慰み者になんて、したくない。

やるなら一気に討ちに行くしかない。勝てる見込みは薄いけれど、隙を作れば彼女が悪魔を送還してくれるだろう。

「さあ！　どちらにするのだ‼」

ルキフゲ・ロフォカレも選べないであろうことは解っていて、戸惑うイリヤさんに笑っている。


「やめい」


このよく通る滑らかな声は、ベリアルだな。どこかで眺めてやがった‼

周囲を確認すると、一番近い建物の屋根の上に脚を組んで座り、頬づえをついていやがる。まさに高みの見物だ。ご丁寧に気配まで断って。

スッと立ち上がったベリアルは、軽く跳んでルキフゲ・ロフォカレとイリヤさんの間に舞い降りた。コツンとブーツで石畳を鳴らし、赤い髪とマントをふわりと靡《なび》かせて。

この場面でカッコつけすぎだろ。

「久しいな、ルキフグス」

「き……貴殿はベリア」

言い掛けた相手を、軽く手で制して止める。どうやら知り合いらしい。ルキフグスってのは、あの悪魔の別称みたいだな。

相変わらずの嫌みな笑顔で、ルキフゲ・ロフォカレに背を向けて、カツカツとイリヤさんに向かって歩く。ベリアルが仲裁に現れて、彼女もホッとしたようだ。

「この小娘は、我の契約者である。あまりからかってくれるな」

「なんと、この娘が……⁉　それは失礼しました！」

ベリアルはそう告げてからイリヤに手を向けたが、魔法円によって弾かれてしまった。忌々しそうに魔法円による見えない隔壁を睨《にら》む。

「……さっさとそのような場所から出んか！」

「は、はい」

なんだか気が抜けるなあ……。

イリヤさんは前を向いたまま、後ろに下がった。来た時と同じように戻るものなのだ。

そして四方の扉を閉じる。本当にきちっとしてるな。

「さて、先ほどの代償の話だがね」

「い、いえ！　アレはほんの戯れで……」

「ふ……、後ほどうまい酒でも奢《おご》らせる。それでどうかね？」

「おお！　それは重畳《ちょうじょう》、貴殿と酌み交わせるのでしたら、身に余る報酬ですな！」

……これは、どう考えてもベリアルが上だな。完全に上だ。

カシエルもさすがに瞠目《どうもく》している。ベリアルのやつ、力を隠すのが上手いんだな……。

夕べのイリヤさんの言葉の意味が、よく理解出来るよ……。

あっさり話がまとまって、彼女はルキフゲ・ロフォカレを、殴られていたデーモンと共に地獄へ還した。見事な儀式魔術による召喚だったが、最初からベリアルがいれば何でもなかったろうが。

商人はひっくり返った馬車を直し、慌ててその場から逃げるように去った。

「やはり切り札を隠しておったな。そなたは全く、魔導師らしくなったものよ。よりにもよって、万能章なぞ作っておったとは」

「以前製作して、持っていたのです。思ったより効果があるんですね」

イリヤは自分で作った万能章を嬉《うれ》しそうに眺めている。

「余分な物ばかり作りおる……」

「それは何のお話ですか？」

笑顔で問うイリヤさんだけど、他にもとんでもない護符を作ってあるのかな。

それにしてもベリアルのヤツ、切り札を使わせる為に静観してたのか？　いい性格だよ。

けど、それよりも。

「……悪魔を使い実証実験をするのは、やめよ」

眉《まゆ》をひそめるベリアルに、本当だよと賛同した。

◆◆◆

「いやあベリアル様もお人が悪い！　隠れて御覧になっていらっしゃるとは！」

「小娘の切り札を探ってやろうと思ってな。国でおかしな物を作っておったようであるからな。やはりまだ持っておったわ！」

「他にもあるとは、末恐ろしい……。いやはや、効果のある護符でしたな」

「……魔法円も、我ですら簡単には触れられぬ。まったく忌々しいことよ」


あれからお酒を買って宿に戻り、再びルキフゲ・ロフォカレを召喚した。

そして本当に昼間っから宴会が始まり、現在に至る……。

気が合うようで、二人はなんだかご機嫌だ。ベリアルはハッキリとは口に出さないけれど、ソロモンの指輪を再現した護符がお気に召さなかったらしい。

ルキフゲ・ロフォカレはベリアルと仲の良い、他の悪魔の手下だとか。自分の配下だとすぐに平伏するから、今回は違う悪魔を喚ばせたそうだ。ちなみにどの悪魔を召喚するかは、こっそりベリアルに誘導してもらっていた。

さすがにあんな場所で誰が出るんだか解りません、な状態ではやれない。

それにしても、あの小悪魔が酷く責められている姿を目撃した時、ベリアルが「あやつは本当の召喚の術を知らん、無知蒙昧《むちもうまい》な輩に教えてやるが良い」とか煽《あお》ってきたのに、乗せられたのは反省点だ……。契約して下僕のように使って乱暴する、ああいう召喚術師は許せないとはいえ。

「閣下、お酒が尽きそうですが……買い足して参りましょうか？」

たくさん買っておいたつもりだったのに、もうなくなりそうだわ。

「おお、もっと買って参れ！　ルキフグス、そなたはどのようなものが良いかね？」

「ベリアル様と頂けるなら、如何様《いかよう》なものでも美酒ですぞ！　しかし、ずいぶん躾《しつけ》が行き届いておりますな」

「配下が、知らぬ間に閣下と呼べと刷り込んでおったのだよ。さすがに呆《あき》れたわ」

そうなのである。ベリアルが魔法やアイテム作りを配下に教えさせようとして、まず私に学ばせたのが召喚術だ。そして召喚出来るようになってから、教師として配下の悪魔を喚び出した。

さすがはベリアル閣下の配下、私に一番に教えてくれたのは「無礼のないように、閣下とお呼びしろ」と、いうことだった。すっかりそれを覚えたわけで、今でも無意識に〝閣下〟と呼んでしまうこともある。

とりあえず配下の悪魔などがいて他に人間がいない時は、閣下と呼ぶようにしている。またうっかり〝さん〟付けなんかして、閣下と百回言わされたら嫌だ……。

気が済むまで飲んでいてもらおうと、適当なお酒を見繕って持てるだけ購入した。周りの人達は慌ただしく行き来していて、ずいぶんと騒がしい。これで普通なんだろうか？

お店を出て人を避けながら端っこを歩いていると、正面からレーニとエスメが小走りで来た。

「あ、イリヤ！　大変よ、北の防衛都市がドラゴンに襲われたらしいの！」

「何でも、火を吐く竜らしいわ。危険だし私達、ここを発つことにしたの。貴女も早くした方がいいわよ」

動揺している治癒師のレーニと、不安を抱えていつになく落ち着かない様子の魔法使いエスメ。

説明によると、北にある防衛都市が竜の襲撃を受けたが、そのような場合にある筈《はず》の伝令が届いていないとか。一昨日の夜に防衛戦を目撃した冒険者が、全速力でこの町まで知らせに走ったそうだ。徒歩だったので、ずっと走って夕べようやく到着し、その後は緊急対策会議が始まり、民に公表されたのは今朝になってから。

竜の襲撃だけではなく何事かが起こっているのかと、この町にも混乱が訪れつつある、という状況だ。取り急ぎ北へは戦闘能力のない市民とBランクよりも下の冒険者を移動禁止にして、救援部隊を結成、王都や周辺都市にはここから伝令を飛ばす。

竜がこちらへ来ないとも限らないので、市民の避難も検討されているらしい。

「教えてくれてありがとう！　せっかくアラン様が取ってくれたけど、私達も宿を引き払って出立するわ！」

「あ、なら一緒にレナントへ……」

エスメが誘ってくれるが、私は首を横に振った。

「違うわ、ドラゴンの素材採取よ！　ちょうど切らしていたの、これは千載一遇の好機だわ！」

急いでいるからゴメンねと、軽く謝って宿への帰路についた。

「……ねえ、エスメ」

「……うん、レーニ」

「トレントの森でも行こうか。逃げなくても良さそうじゃない？」

「奇遇ね、私もそう思っていたところよ……」

「閣下！　酒宴は終了です、出立いたしますよ！」

私はすぐに宿へ戻り、扉を開けるなり声を張り上げた。

ベリアルは不満げに振り返り、私が手に持っている酒瓶を目にして、怪訝《けげん》な表情を浮かべる。

「何だね突然、無粋な。酒はその手にあるではないか」

「それどころではないのです！　竜です、火竜が北に現れたそうです！　交戦中との情報が入りましたが、どうやら戦況が思わしくない様子。救援部隊が出る前に、討ちに参りましょう！」

「おお、ベリアル様は狩りがお好きでしたな。それは行かねばならんでしょう、私はこれで失礼します」

ルキフゲ・ロフォカレは竜と聞いて喜色を浮かべたベリアルの様子に、スッと席を立った。

空気の読める悪魔だ。

「なんと、火竜であるか！　ならば早速、出掛けようではないかね。すまぬな。ほれ、その酒は手土産に渡しておけ」

「ありがたく頂戴《ちょうだい》いたします。では……」

五芒星《ペンタグラム》を描いて送還の儀を行い、悪魔を地獄へ還す。それが終わると、荷物をまとめた。

宿を手配してくれたアランに一言挨拶《あいさつ》をして、すぐに出掛けないとね。

アランは同じ宿で連れの人や隊商の護衛と、何部屋も続きで借りている。その一番奥の、アラン本人が泊まっている、一際広い部屋の扉を叩《たた》いた。

「はい」

「イリヤです、ご挨拶に参りました」

扉を開けてくれたのは、馬車でも一緒だった秘書の初老の男性だ。ダークブラウンの衣装を着ている。私は軽く礼をして部屋に入った。

中には護衛団の隊長や隊商の人も何人かいて、地図を睨みながら相談をしている最中だった。

「君も聞いたかい、竜が防衛都市ザドル・トシェを攻撃したらしい、と。二日前の話だそうだ。未だに交戦中かは解らないが、そうじゃなくても、まだきっと近くにいるだろう。伝令がないことを考えると、最悪都市が落とされた可能性もある……」

ソファーに腰掛け真剣な面持ちでテーブルに向かっているアランが、視線だけでチラリとこちらを窺《うかが》った。私は近くに立って、大きく頷《うなず》く。

「はい、先ほど聞き及びました。せっかく宿をご手配頂いたのに申し訳ありませんが、私達は今すぐに出立しようと思います」

「……いや、正しい判断だ。私達も仕入れを中断してでも帰るべきか、会議していたところだ」

部屋にいる人達は皆、険しい表情をしている。

これだけの人数の隊商だもの、混乱している中で出発するのも不安がありそうだ。

「竜に限りましては、これより討ちに参ります。懸念がそれだけでしたら、急ぐ必要はありません」

「そうだね、早く出て討ち……。……討つの？」

「はい。素材が欲しいので。救援部隊が出る前に行かねばなりません！　慌ただしくて申し訳ありませんが、失礼します」

しんと静まり返った部屋で、くるりと踵《きびす》を返す。来た時と同じように秘書の方が扉を開けてくれたので、私は足早に立ち去った。

部屋を出てから、パタンと閉じられた向こうで何故か急に大声で騒ぎ出すのを、背中で聞いていた。

そのままチェックアウトしてテナータイトを発った私とベリアルは、街道に沿って飛行しながら北にある防衛都市ザドル・トシェを目指した。

広い街道は歩く人影もなく、右手に山、左手には草原と、長く伸びて細くなったティスティー川が遠くに流れている。川の流れに沿うように進めば、迷うことなく北の防衛都市へ着く。

そしてしばらく飛んだところで、ついに目的の生物を発見！

中級の火竜、ファイヤードレイク！

防衛都市まではあと三分の一くらいの距離で、襲われているのは五人の騎士だった。彼らは既に疲弊しているようだ。火竜も魔法や武器で攻撃を受けたらしく、手負いで凶暴性を増している。

「なかなかの獲物であるな！　イリヤよ、手出しは無用ぞ！」

「はいっ！　私はあの者達の援護に参ります」

「うむ。炎よ濁流の如く押し寄せよ‼　我は炎の王、ベリアル！　灼熱《しゃくねつ》より鍛えし我が剣よ、顕現せよ！」

ベリアルが「宣言」をすると肩の辺りから火が発生し、掌に届いて更に燃え盛る。それは寄って固まり、赤黒い剣の形になってベリアルの手に収められた。

とはいえ、このドラゴンも強い火属性。相性がある意味良すぎる。

「火を吹くぞ……防御を！」

「もう魔力もアイテムもありません……！　逃げるしか！」

「今から動いても、どっちにしろもう駄目だ……」

騎士達は予想以上に切羽詰まった状況だわ。既に諦《あきら》めている人もいる。

どうやらギリギリ間に合ったね。私は詠唱をしながら五人の後ろに降り立った。

「襲い来る砂塵《さじん》の熱より、連れ去る氷河の冷たきより、あらゆる災禍より、我らを守り給え。大気よ、柔らかき膜、不可視の壁を与えたまえ。スーフルディフェンス！」

「きた……！」

竜の大きな口から、強大な滝のような炎のブレスが放たれる。

それこそ彼ら全員なんて、簡単に呑《の》み込むような。

防衛手段を失い覚悟を決めた騎士達の前に、薄い膜のようなものが現れ、押し寄せる竜の炎のブレスは一切届くことはなかった。

「……何も……起こらない？」

恐る恐る騎士の一人が顔を庇《かば》うように出した腕をどかすと、視界を埋めるオレンジの熱は目の前で分かれて左右に流れ、色を薄くしている。

「ご安心ください、ブレスの防御魔法を展開致しました」

私が告げると皆が一斉に、こちらを振り向いた。訓練を積んだ騎士だろうけど、状況が状況だしね。さすがに私の存在に気付いていなかったようだ。動揺しつつ口を開く。

「……こ、この防御を貴女が？　貴女は、一体……？」

「テナータイトにて、防衛都市が竜の襲撃を受けたとの情報を入手いたしましたので、竜の素材の採取に参りました」

「素材を採取……？　いや、この竜は強い火を吐く、危険な竜だ。そうだ、救援があるのか⁉」

「まだ編成中のようでした。先んじれば他を制します故、お先に失礼させて頂いたのです」

ファイヤードレイクが顎《あご》を上に向けた。

視線の先には、右手に炎の剣を持ち空中に立つ、ベリアルがいる。

竜は二本足で立ち上がって大きく口を開き、吼《ほ》えながら先ほどよりも強い炎を放った。

「おい、あの人はいいのか⁉　やられちまう……！」

「彼は君の仲間では？　我々は構わなくて良いから……！」

騎士の一人が目を見開いて、ブレスの先にいるベリアルを指さす。

こんな場面なのに自分よりもベリアルを気遣ってくれるとは、いい人達だな。

「問題ありません。あれは所詮《しょせん》、火ですから」

たとえ竜であっても、そう簡単にベリアルの脅威になるような火を起こすことは出来ないだろう。

それ故の〝炎の王〟だ。

彼の姿はすっかりと紅蓮《ぐれん》の中に埋もれ、騎士達は一様に顔を青くしている。

しかし炎が途切れるよりも早く、ブレスから飛び出した人影が竜の頭上から赤黒いガーネットのような剣を振り下ろした。

「悪くはない！　我を飾るに、相応しい火であるな！」

愉悦を含んだ声でまっすぐに剣を火竜へと向ける。

硬い皮膚がやすやすと切り裂かれ、竜の咆哮《ほうこう》は絶叫へと変化した。

痛みに嘶《いなな》いた竜が、足を震えさせて体を崩していく。


「あっ」

あらまあ、こっちに倒れてくる。だって皆、近くにいるんだもの……。

「阿呆《あほう》か、あやつらは！！！」

ベリアルの怒りの声が届いた。それはまあ、そうだよね。

避難しろって話だよね、そんな暇はなかったけど。

一旦《いったん》ファイヤードレイクの足元まで降りたベリアルだったが、暴れるしっぽを避けつつベージュ色の腹の前まで浮かび、左手を前に出した。

倒れて来る竜に向けて、魔力が収縮されていく。

ぶつかる！

そう思った瞬間、蓄積された魔力が一気に放出され、竜の腹に穴をあけて後ろへ押し返した。

ドオオンと大きな音と土煙を上げ、ファイヤードレイクは背から地面に倒れ、空虚に空を仰ぐ。

「あの竜を……こんなに容易く……!?」

五人の騎士達はみな驚いて、動かなくなった竜を凝視している。

「容易くではないわ！　そなたらのせいで余計な手間であった。非戦闘員は、さっさと退避するものだ!!」

「す……すまん……」

騎士を戦力外扱いだ。まあここは仕方ないので、謝るしかないだろう。ブレスを使う竜の場合はそれを防げなければ、どれだけ強くても戦えない。

ベリアルは、倒れて来る勢いと重みを利用してサクッと首を斬り落とすつもりだったらしい。予定が狂って少々ご立腹だったが、一応獲物にはご満足頂けたようだ。

私は倒された竜の腹から見つけた、質のいいドラゴンティアスにとても満足。あまり大きくないけど、色々使いたい！

私達が素材採取をしている間、騎士達はぽかんとしてこちらを眺めていた。緊張の糸が切れたのかな。一時は死も覚悟していたし。

「ところで、皆様は何故ここに？　そもそも竜は、防衛都市を襲っていたのでは？」

「……そ、そうですね。説明いたします」

騎士の一人が、兜《かぶと》を外して脇に抱えた。

防衛都市ザドル・トシェを襲っていたファイヤードレイクが何故、このような場所にいたのか。説明はこうだ。

まず竜の襲撃を受けたのは二日前。その時にすぐ伝令を飛ばしたが、全く応答がなかったので、何かしらの妨害があったと結論づけた。

そして都市にいた魔導師達が竜の炎を防ぎつつ、騎士が応戦し、なんとか夜に竜は退けられた。

しかし次の日、つまり昨日、数体の魔物が都市に向かって来るではないか。応戦しつつ昨日のこともあるので念のため街中を探ると、なんと魔物を寄せる香が発見された。香を廃棄し、魔物を退治して皆が疲弊している現在、新たに大群の魔物が確認された。

そしてこの五人の騎士は、二日前に鳥類の聖獣による伝令を阻止された為、危険を承知で伝令役を買って出た……と、いうわけだ。つまり、防衛都市はまだ危険に晒《さら》され続けているのだ。

このファイヤードレイクこそ都市を襲った竜で、まさかの遭遇に魔導師を連れて来なかったことを後悔したという。

「なるほど。では私達は、防衛都市ザドル・トシェへ向かいましょう」

「そのように申すと、思っておったわ」

ベリアルは嬉々《きき》として頷いた。私も国では魔物討伐の仕事もしていたもの、役に立てるわ。むしろ強い魔物が出たとなると、クセで出番ですねと思っちゃうよね。

私の言葉を聞いた五人が戸惑って何か言おうとしているが、上手く言葉にならなかったようだ。危険だと引き止めたいのかも知れないが、戦力は多いに越したことはない。

「……申し訳ない、助かります。私は副司令官、バルナバス。私の名を出し助勢に来たと告げれば、話がスムーズに進むでしょう。貴女は無理をなさらず……、手当てや防御魔法だけでも助かります」

「了承致しました。テナータイトではこちらの異変に勘付き、各都市に伝令を送られたと聞き及んでおります」

ファイヤードレイクを簡単に倒したベリアルの戦力は、きっと今欲しいものね。

騎士が全員、兜を外して頭を下げた。私も手を体の前に揃えてお辞儀をして、地面から遠のく。

「お気をつけて！　決して無理をなされませんよう」

五人の姿はすぐに小さくなっていき、巨大な竜が亡骸《なきがら》を晒していた。

五章　防衛都市の防衛戦

防衛都市という名の通り、ザドル・トシェは分厚く高い壁に囲まれていた。周囲はティスティー川から引いた堀があり、今は上げられている跳ね橋を下ろさなければ都市には入れない。

壁の上は三人ほど並んで通れそうな、歩廊になっている。見張りがいそうなものだけど、兵の姿すらない。代わりに北側から、物音や叫ぶ声が届いていた。

「ベリアル殿、辺りに人がいないですね」

「どうやら交戦中であるな。そちらに注力しておるのであろうよ」

とりあえず歩廊に降り立つ。都市は石造りの建物が多く街並みは灰色に沈んでいて、まだ明るいのに活気がない。グループに分かれて哨戒《しょうかい》をしたり、荷車で物資を運搬している人はいるが、武装していない歩行者の姿はなかった。

場所によっては建物の一部が崩れていたり、黒く焦げて火を消した痕跡《こんせき》が見受けられる。ファイヤードレイクが、都市に入り込んで暴れたのだろう。戦いづらくて厄介だったろうな。

「何者だ！」

視線を町から歩廊の先に向けると、北側から数名の兵を連れた魔導師が走ってこちらへ向かっていた。そうだわ、ベリアルの魔力に気付いたのね。彼は魔力を完全に隠せば感知出来なくなるけど、普段はある程度は放出している。それで勘付いて確認に来たんだ。

「お伝えします。バルナバス様より要請を受け、馳《は》せ参《さん》じました。魔物が広く展開しているとのことでしたが、こちらの指揮官様はいずこにおられますか？」

「バルナバス様は、先ほど出立されたばかり。どういうことでしょう……？」

「この都市の手前でお会いしました。状況も聞き及んでおります」

名前を出した効果で、相手の警戒が薄くなった。良かった。

魔物は主に北側に展開していると説明を受けながら、城壁の歩廊を進む。

「バルナバス様達は無事でいらっしゃるようですね。安心しましたが、こちらはまさに敵と衝突するところなのです。効果の高いマナポーションを切らしてしまったので、魔法があまり使えず……」

なるほど、回復アイテムも不足しているのね。精神的にも疲労の色が濃い。

「私はテナータイトより参りましたが、あちらでも異変に気付いております。各地に伝令を飛ばしておりますので、今しばらくの辛抱です」

「そうでしたか！　指揮官は魔物達の襲撃に気付く直前、哨戒中に街で何らかの作戦行動をしていた敵を発見して追跡し、少人数の部隊でここを離れたと報告がありました。指揮官の不在が我々に連絡された時には、バルナバス様は出立された後で……。思えば、あれは誘導だったのでしょう」

立て続けに起こっている。どうも計画性があるような。

「……とりあえず、魔物を撃退いたしましょう。私も魔法を使えます」

「ご協力、感謝します。それにしても、このタイミングで不自然な魔物の襲撃……。どこかの国による軍事作戦の可能性も、捨て切れない」

魔物を使って？　本当だとしたら、とても嫌な感じだ。

北側の歩廊には弓兵と魔法使い、それから補給部隊が控えている。

城壁の上から数組の魔法使い部隊が魔法を飛ばし、一列に並んだ弓兵が合図に従い矢を放っている。そして矢が足りなくなれば、補給部隊から受け取っていた。

多種族で混成された魔物の群れは、怯《ひる》まずに前進を続けた。横に広く広がっていて、既に襲撃で疲弊している都市にはとてつもない脅威だと窺《うかが》い知《し》れる。

それが、一体一体を目視出来るほどに迫っているのだ。


堀の外では騎馬隊と歩兵が六つの部隊に分かれて長方形に陣取っていて、矢が通り過ぎた後の空に魔導師が三人ほど姿を現した。

ミスリル製の杖《つえ》に黒い宝石を埋めていて、他の魔法使いとは違う黒いローブを着た魔導師が、中心で杖を天に掲げる。

「指揮官ランヴァルト・ヘーグステットは私達を信じて、この場を任せた。彼はすぐに戻る。それまで私達だけの手で、この都市を防衛しなくてはならない。援軍もまだ来ないだろう」

目の前には魔物の大群が迫るが、応援も来ない。ザワッと兵達が僅《わず》かに動揺した。

「しかし私達には、今までこの都市を守り、また守る為に選ばれた誇りがある。矜持《きょうじ》こそが最大の武器である。課せられた訓練の成果を今こそ発揮する時！　傷を負い戦線を離れている同胞の分まで戦い、人を、町を、国を守り抜こうじゃないか！」

わあああっと武器を掲げて、歓声を上げる。皆の士気が鼓舞された。

壁の上の歩廊にいる兵達も一様に、熱気が高まっている。

「我らは必ずやり遂げられる‼　……と、まあこんな感じ」

アレ？　カッコ良く決まったと思ったのに。

「筆頭魔導師のバラハ様は、口上は素晴らしいのに、いい加減な性格をしているんですよね……」

隣にいる魔導師も苦笑いだ。

口上が終わるか終わらないかのうちに、他の二人が魔法を唱え始めていた。

「揺るがぬもの、支えたるもの。踏み固められたる地よ、汝《なんじ》の印たる壁を築きたまえ。隔絶せよ！　アースウォール！」

土の壁を作る魔法だ。魔物の前で土が盛り上がり、馬防柵《ばぼうさく》ほどのさほど高くない壁が出来る。

壁のないところの魔物が先に突進するので、一斉に全てが押し寄せることは避けられた。壁を破壊する魔物、飛び越える魔物、壁の間をそのまま突進してくる魔物。

篠《しの》突《つ》く雨《あめ》のように放たれる矢を越え、魔物の第一陣と防衛隊の先鋒《せんぽう》がぶつかる。

先に広域攻撃魔法を使えば良かったのに、もう戦闘は始まってしまったぞ。そうだ、効果の高いマナポーションを切らしてるって言っていたわ。だから筆頭魔導師は、大きな魔法を使わなかったのね。彼は援軍が準備されていることも知らないから、この先を見据えて節約中か。

歩廊にいる弓兵は味方が動き出したので、今までのように数をこなすような射ち方をやめ、慎重に狙いを定めている。

矢が刺さって倒れた馬の魔物を飛び越え、黒い犬が槍《やり》兵に襲い掛かった。飛び掛かる腹を穂先で貫く。その横を走り抜ける別の犬の魔物は後ろにいた兵が前に進んで、剣で斬り捨てた。

目の前の平原に集中していたら、西側の森から大きな馬が姿を現した。

ディオメーデースの人喰《ひとく》い馬だ！

西側の兵を蹴《け》散《ち》らし、嘶《いなな》いて大きな口を開ける。肩を噛《か》みつかれた兵は肩当てを剥《は》ぎ取られ、怪我をしたようだ。腕から流れる鮮血が、地面に滴る。魔法使いが氷の槍をぶつける魔法、アイスランサーで攻撃し、前足を上げて痛がる人喰い馬の周囲を、槍兵が囲んで一斉に突き刺した。

怪我人は速やかに後退し、控えている衛生兵が魔法や薬を使って傷を癒している。

私はこの場合、どうしたらいいかな。そうだ、いいことを思いついたぞ。

「私は攻撃力増強をかけます！」

「……は？　もう無理でしょう、戦闘が始まって敵と入り乱れています。あ、後方や弓兵にかけるんですか？」

そう考えるよね！　だが敵は魔物だし、ベリアルがやった敵味方の判別が使えるのだ。ふふふ。

目を閉じて集中し、気持ちを静める。辺りの喧騒《けんそう》が遠くなる感覚がしてきた。

「星はそれぞれ、己に輝く。世界を泳ぐ数多《あまた》の命よ、汝の星を抱きたまえ。頭光《ニンバス》よ、色を帯びて立ち上れ。オレオル・ディスタンクション」

ベリアルがしたほどハッキリと区別するまでには至らないけれど、これで味方だけに補助魔法を使うことが可能だ。続いて前回も使った攻撃力増強の、エグザルタシオンをかけた。

押されていた兵が押し返したり、矢が魔物を貫いたり。効果はすぐに表れた。

「支援魔法か⁉　戦いやすくなった」

「効果が切れる前に敵を減らせ！」

前線に立つ兵達が昂揚《こうよう》する。弓兵もここぞとばかりに狙いを定めている。

「まさか……、この状態で全員にかかったのか……？　不思議な……」

そばに立つ魔導師は、驚きを隠せないでいた。

歩廊にいる魔法使いや兵は、周囲の警戒もしながら助勢している。ベリアルはあまり強い魔物がいないから、乗り気じゃないみたいね。

「光よ激しく明滅して存在を示せ。響動《どよめ》け百雷、燃えあがる金の輝きよ！　霹靂《へきれき》閃電を我が掌に授けたまえ。鳴り渡り穿《うが》て、雷光！　フェール・トンベ・ラ・フードル！」

筆頭魔導師が詠唱しているのは、手から雷を放つ魔法だ。金に弾ける光が、掌に宿っている。

彼は風属性が得意なのだろう。雷は風の上位属性魔法で、威力が高く痺《しび》れる効果も付帯したりする。今回使ったのは、集団の敵よりも強い一体の敵を倒す時に使う魔法。

金の煌《きら》めきを帯びた雷が放たれ、魔物の群れの中に混じっていた巨人に当たる。あれを狙ったのね。倒れた時に、近くいる魔物も巻き添えにしていた。

その間にも魔法の土の壁を壊し、黒い猫が姿を現す。

災禍の大猫、キャスパリーグだ。

動きが速く、身構えた兵達の間を縫って回復役の魔法使いに爪を立てる。

「うわあぁぁ！」

魔法使いは肩に大きな傷を作り、膝《ひざ》をついた。近くにいた兵が剣を横に振って倒そうとするが、大猫は鮮血に濡《ぬ》れた爪で防ぎ、音もなく素早く後ろへ跳んで別の兵に攻撃を仕掛けた。

下がって治療を受けていた兵が、慌てて応戦する。

「伏せろ！」

その声に噛みつこうとするキャスパリーグを防いだ兵が、バッとしゃがむ。

身を低くした兵の上をウィンドカッターの魔法による風の刃が通り過ぎ、大猫を切り裂いた。

筆頭魔導師はその間にも、次の魔法の詠唱を開始していた。

不意に東の空から光る何かが飛来する。

獅子《しし》の顔と体に鷲《わし》の翼を生やし、後ろ足と尾が鳥の魔物、アンズー鳥！

足だけでも人間ほどの大きさがあり、雄叫びが雷となる危険な鳥の魔物だ。

それが詠唱途中の筆頭魔導師を狙っている。

「キュガァァァ！」

叫びに呼応するように、小さな黄色い雷がバチバチと弾けながら、筆頭魔導師に向かう。

攻撃魔法を唱えている途中だった為に彼は対処出来なかったが、近くにいた別の魔導師が先に気付いて魔法と物理を防ぐ、プロテクションを唱えた。

雷はプロテクションの壁に阻まれ、バリバリと音を立てながら消える。防御もまた、アンズー鳥が獅子の顔をぶつけると、バリンと割れて壊れてしまった。

「ようやく我の獲物であるな！」

ベリアルが城壁から飛び出し、筆頭魔導師に迫るアンズー鳥へと炎をぶつけて、けん制する。

「炎よ濁流の如く押し寄せよ。我は炎の王、ベリアル！　灼熱《しゃくねつ》より鍛えし我が剣よ、顕現せよ！」

宣言を終えたベリアルは赤い炎の剣を携《たずさ》え、最初の火で怯んだアンズー鳥に斬り掛かった。

筆頭魔導師の目の前で、それは容易く縦に深い線を作って鮮血を飛ばす。

ベリアルの赤いマントが揺れて裾《すそ》が足元に降りた時には、傷口から火を噴きながら、巨大な鳥は地面へと落ちていった。

この場面でも途切れることなく詠唱を終えた筆頭魔導師は、下にいる敵へと魔法を飛ばす。途中で止めてしまう方がリスクが高いと、判断したんだろう。そしてベリアルに向き直った。

「…………貴方は？　悪魔ですよね」

「安心せい、敵ではないわ」

「……助かりました」

黒いローブをはためかせた筆頭魔導師が、こちらにいる魔導師と目を合わせた。そして頷《うなず》いて、空中で黒い宝石の嵌《は》められた杖に魔力を籠《こ》める。

前線部隊は交戦しながら徐々に後退を始めた。

その前線部隊より魔物側の上空で、筆頭魔導師が詠唱を開始。他の二人も彼に協力して、魔力を供給している。強い魔法を使うのかな。

「怒りの風、猛り狂う暴風よ、雄叫びをあげよ！　追うは火、火熱を纏《まと》いて駆け巡れ。大気の渇きを熱き炎で潤せ。焼け付く熱波の掌《たなごころ》にて、触れしものを黒に染めよ！　喚呼し吹き頻《しき》れ、ウラガン・トレ・ショー‼」

灼熱を帯びた強風を、中範囲に吹かせる魔法だ。

魔物へ向けて荒れ狂う風が吹き、皮膚を焦がす。熱に弱い魔物なら、数分ともたないだろう。

範囲内の前方にいる魔物はたまらず逃げて、前衛の兵達と戦っている魔物達と距離が開いた。

後ろの方までは熱が届かないから、逃げる魔物と立ち止まっている魔物が、交錯している。

前衛は善戦していて、魔物の数を減らしていった。槍を持った兵が近くに控えて戦況に目を光らせ、前線をすり抜けて尚も向かって来る熊の魔物を突き刺し、騎馬が敵を蹴散らす。

魔物との距離が開いてきたので、再び城壁の弓兵隊の隊長が合図して一斉に矢を射かけ、どんどんと魔物の死体が折り重なっていく。今のところ魔物が増える様子はないし、戦い慣れた兵達だ。

ここはもう大丈夫だろうな。


「ところで、指揮官様がご不在だとか。どちらへ向かわれたか解りますか？」

「あ、はい。報告によれば、東の方向です。あの山脈へ向かって進んでいる筈です」

示された先には林が薄く広がり、その向こうに茶色い岩山が聳《そび》えていた。

敵が山に逃げたの……？　まさか登らないよね。岩山の間の道にでも行ったのだろうか。

「少人数で向かわれた指揮官様が、心配ですね」

「ええ……、もし誘導されたなら、何か意図があるのかも知れません。気掛かりですが、まだこちらも手が離せる状況ではないのです」

都市から応援を出したいけど、余裕がないのね。無事か確認するくらいなら、私でも協力出来る。

「では、様子を見て参ります！」

「あ、お待ちください！」

返事はせずに、ベリアルと共にまず向かった可能性が高い、荒涼とした山の道を目指した。

◆◆◆

どうやら途中で戦闘が起こったらしい。

岩と土の道に血の跡が残っている。倒れている鎧《よろい》姿の騎士も見掛けたが、既に事切れていた。鎧は酷い損傷をしていて、骨まで断たれている。敵はかなり攻撃力があるようだ。

遅過ぎたかも知れない……。

そう思った矢先、まだ見えない先の方から、男性の言葉にならない悲鳴が岩場に響いた。

近くに荒い息をしている生存者を発見したけど、戦っている人がいるのなら、そちらを優先させるべきだろう。目が合った騎士は怪我をした部分を押さえたまま、解っているというように苦し気に頷いた。

「あとは貴様のみだな」

道の真ん中に座り込んでいる男性は、右腕が二の腕で斬られてその先がなく、夥《おびただ》しい量の血を流していた。剣を向けているのは、竜の顔に人間の体を持つ、竜人族《ズメウ》。竜人族は人間以上に強靭《きょうじん》な肉体と、身体能力や魔力を持っていると言われている。

一人で何人も斬り捨て、鎧を破壊し、腕を斬り落とす……。噂以上に危険な種族のようだ。

男性は脂汗をかいて右肩を押さえながら歯を食いしばり、今にもとどめを刺さんとする敵を、気丈に睨《にら》みつけている。

「ほう、竜人族《ズメウ》。珍しいではないか。しかし……」

するりと私の前へ進んだベリアルに、向かい合う二人が同時に振り向いた。

「なんとも下卑たものよ」

目を細めて蔑《さげす》むように嗤《わら》う。

「貴様……！　何者か知らぬが、儂《わし》を愚弄《ぐろう》するか‼」

「愚弄？　おかしなことを。あのような惰弱な輩に都市攻めなどをさせる、つまらぬ手しか持たぬであろうが」

どうやらベリアルは、この竜人族と都市に押し寄せる魔物に関係があると判断したようだ。

これは注意を引いてくれているのか、せっかくの魔物の大群に、大した獲物がいなかった！　という抗議なのかは解らないが、とりあえず私は道の隅に避《よ》けて、こっそり怪我をしている男性のもとへ向かうことにしよう。途中で落ちている剣を拾っておく。

挑発は大成功のようで、竜人族はベリアルに向かい一直線に突っ込んだ。

さすがに動きが速く、一瞬で間合いを詰める。竜人族が持つ片刃の剣とベリアルの炎の剣がぶつかり、鋭い金属音が響く。

次の瞬間、竜人族は剣から腕まで燃え上がらせて、すぐさま後ろへ飛びのいた。

「な、なんだこれはっ！　魔法か⁉」

火に慌てながらも水の魔法を使ったらしく、炎はすぐに消し去られる。

「そう驚くでない。ほんの挨拶《あいさつ》だ」

「貴様……人族ではないな！」

さすがに解ったらしい。ベリアルは答えず、口端を上げただけだった。

竜人族は魔法で氷の礫《つぶて》を飛ばしながら踏み込むが、ベリアルの炎の前では瞬く間に水に還り、全く意味をなさない。

あと一歩で間合いに入るというところで、地面から吹き上がる炎に阻まれて隙を見せてしまえば、すかさずベリアルの炎の剣が弧を描いて迫ってくる。何とか躱《かわ》したようだけど、左腕に筋のような傷ができた。赤黒い血がすうっと垂れる。


私は白い鎧を纏《まと》った男性へ近寄り、アイテムボックスからエリクサーを出した。

「回復薬です、お飲みください」

「う……ぐ、すまな……い」

利き腕を失くし、かなりの痛みがあるのだろう。辛そうな表情をしている。血も多く流れたので、今にも気を失いそうだ。男性の背を支えて瓶の蓋《ふた》を開け、赤く揺れるエリクサーを口元に差し出す。

一気に飲み干した男性は、ふうと息を吐いた後、目を見開いて肩を竦《すく》めた。

「う……、ぐ！　熱いっ！　……まさか、毒……⁉」

失礼な。身体の欠損を全く痛みもなく治せるわけないでしょう。

男性は肩を押さえたまま地面に倒れ、呻《うめ》きながら身を縮ませている。

変化はすぐに訪れた。

「つ……っく……」

呻きは徐々に小さくなり、金色に光る魔力が体を覆って、失った手を象《かたど》る。そして、ない筈《はず》の右腕の形を描いた光が収まると共に、再び得られるのだ。

「………！？」

ハッと気付いたように目を開いた男性は、弾かれたように右手に顔を向けた。

恐る恐る、指を動かす。五指を小指からゆっくりと握り、また開いて確認している。

「これは……腕が⁉」

「どうぞ、剣です」

身を起こした男性に、両膝《りょうひざ》をついたまま拾っておいた剣を渡す。

男性は剣を確認してから、私と顔を合わせた。

「……君は？　そしてこの薬は……」

濃い金茶の髪に、何処かで見た様な緑色の瞳《ひとみ》。誰かに少し似ている？

損傷だらけの鎧が、戦闘の激しさを物語っていた。

「その話は後にしましょう」

私は戦いを続けているベリアル達に、視線を移した。

ベリアルはまだまだ余裕がありそう。竜人族を相手に、遊んでいるようにも映る。相手は魔法と剣を駆使して応戦するも、一切通用しないことにかなり焦っているのが見て取れた。

いったん距離を開けて、竜人族《ズメウ》は何か詠唱を始める。竜人族特有の魔法の言語なのだろうか。私には言葉の意味がさっぱり解らなかった。

「危ない、アレは‼」

目の前の男性が叫ぶ。彼も使われた魔法なのね。

竜人族の後ろから質量を持った水の龍《りゅう》が出現し、三本の太い首が大きく口を開け、勢いよくベリアルに向かって襲い掛かる。

……思ったほど大した魔法じゃなかった。三本だけだし。せっかくだから九本の首があって斬ってもすぐに再生する、ヒュドラくらいは欲しい。

ベリアルも詰まらないとばかりにため息をついて、水の龍に向かって普通に歩いた。水はベリアルに届いて重なり、閉じ込めようと密度を増していく。

しかし大量の湯気がもうもうと発生して、周りは真っ白い霧に覆われ何も見えなくなった。

「なんだこの煙は……なぜ、こんな⁉」

唱えた方が困惑している。単純にベリアルの炎の熱で、水が蒸発しているだけだよ。

遮られた視界から突然影が現れ、それがベリアルだと気付いた時には、竜人族は腹に一文字の傷を負っていた。竜の鱗《うろこ》で出来た硬い鎧すら、ものともせずに切り裂く。

「……そなたはつまらぬ。そろそろ飽きたわ」

「うおおお！　こんな、……こんな馬鹿なっっ！！！」

侮蔑《ぶべつ》を込めた視線に、竜人族は叫びを上げて後ずさる。

チラリと目だけを動かし、私を確認した気がした。

「かくなる上は……貴様も道連れだ！」

こちらに向けて最後の力を振り絞ったような、凄《すさ》まじい速度で間合いを詰める。速過ぎて私は身動きすら取れなかった。驚いて声も出せないでいるうちに、竜人族はもう目の前だ。

剣を振りおろす、その瞬間。

私の前に影が出来た。

ガキン！

すさまじい音で剣と剣がぶつかる。

先ほどの騎士が立ちはだかり、両手でしっかりと柄を握って、攻撃を受け止めてくれていた。

「貴様……、貴様の腕は斬り落とした筈……！？」

「神の贈り物かも知れないね」

目を見開いた竜人族は、そのまま無言で動かない。

やがてゆっくりと崩れ落ちる。

後ろにはベリアル。炎の剣が背を覆う硬い竜人族の鱗を貫き、腹まで突き通していた。

「……神などと忌々しい」


ようやく戦闘も終わりだね。最後の敵だったようだ。

「それで……貴女は？」

「バルナバス様より要請を受け、馳《は》せ参《さん》じました」

「……バルナバスが？　なぜ」

あ、そうか。この人、更なる魔物の襲撃の直前にザドル・トシェを出てるから、バルナバスが伝令に出たのも知らないいんだ。

「それはご本人よりお聞きください。それよりも、先ほど息のある方をお見掛けしています。治療が先でしょう」

「確かに。……生きていても二、三人程でしょう……。恐ろしい相手でした」

沈痛な面持ちで目を伏せた。何人もの部下をあの竜人族一人相手に失ってしまったのだ。

動きが俊敏な上、一太刀でも致命傷になるような攻撃を仕掛けてくる相手だった。仕方ないと言えば仕方ないいけど……。

「さあ、手当をいたしましょう」

落ち込むより、まずはやれることをやろう。私は鞄《かばん》からポーションを取り出した。

◆◆◆

追っていた敵が竜人族《ズメウ》だと気付いた時には、驚愕《きょうがく》した。あまり人間と関わらない種族だ。どこかに地下帝国を作って自分達だけで暮らしているらしいのだが、誰も場所を知らない。

私、ランヴァルト・ヘーグステットが防衛都市の指揮官になってから……いや、むしろ生まれてから今まで、一度も目にした記憶はない。人間の国を攻めたような記録もない。

背筋を冷たく流動的な嫌な予感が、這《は》い上がった。

最初に追いついた部下が一太刀で殺害され、皆が気を引き締め直す。

しかしそれすらも無駄だとあざ笑うように、一人、また一人と地面に伏していく。

竜人族特有のものだろうか、見たこともない魔法を使い、ついには私の腕が斬り落とされた。

ここで死ぬわけにはいかない。しかし、立っている味方はいない。

絶体絶命の状況で現れたのが、この二人だ。薄紫の髪に白いローブの女性と、赤い髪で派手ないで立ちの男。まさか竜人族を一人で片付けるとは……。

いや、今はそれどころではない。早く息のある者を助けなければ。

私は倒れている部下の生死を確認した。息のある者は二人に治療を任せ、亡くなった者から階級章などを回収する。身元をハッキリさせ、遺品として遺族に渡さなければ。

生存者の治療を終えたら、都市に戻って兵を寄越《よこ》し、出来るなら遺体の回収をしてもらおう。放置してしまえば、魔物や食人種《カンニバル》を引き寄せることになってしまう。

女性は魔法やアイテムを使って、生き残った部下の傷をすっかり回復させてくれていた。

回復アイテムも魔法も、素晴らしい効果だ。本当に助かる。

「ありがとう、我々は防衛都市へ戻ります。一緒に行きませんか、お礼をしたいので」

「そうですね……」

女性が返事をするのを遮って、男がクッと喉《のど》の奥で笑う。

「では、もう一人は見逃すのかね？」

もう一人？　彼の視線の先には大きな岩があり、葉の少ない数本の細い木が生えていた。

その後ろで影が動く。

「何者だ⁉」

私はとっさに走った。旅装の人物が岩の陰から反対側に飛び出して、慌てて逃げようとする。

斥候だろう、動作が機敏だ。生存した部下の一人が後ろから追い掛け、残りは女性を護衛に向かう。敵が他にいないとは限らない。しかし足が速い、追い付けるか……！

焦っているとスッと上空を何かが通り過ぎ、舞い降りて敵の行く手を塞《ふさ》いだ。

あの赤い髪の男だ。剣はどうしたのか、丸腰で鞘《さや》すら提げていないじゃないか。しかし斥候一人に負ける感じは全くしない。余裕の表情で立っている。

「かかって来るが良い、我が直々に相手をしてやろうぞ！」

「く……っ、気付かれていたとは」

逃げきれないと悟った敵は、腰に佩《は》いていた細身の剣を抜き、構えた。しかし視線はこちらに向けられている。竜人族を一人で倒すような相手と戦うことを、選ぶわけはないか。

「逃がさんっ！」

私も走りながら剣を抜き、そのまま斬り掛かった。

ガキンと金属が合わさり、カンカンと打ち合う。相手の男の頬がうっすらと切れて、血が伝う。

「さっきまで片腕を落としていた男の、戦い方か……⁉」

最初から監視していたんだろう、男は青ざめている。エリクサーの効果が薄いと、しばらくは違和感が消えなかったり、動かしにくかったりするらしい。彼女のエリクサーの効果は抜群だね。

男は目だけを動かして周囲の様子を確認した。両側は岩山で、足で登れるとは思えない。私を突破してもまだ部下が待ち構えているし、反対側には竜人族を倒した男が控える。逃げ場はない。

覚悟したかのように柄を力強く握った。

「うわああああぁ！」

男が死にもの狂いで剣を振り下ろす。引き付けてから躱し、追撃を剣で防ぐ。肩に力の入っていた相手が一瞬止まったのを逃さず、腕を斬りつけて首筋に剣を当てた。

衝撃で手を開いたのだろう、ガランと剣が地面に転がる。

「どこの手の者だ⁉　あの竜人族と関係があるのか？」

聞くまでもなく、見届け人であろうことは見当が付く。個人や小さな組織で行う規模の攻撃ではない、国が関わっている可能性も大きく、ある程度は予測がついている。

「……く……、まさか竜人族が敗れるとは……。しかし役目は果たした。今更都市に帰っても、もう遅いぞ、指揮官……」

「何⁉　どういうことだ！？？」

まさか、私をおびき出したのは殺す目的だけではなく……これすらも陽動⁉

「今頃は魔物に包囲されているだろう。都市は壊滅する！」

思わず動揺した隙に、斥候の男は素早く剣を取る。

「ワステント共和国、万歳！」

そう高らかに叫んで、自ら死を選んだ。失態だ、止められなかった……。本来ならば生け捕りにしなければならなかった。

「ワステント、とな」

男の赤い瞳が尋ねるが、どの国の仕業かなど興味はないようだ。

「ああ、間違いない」

私は頷《うなず》いた。女性もこちらに注目している。

「彼はニジェストニアの人間だ」

こんな場面で所属国をバラして自死する斥候も、いないだろう。解り切った手口だ。

むしろそんな手が通じると思っているのか？　バカにされたものだな。

我が国とワステント共和国が戦争になれば得をするのが、ニジェストニア王国だ。あの国ならば頃合いを見計らって、弱った方に攻めてくる。

女性はアレッと目を瞬かせたが、すぐに真顔になった。

「……私どもが来る時、魔物の群れは撃退されていました。しかし、都市を壊滅させるほどの数には思えませんでした」

私が戦っている間に、魔物の襲撃があったのか。筆頭魔導師のバラハが皆を鼓舞して、率いてくれているに違いない。しかし回復アイテムも不足してくるだろう。もしも更なる攻撃があれば、防ぎ切れるかは難しいところだ。

「となると、まだ攻撃が終わっていないということも考えられる。こちらの戦力はある程度把握しているだろうから、魔力を消費させてから追い打ちをかけるつもりだろう」

「都市に危険が迫っているようですね……。参りましょう、ベリアル殿！」

「ふははははっ！　愉快な持て成しであるな」

まさかアレを聞いて、行く気になるとは！

「君達、魔物が押し寄せる都市に戻ることはない。このまま逃げた方がいい！」

私は引き止めたが、二人はすぐに空を飛んで再び防衛都市の方向を目指した。

男の方はともかく、意志の強い女性だ。怯《ひる》むということを知らないのだろうか……？

◆◆◆

防衛都市の上空に戻ると、展開していた部隊は引き揚げていて、都市の周りに人はいなかった。

そう、人は。

周辺から再び魔物が集まり、倒されたままの亡骸《なきがら》の向こうから、大群の魔物が再び都市の北側に迫ろうとしていた。まさか、本当にまだ用意されていたなんて！

壁の歩廊には弓兵部隊や魔法使いなどが集まり、固唾《かたず》を飲《の》んで見守っている。その中に先ほどの黒いローブを着た、筆頭魔導師もいた。苛立《いらだ》って行ったり来たりしながら、外を睨《にら》んでいる。

「せっかく終わったと思ったのに……。ランヴァルトのヤツ、どうなってるんだよ。こういう時に作戦を考えるのは、指揮官の仕事だろ。防衛都市が陥落することにでもなったら……」

焦燥に駆られて、愚痴が零れている。とりあえず、状況を尋ねてみよう。

「あの、こちらはどうなっておりますか？」

「誰だ⁉　あ、あ～！　さっきの悪魔！」

振り返って私を訝《いぶか》し気に見てから、指を伸ばしてベリアルを指した。

「……質問に答えよ」

「あ～、はい。そうですね……、全体的に疲弊していて絶望的です。籠城《ろうじょう》しかないでしょう。テナータイトから王都まで情報が伝わっていれば、大規模な援軍も期待出来ます、が！」

投げやりにも聞こえるような。大丈夫かな。筆頭魔導師は更に続けた。

「間に合わないでしょ！　アハハハ、こうなったら全軍突撃だ～！」

どうしたの、大声で笑い始めたよ！　掛ける言葉が見つからない。

「バラハ様、落ち着いてください。貴方に全軍突撃の命令を出す権限までは、ありませんよ！　すみません、バラハ様は普段はテキトーでいい加減なだけなんですが、追いつめられるとキレて攻撃的になるんです……」

「は、はあ……」

テキトーでいい加減は、フォローのつもりなんだろうか。防衛都市の歩廊で最初に会った魔導師が、暗い顔で説明してくれる。彼は筆頭魔導師の補佐だそうだ。

「まず矢が足りないんです……。それに回復アイテムもかなり使ってしまって、兵は疲弊している状況です。食料については、普段から籠城用に備蓄が多くあります。ただ、籠城しても飛行型の魔物が多ければ、防ぎ切れなくなります。このままでは、援軍は間に合わないでしょう。魔物ですからね、壁を壊されたら最後、堀なんてあっても飛び越えてきます」

救護室はいっぱいになるほどで、今も治療が行われている。マナポーションも不足気味。どこにどう魔力を使うか、悩むみたい。

「指揮官様は敵を退けられ、こちらに向かっております。しかし魔物の攻撃が始まるまでには間に合わないでしょうし、交戦状態になってからでは都市に入れないと危惧《きぐ》いたします」

私の言葉に筆頭魔導師のバラハが、ため息をつく。この状況での指揮官の不在も厳しい。

「攻められたら、跳ね橋を下ろすわけにはいかない……。ランヴァルトは飛べないからなあ。壁をすり抜けられればいいのに！」

とんでもないことを言い出した。すり抜けられたら壁の意味がない。

食料はあるんだから、最悪でも都市内部への侵入を防いで援軍を待てばいいわけね。ベリアルがその気になれば蹴散《けち》らしてくれるんだろうけど、今のところやる気はないようだ。

まずは、あの大群を少しでも減らさないと。となると、私の魔法の出番ね。

「あの、よろしければ私が広域攻撃魔法を使いますが」

今なら集まってきたところだし、タイミングが良さそう。筆頭魔導師は一瞬呆《ほう》けた表情をした。

「広域攻撃魔法が使えるんですか？　それならお願いします！　数を減らしてもらえれば、その後は私達が対処します。私も使えないわけではないんですが、そこまでの魔力が残っていない。もうね、慣れない剣を持ってでも戦いますよ。ランヴァルトは妻がいるからいいけど、私はまだ理想の女性に出会ってもいない！　ここで死ねるかっ‼」

上級とかのマナポーションは、もうないのかしら。攻撃が続いているし、チェンカスラーは魔法アイテム職人が少ないのは私も実感しているから、予備が少ないのかも。

なんだか私怨《しえん》が混じっている気もするんだけど、気合いは十分なようだ。

「バラハ様、早く広域攻撃魔法を使うことを周知しませんと」

補佐の男性の進言に、筆頭魔導師バラハはゴホンと咳払《せきばら》いをした。正気に返ったかな。

「……弓兵は左右に展開して、魔法部隊も待機。都市内部にもこれより広域攻撃魔法による掃討作戦に入ると、伝令を。動ける部隊は突撃に備え、跳ね橋付近に集合するように」

最初はこの人って信頼していいのかなって不安だったけど、行動が決まると判断が早い。サッと指示を出して、都市の周囲の状況も兵に確認させている。

誰かを巻き込んだりしたら、大変だから。

あちらの準備が整ってから、ここで魔法を使って欲しいと歩廊の中央に案内された。

眼下には先ほどの襲撃を超える、倍以上の数の魔物が押し寄せている。人喰《ひとく》い馬や食人種《カンニバル》も多い。通常ではこんなに集まるものではないので、遺体でおびき寄せたりしたのかも。守備兵がてこずっていた素早い災禍の大猫、キャスパリーグの姿もあった。今度は数匹いる。

スゥッと魔物が空を横切る。やはり飛行系の魔物もいるようだ。

「お願いします！」

合図だ。私も気合を入れ直さなければ。落ち着いて深呼吸をゆっくりと三回した。

「さて、そなたの実力を披露してもらおうかね」

挑戦的なベリアルに頷いて、両手を広げて詠唱を開始。

「吹雪の軍勢よ、枯野を吹き荒《すさ》ぶ〝死〟なる使者よ、訪れよ。我が前に跪《ひざまず》き、その威を示せ」

「この詠唱は、威力が強い為に販売も教授も、許可がない限り禁止されている魔法では……。コレをどこで……」

黒いローブの筆頭魔導師も近くにやって来て、ごくりと唾《つば》を飲み込む。

眼下に広がる平野には肌を刺す冷気が吹き込み、魔物達を凍えさせる。頭で効果範囲を強く浮かべて、広げていた手を結んで両掌を自分に向けた。

視界に入る魔物が、ほとんど範囲に収まった。ギリギリかな、これ以上広げると威力が弱まる。

「凍れ、凍れ！　血の一滴たりとも温《ぬる》むことなかれ。もはやレギオンの軍靴を阻むものはなし。進軍せよ！　グロス・トゥルビヨン・ドゥ・ネージュ」

右腕を手刀の形に開いて地面と水平に体の横まで振れば、平野に突如として猛吹雪が吹き荒れ、目の前まで迫りつつあった膨大な魔物の群れが、アイスモンスターのように凍り付いた。

動く影は一つとしてない。

そして、手を下ろしてダメ押しの追加詠唱を加える。


「花は散るらむ、葉は落ちにけり」


詩的で好きなのだが、使用したことがなかったので効果までは知らなかった。

氷の塊となった魔物達が、全て割れて崩れ落ちたのだ。バリバリと音を競いながら地面へと還る。

完全なる殲滅《せんめつ》だった。範囲内の全ての命が、一度で失われたのだ。

「効果がありすぎる……！　怖い！」

さすがに自分でも恐ろしくなってしまった。

「だから！　実戦で実証実験などするのではないわ‼」

「仕方ないんです！　国の実験施設で試そうとしたら、詠唱の途中に〝魔力が結界の許容範囲を超えて壊れる〟って、止められてしまったんです！」

実はエグドアルムの設備でさえ試せなかった魔法というのも、いくつかある。アレは全部こんな感じなんだろうか……。しかもこの魔法、水系の最強でもないんだよね……。

「嘘でしょ⁉　威力が強い魔法だからって、いくらなんでも強くて強いじゃないか！」

筆頭魔導師の発言が、衝撃でおかしなことになっている。

「うわ〜……飛んでたのも落ちてる。壊滅だぁ……。え、誰も協力してないよね？」

周りにいた他の魔法使いが、ブンブンと首を横に振った。

「私も魔力の供給すらしていません。敵が弱ったところで、とどめを刺すんだとばかり……」

冷や汗を掻《か》きながら外を眺める、補佐の男性。魔法の余波で、ひんやりした風が吹き込んでくる。

「……何なの？　バルナバス様はどんな人に応援を頼んだんだ？」

「ククッ」

雲行きが怪しくなってきた。気付けば歩廊に立つ全員が、私に注目していた。ベリアルの小さく笑う声が妙に響く。

「あ……あの、貴女は……どのような方で？　白い衣装ですが、王宮付きの魔導師ではありませんよね？　Sランクの冒険者でしょうか？　それに、最後のあの追加詠唱は一体？」

黒いローブの筆頭魔導師は、声を震わせて質問してきた。チェンカスラーの王宮付きの魔導師って、白い衣装なの？　とりあえず、現在の職業を告げよう。

「いえ、魔法アイテム職人です」

「……職人……ですか？」

嘘だろと、目が訴えている。

「……もう問題ありませんね。指揮官様も戻って来られますし」

「そりゃ、まあ……」

私の質問に筆頭魔導師が振り返って、警戒を怠らずに跳ね橋を下ろし、周囲を確認するよう指示を出している。止まっていた人々が動き出した。私から意識が逸れた、いいタイミングだ。

ここはひとつ、さっさと逃げよう。

「日が暮れそうなので、さようなら！」

「待ってください、お話を聞かせて……いや、そうだ、お名前を！」

返事をせずに、空を飛んで都市から離れた。

とはいえ、今から別の町に行くと夜になっちゃうな。こっそり戻って、宿を探そうっと。

◆◆◆

魔物が押し寄せて都市が陥落させられると宣言された時には、衝撃が走った。

生き残った部下と焦燥感に駆られながらすぐさま戻ると、何故か都市の周りに雪が積もっていて、砕け散った何かが散乱しているではないか。この季節に雪？

バラハの説明を受けたが、まさか一人が放った魔法の一発だけでこんな状態になったとは、信じ難い。魔物退治の後に、兵達が箒《ほうき》を持って掃き掃除をし、掘った穴に捨てて埋める。なんだこれは。

……いや、落ち着け。異様な光景を、いったん頭から引き離すんだ。

状況を整理してみよう。

竜人族《ズメウ》との戦いを終え、岩山から防衛都市にある指令本部へ戻った私は、執務室の机に両肘《りょうひじ》をついた。傷だらけで所々壊れた鎧《よろい》が、戦闘の激しさを無言で物語っている。

二日前に中級の火竜、ファイヤードレイクの襲撃があり、壁を越えて都市に入り込まれた。飛ぶ敵も警戒していたが、仮想敵としてドラゴンは想定されていない。ドラゴンの棲《す》む地域ではないから、ドラゴンに対する警戒はしていなかったのだ。中級の火竜の中でも攻撃力が高いファイヤードレイクには、かなりの苦戦を強いられた。上から却下されてもブレスの防御魔法を習得させておけば、もっと楽に戦えた筈《はず》だ。

半日以上に及ぶ防衛戦の末、夜にやっと撃退する。しかし、その時点で伝令はどこにも伝わらず、孤立状態と言えた。火のブレスによる火災が最小限で済んだのは、町の自警団の協力が大きい。

翌日、散発的な魔物の襲撃が起こる。その時に魔物寄せの香を発見。問題は解決したが、兵達は既に疲労状態と言えた。備蓄の薬の放出も始まる。

明けて今日。フードを目深に被った怪しげな男を発見し、質問をしようとした部下が斬り殺される。そして私を含めた十人ほどで追跡、生存は私を含め四人。

その間に再び都市を魔物が強襲。あの竜人族《ズメウ》は私が指揮官と知って、おびき出していたようだ。独自の判断で伝令にと走ってくれた私の側近バルナバスは、馬をやられて引き返して来た。彼からは、街道でファイヤードレイクと遭遇したと報告が上がっている。まるで待ち構えていたようだ。

あの竜人族は、竜を使えたのだろうか……？

これで済んだと思った後、さらに大群の魔物が用意されていた。

最悪の場合、都市が落とされていただろう。もちろん援軍は必ず訪れると信じているし、最後の最後まで、全力で戦い抜く覚悟でいる。敗北など、あってはならないことだ。


今回の件は、ニジェストニアの策略だった。

竜人族を見届けていた隣国の間諜《かんちょう》の身柄を確保したが、自害されてしまった。

しかし周囲の魔物を警戒していたバラハ達が、防衛都市付近に隠れていた間諜を発見して、身柄を拘束してくれていた。都市に潜んでいて、竜人族との連絡役をしていた男だ。

魔物に陥落させるつもりでいたのだ、脱出して高みの見物をしていたのだろう。

詳しい尋問はこれからだが、あの竜人族が今回の作戦の責任者で、何らかの理由で竜人族の里を追われていたところを、ニジェストニアの人間が接触したことは聞き出せた。ニジェストニアは竜人族に、この都市を落とせば彼の領土として認めると、持ち掛けたのだ。一緒にチェンカスラー王国を落として領土を広げよう、と。

これが今回の騒動の真相だ。


そして。この危機を救ってくれたのは、若い二人の男女。薄紫の髪に白いローブの女性と、赤い髪とマントで、黒い軍服に似た衣装を着た派手な男。

緊急事態だったとはいえ、誰も名前すら聞いていないとは……。エリクサーという秘薬まで使わせてしまって、お礼もしないでは申し訳が立たない。解決の仕方もとんでもない。

ファイヤードレイクは女性が一人で完全に炎のブレスを防御、男は単身で火竜を討った。

その後、防衛都市へ急行してくれ、窮状を救ってくれた。

元凶である竜人族は男が一人で倒し、女性には素晴らしい魔法薬を提供して頂いている。

さらに数えきれない程にひしめいて目前まで迫っていた魔物の大軍は、女性による広域攻撃魔法の一発でほぼ全滅。もしも交戦に至っていたら、甚大な被害を被《こうむ》っただろう。

この防衛都市ザドル・トシェの筆頭魔導師であるバラハによれば、彼女は販売禁止に指定されている魔法を使い、それも通常ではありえないくらいの信じられない威力だったそうだ。その上、彼ですら知らなかった追加詠唱まで唱えたとか。

あのバラハがそこまで言うとは……。彼はこの国でも腕利きの魔導師だ。三方を他国に囲まれたこの都市を守るため、遣わされているのだ。

「……ステット様。ランヴァルト・ヘーグステット様!!」

「…………、バルナバス」

大きな声で呼ばれて、ようやく思考の海に沈んでいたことに気付いた。

ファイヤードレイクが退治された後、馬が無事だった三騎は王都へ向かった。それすらも既に、必要なくなってしまったが。

「もうお休みください。お疲れでしょう?」

「……そうだな。考えても仕方ない」

机の上にはぼんやりと光る魔石の明かりと、散らかった書類。

夜も更けて、人の足音が少なくなった。久しぶりに少しゆっくり眠れそうだ。


次の日の朝、私は街の中を歩いていた。安全を確認する目的もあるが、もう一つ。

あの女性達がこの防衛都市に留まっている可能性もあるから。去ったと報告を受けたが、あの時間から別の町へ行くより、ここに戻る方が早くて安全だろう。一縷《いちる》の望みを託して、辺りを見回しながら哨戒《しょうかい》を続けた。

大通りは早くも活気が戻り、破壊された建物の修繕が始められている。崩れた瓦礫《がれき》を運ぶ荷車が、横を通り過ぎた。店も営業を再開し、看板を出す店員が私に挨拶《あいさつ》をしてくれる。

腕を失って苦しんでいた時の記憶なのでハッキリしないが、思い起こせばあの竜人族は、男を「人族ではない」と言い放った。人ではない、しかし人以外の種族とも思えない。

となると、一番高い可能性は、召喚……？

そういえば、私が戯れに神と言った言葉に「神などと忌々しい」と、吐き捨てていた。

つまり、悪魔か。では、あの女性が契約している……⁉

思わず顔を上げたところで、あの薄紫の髪が目に入る。

……見つけた！

魔法アイテム専門店にいるではないか。私も急いでその扉を開ける。

「いらっしゃいませ」

店員が声を掛けてくれたのを、軽く笑顔で対応した。

「ああ、……あの、君」

「……はい？　私でしょうか」

振り返ったその顔は、やはり昨日の女性だ。紫色の瞳《ひとみ》、桃色の薄い唇。彼女は私を見つめた後、体の前で手を揃え、キレイな所作で頭を下げた。

「先日の方でございましたか。慌ただしくしてしまいご挨拶も申し上げず、大変失礼いたしました」

「え？　いや、お礼をしたいんだ。助けてもらったのはこちらなのに、そんなに丁寧にされても困るのだが……」

「困りますか。ふふ、困るのはよろしくないですね」

何だか不思議な雰囲気の女性だ。

それにしても、あんな場所で会ったのでなければ、戦場には不似合いな、気品のある慎ましやかな女性にしか映らない。うっかり見惚《みと》れてしまったが、そういう場合ではなかった。

もしかして、私に差し出した分の買い足しではないだろうか。

「そうだ、ちょうど魔法アイテムの店だ。買って返さねばね。申し訳ないが、エリクサーは売っていないので後になるが」

私がそう提案すると、女性は二、三度瞬《まばた》きをした。

「いえ、その必要はありませんよ。また作ればいいだけの話です」

「作る？　まさかアレは全て、君が作ったポーション⁉」

「はい」

確かバラハが、魔法アイテム職人と名乗ったと話していた。本当だったのか！

魔法も召喚術も一流のアイテム職人。そんな万能な人間が、一般人であるわけがない。もしや、どこかの国か貴族に仕えているとか？　本人も貴族の家柄なのでは？

だとしたら、詳しく尋ねない方がいいだろう。万が一にも敵対国の人間だったりしたら、私達を助けた彼女の存在が、問題視される可能性がある。

「ハイポーションは、ああやって売るんですね」

彼女の視線の先には、見本として箱に入れられた空のハイポーションの瓶が飾られている。注文を受けて支払いが済んでから、鍵《かぎ》付きの倉庫から運んで来る決まりになっているのだ。

「高価だからね、盗まれたりしたら大損害だ」

「なるほど。アミュレットも色々あって、見ているだけで楽しいですね」

職人を名乗るだけあって、アイテムにとても興味があるらしい。嬉《うれ》しそうな表情で眺めている。

「何か買うのなら、私に任せてくれ。ポーション類のお礼がしたい」

「気になさらなくていいのに」

口に軽く手を当てて、クスクスと笑う。

……貢ぎたい恋人みたいに思われないか？　妻に見られたらマズい気がしてくる。

やましい気持ちは何もないのだが。

「そういえば、魔導書はどこで購入出来ますか？」

「ああ、案内するよ。そうだ、私はランヴァルト・ヘーグステット。防衛都市の軍の、指揮官をしている。君は？」

「イリヤと申します。……あの、貴族の方で？」

「あ、その……気にしないでほしい。私も気にしない。気にされても、やはり困るから」

むしろ君は違うのか……？

道すがら、エリクサーについて尋ねることにした。

「あの、エリクサーなんだが……。あんな素晴らしい品を使って頂いて、どうお礼をしたらいいのか。アレがなければ、私は騎士ではいられなかったんだ。本当に、望みがあれば何でも教えてほしい。私に叶《かな》えられる範囲なら、なんだが……」

「アイテムは使う為にあるんですよ。でもそうですね、エリクサーは素材が集まらないんですよね。もし素材があれば頂きたいのですが」

彼女が提示したのは、我が屋敷や防衛都市に揃えてある品だった。明日渡せると告げると、本当ですかと目を輝かせる。そんなに素材がいいならと、ソーマ樹液も提案してみた。一般的には、かなり手に入りにくい希少素材だ。これも手を合わせて喜んでくれた。

少しはお返しになりそうだが、素材と高難度アイテムの完成品……、釣り合う気もしないな。

返そうにもエリクサーの在庫があるか、救護室などは怪我人が多くまだ騒然としていて、確認が取れていない。あの戦いの後だ、使い切っているのではないだろうか。

魔導書店は、基本的に黒い看板が掲げてある。

私はこの都市で唯一の魔導書専門店へ案内した。だいたいが他の本や魔法アイテムも一緒に販売していて、チェンカスラー王国には魔導書専門店は少ない。

ここは種類豊富で新刊が毎月入ってくるので、私もよく訪れる。そんなに魔法を使えるわけではないが、単に魔法が好きなので。

「これはヘーグステット様！　いらっしゃいませ。まだ新刊はございませんよ」

「やあ、……今日はこの女性の付き添いだよ。大変お世話になった方なんだ」

しょっちゅう新刊を確認していたので、先に答えられてしまった。

イリヤさんは端から魔導書の棚の前を移動しているが、ただサッと目を通すだけで買う様子はなかった。タイトルを確認しているようだ。

魔導書の背表紙には、魔法の名前が書いてある。一冊買うとそのタイトルになっている魔法の詠唱や効果が記されていて、覚えられるのだ。著者によって微妙に差があるので、自分と相性の合う著者を探した方がいい。効果を強める方法や、デメリットまで細かく説明してくれる著者もいる。

そして、おすすめ本のコーナーで足を止め、平積みになっている魔導書を手に取った。

「……この本……！　セビリノ・オーサ・アーレンス……！」

おお、まさか同志？　君もファンかい⁉

「その著者は、最近魔導書を出し始めたんだ。とても詳しい上に読みやすくて、私もお勧めだよ」

「そうなんですか⁉　セビリノ殿……魔導書まで記されていたなんて。知りませんでした」

セビリノ殿？　これはどうも、本は知らなくても著者とはかなり親しい間柄のようだ。

嬉しそうに本を眺めている。

「……彼を知っているのかな？」

「はい、……エグドアルムの出身で」

……それでこの、チェンカスラーにいる……？　これはどうやら訳アリだな。

恩人を探るのも気が引けたので、本の話だけさせてもらおう。

「彼がどういう人物か、尋ねてもいいかな？　エグドアルム王国の宮廷魔導師ということは、本の著者紹介に書かれている。人柄とかどんな魔導師かとか、気になってね」

「そうですね、貴族なのに威張ったところがなくて、何にでも真剣に取り組まれて。とても素敵な方ですよ。口数は少ないんですが、魔法の話はお好きなようです」

憧《あこが》れの著者の人となりを教えてもらえる……。これはかなり嬉しい。

「アーレンス男爵領は、強い魔物の出没する危険な土地で僻地《へきち》です。領地運営も厳しいらしくて、それは皆の為に努力されていました。尊敬出来る人物です」

セビリノ・オーサ・アーレンスについて語る彼女は、本当に楽しそうだった。とてもいい方のようだな。話が聞こえていたんだろう、店員が私達に声を掛けてきた。

「そのセビリノ・オーサ・アーレンスに手紙を出せますよ。もちろん、彼の著書を買ってもらった上で、追加料金も頂きますけどね」

慣れ親しんだ女性店員だが、その話は初耳だ。私はもう全部持っているんだが！

何でも、本の執筆と研究の参考に、広く意見を募りたいのだとか。出版元の黒本堂が新しい本を届ける時に手紙を受け取って、まとめて渡してくれるそうだ。

新刊が届くのは基本的に毎月一日。あと半月近くある。

彼女は喜んで二冊の本を選んだ。浄化と、炎の壁の魔導書だ。私が払うと申し出ると恐縮していたが、お礼だからと先にお金を出して支払いを済ませた。

私の分も手紙を預かってくれると店員が便せんをくれたので、私も書くことにした。魔導書の不都合な点、良かった点、知りたい魔法、単に応援。内容はどんなことでもいいらしい。緊張する。

買った魔導書を即座にザッと読んで、彼女はペンを執った。

そして渡せないと思いつつも以前書いた手紙があるので、これも可能なら一緒に送って欲しいと頼んでいた。

追加料金は掛かったが、受け取ってもらえたようだ。私も手紙を託して、魔導書店を後にした。

「そういえば、他の魔導書は買わなかったね。選んでいる途中だったのでは？」

「いえ。全て、知っている魔法でしたから」

「全て！？？」

とんでもない知識量だ。この都市の筆頭魔導師のバラハでさえ、たまに魔法を仕入れに来ている様子だったが……。彼女は全属性に、精通しているのか？

昼を過ぎていたので昼食に誘うと、初めての町だからお勧めを教えてほしいと、快諾された。

少し込み入った話もしたかったので、行きつけの個室になっている店へと案内する。白い塀に囲まれていて、石造りの建物に装飾が施してある豪華な外観の店だ。入口のアーチにはバラが巻き付いている。個室には重厚感のあるテーブルにキャンドルが立っていて、壁には絵画。

賓客などを案内する時にも使う店で、初めて入る女性は喜んでキョロキョロするものだったが、彼女はただ静かについて歩く。慣れているのだな。やはり貴族の女性を帯同したような気分だ。

料理を適当に注文して、本題に入った。

「……気を悪くされたら申し訳ないんだが、防衛の都合上、質問したいことがある」

「なんでしょう？」

「あの、貴女と共にいた悪魔についてなのだが」

イリヤさんはすぐには返事をしなかった。少し考えたあと、小さく笑う。

「……なぜご存知かと思いましたが、あの戦いを目にしては誰でも予想がつきますね」

「それに、神など忌々しいと呟《つぶや》いていたらね。他人を害さない契約をしているかが知りたい。彼は脅威だから」

「私の同意なしに他者を殺さない契約です」

話をしているうちに、最初の料理が運ばれてきた。三種類の前菜の盛り合わせが、三分割された長方形の皿に載っている。

「それならば問題ないね、安心しました」

「ただし、私の生命を守る条項が優先されますので、私の危機においてはその限りではありません」

「……なるほど、それは納得だな」

確かに、緊急事態には対応出来た方がいい。特別それで危険というわけではない。身を守る為にやむなく襲撃者の命を奪うことは、普通に人間でもする。

「だから、あの竜人族が私を攻撃するよう仕向けたのですよ。とどめを刺す為に」

「……仕向けた？」

私が剣を受け止めたあの敵の攻撃は、わざと見逃されていたのか……？

「最後の足掻《あが》きが予想以上に迅速に実行されて、少し焦られたようでしたね。貴方のおかげで助かりました」

あの状況なら倒すことに同意するのにと、まるで世間話のように、メインの肉料理にナイフを入れながら言葉を続ける。

これが召喚術師というものだろうかと、物恐ろしいと感じた。

◆◆◆

魔物の大群の襲撃があった翌々日。

私は一人、喫茶店でコーヒーを頼んだ。二杯目の砂糖が黒いコーヒーに溶ける。

防衛都市の筆頭魔導師である私、バラハから見ても、魔物の大群が押し寄せて絶体絶命の状況で使われたあの魔法の威力と追加詠唱は、とてつもないものだった。魔物の大群が、一瞬にして雪と氷に覆われた恐ろしい光景が脳裏に焼き付いている。

そしてそれは儚《はかな》く砕け散る。

薄紫の髪の小柄な女性が、たった一人で放った魔法によって。

確かに師匠が使ったのを見たことがある広域攻撃魔法だったけど、その時より威力が大きく範囲も広い。全滅させるなんて……。

カップのコーヒーを掻《か》き混ぜながら考え込んでいると、近くの席から聞き慣れた声が耳に届く。


「これが約束の品です」

「ありがとうございます！　まあ、こんなにたくさん」

男の方はランヴァルト・ヘーグステット。この防衛都市に駐在する軍の指揮官。妻帯者なのに、女性に貢ぐタイプだったかな……。

「バラハに内緒で持って来てしまったよ」

「……大丈夫なんですか？　こんな貴重な素材……」

ちょっと待て、私に内緒だって？　まさか私が管理する素材類から⁉

「後で伝えれば大丈夫だろう」

「でも、ソーマ樹液ですよ？」

「ダメに決まってるでしょう！！！」

思わず声を荒らげてしまった。バンとテーブルを叩《たた》いた音が響く。

私が近くのテーブルにいると気付いていなかった二人は、目を丸くしてこちらに顔を向けた。

指揮官ランヴァルトと……あの魔法の女性‼

「も、申し訳ございません。私が無理を申し上げてしまいました。お返しいたします、大変失礼いたしました……」

女性は立ち上がって深々と頭を下げた。

「いやその……イリヤさん、私の責任なのだから、そんなに畏《かしこ》まらないで。バラハも、私が悪かったから。落ち着いてくれ」

あんなにすごい魔法を自信満々に放った女傑が、なんでこんな低姿勢に⁉

「いやその、私もソーマ樹液と聞いて、つい。お助けくださった方とは気付かずに、申し訳ない」

三人で頭をペコペコ下げ合うことになってしまった。うーん。


同じテーブルに移らせてもらい、とりあえず挨拶《あいさつ》をする。

「防衛都市ザドル・トシェの筆頭魔導師、バラハです。先日は助けて頂いたのに、驚かせてしまって申し訳ない」

「私はイリヤと申します。こちらこそ、厚かましいお願いをしてしまって、お恥ずかしい限りです」

どうしよう、落ち込ませちゃったぞ……。あの数の魔物にも怯《ひる》まないのに、なんでここでシュンとしちゃうんだ……。

ていうか、あれだけの働きをしたら、普通はもっと報酬を強請《ねだ》るんじゃないか？　アンバランスな女性だな。

「いやその、……ランヴァルトが女性を口説くのに使ったと勘違いしたので。貴女はこの都市の、いえ、国の恩人です。どうぞお納めください」

「……口説くって、私には妻がいるが？」

「だから余計に怒ったんだよ！　勘違いで良かったよ……」

女性は私達のやりとりを、きょとんとして眺めていた。

一呼吸おいて、ランヴァルトが徐《おもむろ》に口を開く。

「バラハだから教えるが……、一昨日の戦いで私が追跡した敵が、竜人族《ズメウ》だったと説明したろう？」

「聞いたよ。ろくな準備もしないで、よく大きな怪我もなく生き残ったなと感心した」

「……本当は、腕を落とされたんだ。彼女がエリクサーをくれて、事なきを得た。そして、敵を倒したのは彼女の契約している悪魔だ。だから本当はもっと、しっかりとしたお礼がしたいんだ」

内容が衝撃的過ぎて頭に入ってこない。

私は思わず隣に座るランヴァルトの腕を掴《つか》んだ。ある、あるぞ。体温もあるぞ。

「エリクサーってのは、すごいな。熱くて苦しかったが、ほんの数秒で腕が元に戻るんだから」

更なる衝撃！

「数秒で済むわけないだろ！　身体の欠損を回復するんだぞ⁉」

「いや、数秒だったと思うが……」

言い争いになりかけたところで、イリヤさんが冷静な分析結果を告げた。

「九秒程でしたね。効果は上々だったと思います。光の収縮も素早かったですし、腕もすぐに末端まで動かせたご様子でした」

検証してたのか……。戦闘中だろう？　そんな中で、よくもまあ。

どうやら、あまり目立ちたくないらしく（ムリだと思うけどなあ……）、自分の手柄については特に触れて欲しくないようだった。

竜人族はランヴァルトが倒した、これでいいらしい。

しかし広域攻撃魔法、ファイヤードレイクの討伐、エリクサーの使用、その上高価なポーションの譲渡。そして敵首魁《しゅかい》を打ち取った……。

こんなとんでもない功績をこの素材だけでお礼だ、というわけにはいかない……！　ランヴァルトの気持ちは、さすがによく理解したよ。なんとか押し切って、素材は受け取ってもらえた。

「これでエリクサーとソーマを作れます！　もうどちらも、なかったんです」

自作なのかっっ！　そういえば、魔法アイテム職人って名乗ったな。万能過ぎだ……。

「ところで、バラハ様は素晴らしい魔導師とお見受けしますが、なぜあの人数でファイヤードレイクに苦戦を？」

「いや、普通は苦戦するでしょ……。そもそも私達は他国の侵略に備えていたから、ドラゴンの攻撃を想定していなかった。ブレスを防御する魔法すら知らず、普通の防御魔法なんかで対応したけど、魔力も無駄に消耗したし、それでも防ぎ切れなかったよ……」

「でしたら、私が使うブレスを防御する魔法をお教えいたしましょうか？」

「いいんですか⁉」

「勿論《もちろん》です！　これで心置きなくソーマ樹液を頂けます！」

ええ、まだそこ気になってるの！？？　勘弁してよ！


喫茶店を出て、私達は軍の魔法実験施設へと向かった。

実際に使って試したいから。

店を出た辺りから赤い髪の男、つまり悪魔である派手な男も合流した。今までどこに行ってたのかと尋ねたら、狩りだがいい獲物がいないと答えが来た。

いい獲物とは何かは、聞かないでおこう。

実験施設は半球状になっていて、二階ほどの高さのところにぐるっと広い通路がある。ここは見学用で、通路の手前を特殊なガラス壁で囲み、魔法を防ぐ結界が何重にも張ってある。結界自体は直線状にしか展開させられないので、箱型だ。

一階部分の、結界のすぐ外に小さな部屋があり、術者はそこで詠唱する。喩《たと》えるなら、亀の頭の部分のような。勿論、結界内部は目視が出来るようになっているよ。

魔法使い達も興味を掻き立てられて見守る中、イリヤさんと二人で詠唱用の小部屋に入った。

彼女に教わった詠唱をしっかり暗記してから、早速唱える。

「襲い来る砂塵《さじん》の熱より、連れ去る氷河の冷たきより、あらゆる災禍より、我らを守り給え。大気よ、柔らかき膜、不可視の壁を与えたまえ。スーフルディフェンス！」

うっすらと光る透明な壁が弧を描くように展開されて、炎と吹雪などのブレス攻撃は逸らされるのだ。大きく展開すれば、都市は守れる！　やったぞ！

「では追加詠唱に参ります」

「……え？」

私が魔法を解除した後、イリヤさんは同じ魔法を手早く唱える。展開がとても速い。すうっと空気が呼応するように、壁が出現するのだ。

「壁よ包み込むものとなれ、丸く丸く……柔らかき檻《おり》、怨敵《おんてき》を捕らえたまえ」

目の前に現れた光の壁が今度は球状になり、自分達ではなく敵と想定した部分を包んだ。ブレスをこの中に閉じ込めるのだという。

「詠唱が長くなりますし、中にブレス自体を閉じ込めるわけですから、魔力消費も増えて制御が難しくなります。なので周囲が危険な時にだけ、使用することをお勧めします。周りの方と協力しても良いですね」

すごい知識だ。昨日の魔法といい、どこで学んだんだろう。しかし私も防衛都市の筆頭魔導師として、負けていられない！　いいところも披露したい！

「ありがとうございます。では私の魔法も御覧に入れましょう！」

これは知らないだろうと思う魔法を選んで、披露する。このチェンカスラーで、かなり研究された氷魔法だ。お礼に教えてあげよう！

「原初の闇より育まれし冷たき刃よ。闇の中の蒼、氷雪の虚空に連なる凍てつきしもの。煌《きら》めいて落ちよ、流星の如く！　スタラクティット・ド・グラス！」

鋭い冷気とともに、研ぎ澄まされた刃のような尖《とが》った巨大な氷の柱が二つ、ズドンと上から突き刺さる。見学していた部下である魔法使い達が、感心してさざめいている。

「なるほど、問題が解りました」

……あれ？　ここは、すごーいってなるところじゃないの⁉

「今、あなたは詠唱前に柱を何本にするか、決めていませんでしたね。イメージの曖昧《あいまい》さが魔法の威力を損なわせております」

「あ、はい……その通りです」

調子に乗って唱えました。すみません。

「十一個の目標物を用意してください。一個は中央に、後の十個は円を描くように配置して頂きたいのです」

私は彼女の指定する通りに、魔力測定機能を備えた目標物を置くよう指示した。並べられたそれにザッと視線を巡らせ、イリヤさんはすぐに詠唱を開始。

「原初の闇より育まれし冷たき刃よ、闇の中の蒼、氷雪の虚空に連なる凍てつきしもの。煌めいて落ちよ、流星の如く！　スタラクティット・ド・グラス」

何もない虚空から十本の氷の柱が発生し、目標にしている器具を襲った。すると五個は壊れ、残り五個はダメージ八十％前後を示した。

まさか……、交互に壊すなんて。なんて魔力操作……！

そして更にもう一度、同じ魔法を唱え始める。

この魔法の掌相は両手とも人差し指と中指だけ伸ばして手を握り、第一関節付近を交差させるんだけど、今度は左手だけしっかりとグーにしてそこに指先を当てている。

「スタラクティット・ド・グラス！」

一本だけ現れた氷の柱はドオオンという轟音《ごうおん》を響かせて中央の目標を貫き、勢いで周りに残っていた目標物も破壊した。部屋は著しく気温が低下し、衝撃で実験施設が揺れたほどだ。

「こんな威力、確認されたことないぞ……！」

「イメージ……、つまり視覚化《ビジュアライゼーション》と一つだけ氷柱を落とす時の、特別な掌相の効果です」

淡々と説明してくれるこの女性は、どう考えても私以上の魔導師だ。いや、一昨日の時点で既に判明していたんだけど。魔力操作でも知識でも、敵う気がしない……。

この都市の筆頭魔導師になってから、こんな敗北感は初めて味わう。

「掌相の違いなんて、研究されてなかった……」

「魔力の魔法への変換はとてもよろしかったと思います。威力のある魔法なので、明確な視覚化と、今以上に精密な魔力操作をすれば、さらに効果を上げられるでしょう」

「はい……」

師匠に絞られてた頃を思い出す。そばに部下がいなくて良かった、とても見せられる姿じゃない。部下の魔法使い達はこんな威力があるのかと、大盛り上がりだ。

二階の見学スペースに行ったら騒ぎになりそうだから、そのまま実験施設を後にすることにした。

ランヴァルトとベリアルという悪魔も合流する。ランヴァルトはいつになく興奮した様子でイリヤさんに魔法の感想を告げて、悪魔ベリアルはただ薄く笑っている。

カッコつけようとして完全に敗北したのを、見透かされているな。


二人はもうレナントへ帰ると、跳ね橋へ向かう。

私もランヴァルトも、もっと魔法の話をしたかったけど仕方がない。

ランヴァルトは治療と竜人族討伐の報奨金を用意していて、人目に付かないよう彼女に手渡す。

相場が変動するエリクサーはともかく、基本価格がある程度決まっているものは、計算出来るからね。都市の防衛に協力してくれたお礼も添えて。まあ、それでも足りないと思うんだけど。冒険者への支払いを基本に考えて、算出しているよ。

「勝手にしたことです、頂けません」

「これは軍の資金から出ているから、気にしないで。それに受け取ってもらえれば、アイテムを依頼しやすい。レナントには弟がいるから訪ねる機会もある、その時にはよろしく」

困惑した彼女だったけど、それならと受け取ってくれた。

「いつでもご依頼ください。材料さえあれば、作れますから」

頼もしいな。備蓄が足りなくなりそうだったら、本当にお願いしちゃお。

門の近くまで行くと、私のフェニックスが飛んで来た。

火に包まれた火属性の鳥で、あまり攻撃力はないんだ。その一方で不死の象徴とされていて、炎の攻撃にめっぽう強い。しかし今回はファイヤードレイクのブレスを耐えるのに何度も協力してもらってしまったせいか、フェニックス本来の火が弱まってしまっている。

「珍しい鳥がおるな。そなたが契約者かね？」

「ええ、でも炎の勢いが衰えて……」

ピュイイと鳴く声は、いつもよりも弱々しい。火竜の火とは相性が良くなかったんだな。

「確かにフェニックスにしては、希薄であるな」

悪魔ベリアルは腕を出して、フェニックスを留まらせようとする。私は慌ててそれを止めた。

「ちょっと待った、そいつは契約者以外が触れると燃える……！」

私の心配を他所《よそ》に、フェニックスは翼を緩めて悪魔の腕に静かに留まる。炎に包まれているその体に触れても、彼は全く平気だ。どうなってるんだ？

「我の炎を欲しがるとは、贅沢《ぜいたく》な鳥よ」

言うが早いかベリアルの腕から炎が噴き出して、フェニックスを包んで燃え上がる。山吹色の火の粉が飛び、フェニックスは洗練された華やかな赤へと変化していく。

もとより美しい、高貴な赤へと。

「……フェニックスが……」

「彼は一昨日も炎を操っていたよ」

ランヴァルトは火炎と化したフェニックスから目を離せないようだ。再び飛び立ったその姿は、今までよりも一回りも大きく映り、力強く蘇《よみがえ》っている。

「キレイですね。では、これで」

門に向かって飛ぶフェニックスを追うように歩きながら、イリヤさんは眩《まぶ》しそうに呟《つぶや》いた。

「あ、ありがとうございました‼」

声が届くとイリヤさんが振り向いて頭を下げ、二人して飛行魔法を使い空へと消えた。

◆◆◆

帰路の途中、テナータイトの町で一泊することにした。

せっかくまたテナータイトへ寄ったんだから、今度こそゆっくりと名産のトレント材を見よう。

タリスマンにする材料が欲しいけど、彫ることが出来ないんだよね……。杖《つえ》は持っているから、必要ない。トレントの杖は魔力があって軽いから、なりたての魔法使いなんかが喜ぶ。

「ベリアル殿は欲しい物がありましたか？」

「……我の心を引くような品は、売っておらんな。イリヤよ、そなたもトレント材など必要ないであろうが」

つまらなそうに通りの両側に連なる店を眺めるベリアル。この辺りは魔法アイテムのお店が多くて、お酒を売るお店が見当たらないからかな。

そうだ、アレシアとキアラへのお土産を買おう。隊商を紹介してくれた、ビナールにも何か買って行った方がいいかな。

夕方の街は人通りが少ない。混乱は収まったけど、客足は戻っていないのかも。ここを発った日に比べるとだいぶ静かだ。火竜が倒されたので避難せず済んだとはいえ、まだ不安なのね。

さすがにトレント材が豊富に採れるだけあって、店頭にはトレント製の木札や、何も書かれていないプレート、木箱、食器まで色々と並んでいる。スプーンなんかは端材で作ったのかしら。この木彫りの熊はなんなの。シャケを銜《くわ》えてるよ。

メイン通りは雑貨や魔法関係の品ばかりなので、一本違う道に逸れてみた。こちらは食べ物を扱うお店や普通の服屋、お香の店もある。もう閉まっているお店も多いし、お土産は明日にしよう。

夕飯は宿で用意してくれるので、食後のデザートと茶葉を購入。レナントでは売っていないハーブもあったし、お香も買った。自分用のお土産になるね。

わざわざ国外から買い物に来る魔法使いもいるようだ。お店でされている会話の内容は魔法や装備についてが多く、漏れ聞こえる話に耳を傾けるだけでも楽しかった。

たださすがに、初級らしい内容ばかりだけど。

散策を終えて宿へ戻ろうと歩いていると、反対側から人に紛れて見知った顔が。

「レオンとレーニじゃない」

行きにここまで同行していた、イサシムの大樹という冒険者パーティーのメンバーだ。

「イリヤさん！　もう戻って来たんですか？」

リーダーのレオンが手を振る。ツンツンした髪が今日も元気に跳ねていた。鎧《よろい》は薄汚れて細かい傷が入っているし、どこかで戦闘をしてきたのかも。

「ええ、全て済みました」

「さっすがね！　私達は依頼を受けながら、ここでトレントを退治してたの。素材を手に入れれば、加工だけなら安く頼めるの」

堂々と胸を張る、おさげ髪のレーニ。依頼は成功、さらにトレント材も入手したのね。

「隊商のアラン様はどうされたんですか？」

「アランさんとは、ここまでの契約だったんです。せっかくだし、こっちで杖を入手して、また新しく依頼を受けようと思って。エスメが拗《す》ねちゃってまして……」

レオンはエスメの魔導書を買わずに自分の装備を新調してしまったので、バツが悪そうだ。依頼ついでに新しい杖で、ご機嫌取りをしたワケね。

「アランさんはBランクのウルバーノさん達と戻ったわよ。元々私達が離れたら、ここで護衛を雇い直す予定だったの。レナントよりも冒険者を集めやすいしね。もし危険がなかったら、北側の橋から都市国家バレンに渡りたかったみたい。あっちはいい薬草があるし」

薬草を諦《あきら》めて戻ったのは、無難な選択ね。防衛都市から逃げた魔物に出くわす可能性もあったし。

「皆さんは、まだここに留まるの？」

「ドラゴンの件で冒険者が一時的に離れていて、けっこう依頼があるんですよ。今のうちに色々こなしておきます！」

「リーダーも皆もやる気でね。疲れちゃったから、夕飯はまだ元気な私達が買い出しなの」

トレントの森かあ、いい素材があるかしら。明日は素材屋を覗《のぞ》いてみようかな。今日はもう、閉まっていたし。

「皆がお腹を空かせて待ってますので、失礼します」

「またね、イリヤ。そうだ、明日は私達、休みにするの。一緒にテナータイトの街を散策しない？」

「それは是非！　アレシア達のお土産を、一緒に選んでもらえないかしら？」

「オッケー、明日ね！」

去り際に約束を取り付けて、別れた。やった、明日は友達とお買い物！

私も頭を下げて、夕飯に間に合うように宿へ戻った。


次の日、ベリアルは散策すると言って何処かへ出掛けてしまったので、私だけで待ち合わせの場所へ向かった。レーニとエスメもちょうど着いたところで、エスメはいつになくお疲れな様子だ。

「おはよう、二人とも。お仕事大変みたいね」

「おはよう。大変っていうか……、マナポーション酔い……かしら」

「朝食もあんまり食べられなかったのよ、エスメは。せっかくだから、こういう時の対処法をイリヤに教えてもらいたくて、一緒に来たの」

あ～、マナポーションを使い過ぎると、酔ったような気持ち悪さが出る時があるのよね。質が悪いものだと、胃にも負担が大きいみたいだし。

「私はそういう時は、ハーブティーを飲むわ。スッキリするから」

「……いいかも。悪いけど、まずはお茶でいい？」

「もちろん。冒険のお話を聞かせてね」

お喋《しゃべ》りも楽しいものね。少しでも回復してくれるといいんだけど。

二人に案内されて、喫茶店を目指した。飲食店が並ぶエリアにある、古そうなお店だ。レンガ造りの花壇が、お店の前に長く広がっている。

「ここなら色々あったわ、ハーブティー」

三つ編みのレーニが、窓から店内を覗いた。お客のテーブルには、透明なティーポットに入って黄色や赤のお茶が置かれている。色々な種類がありそう！

店内は半分くらいの席が埋まっていて、遅いモーニングを食べている人もいた。そうだ、喫茶店でモーニングという手もあったな。油断したわ。

「ねえ、お勧めのハーブティーってある？」

エスメが私にドリンクメニューを渡す。オリジナルブレンドなので、お茶の名前の下に使っているハーブの種類が明記されているんだけど。

『スッキリキリキリ』、『ほわほわ眠いよ』、『情熱の赤の酸っぱさ』。

誰が考えたの、このメニューの名前。

いや、惑わされてはならない。こういう時にいいのは……。

「これなんかどうかな」

「ありがとう、それにするわ。……この名前を言わなきゃいけないのね……」

私が選んだハーブティーを頼むというエスメ。レッドクローバーとカモミール、フェンネルの果実、サルサパリラの根などが入っている。

「あの、……『空も心も晴れ晴れ』ください」

このお店のドリンクメニュー、注文するのが恥ずかしいね！

「私は『甘い果実の誘惑・改』にする。イリヤは？」

「ええと……太陽のオレンジジュースで」

レーニは気にならないようだ。私は結局、気恥ずかしくてジュースにしちゃった。

「マナポーション酔いしない方法って、あるかしら？」

注文を終えて、エスメがメニューを脇に置いた。

「やっぱり飲み過ぎないことと、品質のいいものを使うことね。中級になると値段が何倍にもなっちゃうけど、だからって普通のマナポーションを二本も三本も飲んだらダメよ」

「……やってたわ」

「無理に飲まないで魔法を使い過ぎると、今度は魂に負担が掛かるから、ほどほどにね」

レーニも頷《うなず》いて、エスメと肩を竦《すく》める。

「タイミングの見極めが難しいよね」

「そのうち慣れるわよ」

話をしていたら、ドリンクが運ばれてきた。温かいハーブティーが二つ、透明なぷっくりしたティーポットで、カップに二杯分ある。二人とも少し冷ましてから、ゆっくり飲む。

私のオレンジジュースは、グラスの縁にオレンジが刺さっていた。

エスメは少し調子が良くなってきたみたいで、先ほどと違い笑みが零れるようになった。

「イリヤのお勧めハーブティーのお陰で、少しスッキリしたわ」

「効果があったみたいで良かった」

レナントに比べると、ハーブの種類も豊富。土壌が合っているのかな。

「『五月のポンチ』だって。本当に面白い名前ばっかり」

壁に掛けられた、お勧めメニューの紙に反応するレーニ。これにも使用したハーブが書かれているから、確認してみた。

花が咲く前のクルマバソウ、黒スグリの葉、ペパーミント、エストラゴン、セージ、サラダバーネット、コモンタイムの葉。

「エグドアルムにあるのと、ほとんど同じね。魔法使いに人気があるの」

「へえ、飲んでみようかしら」

エスメが興味を持った。体調が戻りつつあるとはいえ、大丈夫かしら。

「ここに書いてあるハーブを白ワインに浸して、砂糖とシャンパンを加えたお酒よ」

「マナポーション酔いに迎え酒ね。望むところだわ」

「迎え酒⁉　むしろ、また気持ち悪くならない？」

まさかの発言に驚く私に、レーニがため息をついて答える。

「エスメはお酒、好きだから。私はちょっとしか飲めないよ」

「メンバーで安いビールを飲んだりしているのよ、そろそろもっと色々なお酒を試したくて」

お酒と知って、むしろ元気が出ている。皆で飲む時は、高いお酒は控えているみたい。

これはハーブを一時間浸しているから、独特の苦みがある。エグドアルムでは、リンゴの花びらを浮かべたりするよ。クルマバソウの緑の葉を浮かべて、香りをかぐのもいい。

「ところで、どんなお仕事をしていたの？」

冒険者のお仕事も興味があるわ。皆で冒険、ワクワクしそう。

「薬草の採取が多かったかな。慣れない森だから、討伐は簡単なのしか受けなかったケド。ちょっと道に迷ったりして……」

苦笑いするレーニ。トレントの森は立派な太い木が多く、その中に木の魔物が紛れている。トレントが移動しちゃうと、違う道みたいに思えちゃうかも。

トレントは基本的に、近寄らないと襲ってこないよ。

「レナント周辺より、高く売れる薬草が生えていたわ。……このお酒は辛口だけど、爽《さわ》やかで飲みやすいわね」

追加で頼んだ五月のポンチを、エスメは気に入ったみたい。

「でもちょっと私達には、この森はキツかったかなあ……」

レーニの言葉に、エスメがうんうんと頷いている。トレントとの戦いは慣れもあるだろうから、ここを拠点にしていれば楽になりそうでもある。

「そろそろレナントの町へ帰るか考えているわ」

エスメはレナントが恋しいみたい。

飲み終わってから、アレシア達へのお土産探しへ。やっぱり名産のトレント材から選ぼう。メイン通りの雑貨屋などが並ぶエリアを、三人で散策する。

「木のプレートに、名前や簡単な模様を入れてくれるサービスがあるのよ」

レーニは長方形に切って角を装飾されたトレント材を手にした。これは護符ではなく、普通のお土産だ。鈴も付いている。

「珍しいのは、木の色合いの違いを使った木工細工ね」

薄く切った木を組み合わせて、茶色やクリーム色を巧みに組み合わせたトレイや小箱がある。これはエグドアルムにはなかった。芸術的でキレイ。

「私も小箱が欲しいな」

「お揃《そろ》いで買うとか？」

それもいいね。小箱を二つと、妹のキアラの分はタンスを小さくしたような、引き出し付き小箱。

「小箱の中にウッドビーズを入れて、ビーズもあげたらどうかしら。アレシアちゃんはアクセサリーを作るから、使う筈《はず》よ」

「いいアイデアね、そうするわ！」

丸いのは大きさが色々あるし、円柱型や多角形、模様付き。色が塗ってあるのもあり、ウッドビーズにも色々種類がある。三人で選んだビーズを小箱に詰めて、お土産が完成！

キアラの分が少なくなってしまったので、後は食べ物を買うことにした。それとお世話になったビナールにはトレイを購入。テナータイト土産って感じがするね。

二人と別れてから、一人で商店街を歩いた。五月のポンチにも使われていた、クルマバソウが売っている。買おうと手を伸ばすと、お店の人が声を掛けてきた。

「それは薬用の、花が終わった後の葉っぱだよ。お酒用のは、今は売り切れさ」

「ありがとうございます、薬にいたします」

「そうかい、なら良かった」

私が間違えていないか、心配してくれたのね。新鮮なクルマバソウからは、干し草のような甘い香りが漂う。心を落ち着かせる効果があるから、乾燥させて枕に入れるのもいい。『心の喜び草』という別名があるのも納得だね。

ちなみに大量に摂ると頭痛や吐き気を起こすので、お酒にする時は特に、漬け過ぎ注意だ。

薬草と夕食も買って、森から戻った冒険者などで人出が増えた通りを、宿へと帰る。

私達は明日の朝、ここを発つ。イサシムの皆は、もう少しここで稼ぐらしい。他のメンバーが依頼を確認して、また明日からお仕事をすると張り切っていた。


「イリヤ。マジックミラーを用意せよ」

宿の部屋で買った品物を確認していると、ベリアルがドアも開けずに現れた。

この入り方はやめてほしい……。

「どなたかと通信されるんですか？」

「うむ……まあな。信号が送られてきたのだ」

歯切れが悪いし、珍しい。どうも配下の方ではないようね。

マジックミラー。正式名称は、マジックミラー・トライアングル。

力ある名前の書かれた三角形の中に鏡を置いた、この世界と異界とを繋《つな》ぐ魔法アイテム。魔力で繋ぎ幻影を映し出すものだ。

繋ぐラインを作るだけに、向こうから魔力でこちらに影響を及ぼすことも、一応は可能。ただし、接続を切らずに何かするには高度な魔力操作が必要らしく、簡単ではないようだ。

「私は魔法円《マジックサークル》を用意した方が良いでしょうか……？」

「いや、それには及ばぬ。我に用があるだけであろうし、そなたは無礼のないようにしておけ」

わざわざそんな注意をするなんて、王以上の悪魔であるのは確実だわ。

マジックミラーをアイテムボックスからシングルルームの小さな机に取り出すと、床に置くよう指示された。ベリアルの座る椅子と向かい合うように設置して、呪文を唱えて空間を繋げる。

「異界の扉よ、開け。永遠なるサバオトの偉大な御名のもと、この鏡に幻影を映し出したまえ。悪魔よ、地獄より姿を現したまえ」

すぐにマジックミラーがパアッと白く輝いて、周囲を照らした。

部屋を満たした光が消えると同時にチカチカと小さな灯りが生まれて、どんどん増えて回りながら集まり、人の形を作っていく。

現れたのは肩より少し長いくらいの銀の髪に水色の透き通る瞳《ひとみ》、天使が着るローブのような白い衣装を着た、悪魔とは思えない温和な表情をする、若く美しい男性の映像だった。

悪魔だと説明されても、俄《にわ》かには信じられない。しかも、サンダルを履くつま先まで映された立体映像。ここまで姿を全て映し出すのも珍しい。

『やあ、ベリアル。いつそちらへ行ったんだい？』

「つい最近である。しばらくはこちらにおる予定なのだが……、何かあったのかね？」

ベリアルを呼び捨てにする悪魔は初めてだ。やはり同じ王……？

『何かじゃないよね、私の配下を喚び出したね？』

「……ルキフゲ・ロフォカレかね。我の配下では足りぬ用だったのだよ」

『彼は君と酒を飲み交わしたと喜んでいたけど……、あまり好ましいとは言えない』

この優しそうな悪魔は、あまり人間が好きではないのかも。配下が勝手に召喚されたことへの、抗議だろうか。

とはいえ地獄の状況が少し解るかも……！　ああ、魔王同士の会話……！

研究者冥《みょう》利《り》に尽きるわ！


「相変わらず頭の堅いヤツよ。……で、本題は？」

『……そちらこそ相変わらず、自由な男だ。昨今、高位の存在への、人間の世界への召喚が頻繁に行われている。それが気に掛かる』

「我が以前召喚された時、ティアマトを見掛けたが。アレは還っておるのかね？」

『いや、彼女の息子が探しに行くと騒いだらしいね』

「放っておけば良いものを。誰がアレに手出し出来ると思うのだね」

呆《あき》れたように頬杖《ほおづえ》をつくベリアル。

ティアマトとは黒竜で、確か〝神〟の位にあった、竜神族と呼ばれる最上位の竜。

昔、大陸の南側にあるどこかの国が軍の実験施設で召喚し、ティアマトは怒りのあまり施設も付近の村も吹き飛ばしてしまったとか。多くの犠牲が出た事件として有名だ。

それ以来、召喚術に対する規制をするべきだとの声は上がっているけど、高位の存在を召喚したい人は多くて、なかなか規制には繋がっていない。

まだこの世界にいたんだ、ティアマト……。

『バアルもそちらへ行ったみたいだよ』

「ぬ！　バアル閣下が……。あまり会いたくないものよ」

『……君、バアルに対しては態度が違うよね？』

「あの方は苦手なのだよ……」

『はは、退屈していたようだからね。せいぜい遊んであげてくれ』

「……解った！　ルキフグスの件は、我が悪かった‼」

あ、ベリアルが謝った。降参だとばかりに、両手を顔の脇に上げている。珍しいな。やはりベリアル以上の王、なのかな。その割には馴《な》れ馴れしい感じだわ……。

まだこの会話だけじゃ、二人の関係性が掴《つか》めない。

そしてベリアルはバアルという悪魔が苦手らしい。敬称で呼ぶのだし、ベリアルより上位だと思うんだけど、この彼は更にその上なのよね？

なんでわりと普通に話しているんだろう……⁇


『ところで、そこの人間の娘』

ベリアルの態度に満足したように頷いた後、水色の瞳は私を捉《とら》えた。

「は、はい」

先ほどまでの柔和な微笑とは打って変わった、厳しい瞳と声色。空気も重苦しいものに一変する。

片膝《かたひざ》をついて頭を下げ、慎重に返事をする。

『……いくら彼の契約者であろうとも、この私を喚ぶことは許されない』

「心得ております」

『……ふうん？』

人間など信用に値しない、とでも言うようだ。ベリアルより上だから、私が召喚したがると危惧《きぐ》しているのかしら。ハッキリ伝えておくべきかな。

「僭越《せんえつ》ながら、私にはベリアル閣下がいらっしゃいますので、それ以上の力を望むべくもございません」

『……なるほどね。まあ、及第点をあげよう』

え？　何か試されてたの？

威圧的だった空気が途端に和らぎ、最初の穏やかな微笑を湛《たた》えている。

『頭を上げなさい。ベリアルがどうしようもない時は、私に声を掛けて良い。叱ってあげるよ』

「待たんか！　それではこの小娘が、我の監視役のようではないかね⁉」

声を荒らげたベリアルに、空のように澄んだ双眸《そうぼう》は冷ややかに細められた。

『……君ね、昔どのように二つの町を滅ぼしたか、忘れてはいないだろうね？』

「アレは単なる実験であって、悪魔であるからに……」

『……実験ね』

「享楽に耽《ふけ》り神の怒りを買う姿は、滑稽《こっけい》であったろう！　助けると申した者の一人も、塩の柱に」

『黙りたまえ』

得意気に話すベリアルに向けられた彼の眼差しは、変わらず冷たい。

「………………」

本当にベリアルが黙った。すごい。

それにしても、二つの町を滅ぼしたって、なんだろう。しかも、この彼には受け入れがたいやり方だったようだ。享楽。酔って機嫌が良くなった時に、邪淫《じゃいん》の罪がどうとか喋《しゃべ》っていた気がする。

『言い訳は見苦しい。あまり品のない真似をしないでほしいね』

冷たく言い放ったあと、また柔らかい雰囲気に戻って私を振り向く。

『ではね、人間の娘。私はルシフェル』

名前を教えてくれて、彼は真っ白い光に包まれ始めた。どうやら通信を終わりにするらしい。

『ああそれから、ベリアル』

徐々に輪郭が滲んできたルシフェルが、思い出したようにベリアルを呼んだ。

何故かその顔に浮かぶのは、いたずらを思いついた子供のような笑みで。

『契約者に〝閣下〟と呼ばせるのは、少々趣味が悪いと思うけど』

「我が言わせているのではないわ！！！」

マジックミラーからの光は途絶え、接続は完全に遮断された。ベリアルの反論が届いたのかは不明だ。

椅子にもたれているベリアルは、苛立《いらだ》たし気に赤い髪を掻《か》き上げた。

「……茶でも淹《い》れんか」

「紅茶にいたしますか？　ハーブティーもありますよ」

「どちらでも良い！」

最後のは、からかわれたんだよなあ……。なんだか新鮮なものを目撃した。

シュンシュンと小さなポットがお湯を沸かす音が、部屋に響いている。

茶葉を取り出しながら、いつになく不貞腐れたようなベリアルの姿が湯気の向こうに映っていた。

六章　エリクサーとソーマ

ようやく戻って来た、レナントの町。ちょっと出掛けるだけのつもりが、色々とあった。けっこう戦っていた気がする。一番の収獲はドラゴンティアスだ。表面はざらつきがあるけど、この透明感がたまらない。

まずはアレシア達にお土産を渡そう。まだ露店にいるだろうから、お土産の入った袋を持ってベリアルと出掛けた。ベリアルもアレシアとキアラを気に入っているみたいだわ。容姿を褒めてくれるからかな。

通りに面した露店には、いつも通り仲良くお店番をしている二人の姿。

「ただいま。二人とも元気にしていた？」

「お帰りなさい！」

「イリヤお姉ちゃん、遅いよ～」

「なんだ、ずいぶん久しぶりだなあ」

ここでまた、背中を叩《たた》くおじさんが。常連になって、よく買い物してくれている。

「ご無沙汰《ぶさた》しております。テナータイトから防衛都市まで、足を運んでおりまして」

「防衛都市⁉　それにしちゃ、早過ぎないか？」

馬車で移動していたら、確かにまだ帰っていないだろう。空を飛ぶっていいな。

「飛行魔法で移動しましたので」

「飛行⁉　はあ～……、そりゃ本当にスゲエな」

おじさんは感心しつつ、露店で買った品の代金を払っていた。

「はい、二人にお土産」

まずはアレシアに、木箱を渡す。アレシアはオシャレだとはしゃいで、早速ふたを開けた。

「ありがとうございます！　すごい、箱の中にビーズがたくさん！」

「トレントのウッドビーズよ。レーニとエスメも一緒に選んでくれて、三人でお金を出し合ったの。これでアクセサリーを作ってね」

二人の見立て通り、アレシアは大喜び。箱の中でビーズが動く度に、カラカラと笑うような明るい音がする。

「私のは、小さなタンス！　可愛い‼」

キアラも大絶賛。やったね。お菓子も渡して、二人へのお土産はこれでオッケー。

「我からである」

ベリアルまで、お菓子をたくさん用意していた。

「わああ、ベリアルさんまで！　ありがとう！」

「良かったね、キアラ。ありがとうございます」

袋を開けて喜ぶキアラの横から姉のアレシアも中身を覗《のぞ》き込んで、ベリアルに頭を下げる。

「あれ～職人の姉ちゃん、俺のは？」

「あ！　すみません、余分に用意していなくて」

多めに買っておくべきだった。失敗だ……。

「ははは、冗談だよ。楽しかったみたいで、良かったな」

「じゃあこれ、おじさんの分」

明るく笑い飛ばすおじさんに、キアラがお菓子を分けてあげた。

「いいのかい、俺まで」

「常連さんにサービスです！」

キアラの接客スキルが上がっている！　すごいなあ、見習わなくちゃ。

おじさんはまだ二人と話をしているけど、私は次の予定があるので、ここで露店を後にした。


ビナールにも無事に戻ったことを告げて、お土産を渡した。

さて次は、商業ギルドへ。テナータイトへ出発する前に家の頭金を払って、引き渡しの準備をしてもらっていた。もう移れるか、確認したい。

今日もサロンでは商談が行われていて、職人同士が情報交換をしている。アイテム作製の講習会が開催されていたからか、以前より職人が増えて活気があるような。

受付カウンターの列に並んでいたら、ギルド長がちょうど外から戻り、私達に気付いた。

「おや、イリヤさんにベリアル殿！」

「ギルド長、ただいま戻りました」

ギルド長が親しく私と会話しているので、他の職人が不思議そうに目を瞬かせている。さすがに組織の長だから、普段はあまり職人個人とは気軽に接しないのかも。

「家だろう？　もう住めるよ。すぐに移るのかい？」

答えるまでもなく、用事を言い当てられた。やった、もう移れる！

「はい、その予定です。これで思う存分、アイテムが作れます！」

「そなた、他に楽しみはないのかね」

ベリアルは呆れた感じの反応だけど、ギルド長はにこやかにしている。

「ははは、さすが職人さんだ。君、イリヤさんの家の鍵《かぎ》を持って来てくれる？」

「かしこまりました」

近くにいた職員に命令すると、頭を下げてすぐに行動に移す。

ついに自分の家だ。アイテムを作製する地下工房付き！

戻ったばかりのギルド長と一緒に、繁華街から離れた場所にある家へ向かった。

二階建てで、雑草が生えた庭に木のテーブルと、丸太を縦半分に切って断面を上にした椅子がある。石畳の通路を歩き、鍵を開けて一緒に室内を確認した。

台所はダイニングキッチンになっていて、調理台の見える位置に大きなテーブルと椅子が四脚。反対側は客間で、他にシャワーやウォークインクローゼットがあり、奥にも部屋がある。二階には三室と広いベランダまで。階段を下りて、地下のアイテム工房と保管庫も見回した。丁寧に掃除されていて、道具さえ揃えればもう使える。

うん、問題ないね。きちんとギルドで管理してくれていたから、あとは日用品や足りない家具を揃えれば、すぐに住めそう。

「問題があったら相談して。水漏れとかでも、業者を紹介するよ」

「助かります、何かございましたらお世話になります」

相変わらず頼もしいね。忙しかったのか、説明が終わるとギルド長はすぐに家を出た。私も出掛けよう、必要なものを買い揃えないと。

テーブルとイスはこのままでいいや。ベッドもあるけど、シーツは替えよう。

家具屋で棚を三種類ほど買って配達を頼み、道具屋でアイテム作製に必要な機材を購入。それから調理器具に食器類、寝具、樽《たる》と水桶《みずおけ》も買って、他には何が必要かな……？

「……そなた、棚やカーペットを買っておったが、測っておいたのかね」

次のお店を目指して歩いていると、ベリアルが尋ねてくる。

「だいたいあんな大きさだったと思いますけど？　入らないことはないでしょう」

ピッタリサイズでもないんだし、気にし過ぎじゃないかなあ。

「どうも大雑把であるな……、よくこれで繊細なアイテム作製が出来るものよ」

「アイテムを作る時はちゃんと量りますし、下調べもしますよ」

それはそれ、これはこれじゃない。そうだ、メモを貼るボードも買っておこう。

◆◆◆

今日はついに、この宿を出る日だ。

アレシアとキアラとはずっと同じ宿で寝泊まりしていたので、いつでも会えていた。自分の家が持てるのは嬉《うれ》しいけど、ちょっと寂しくなるな。

フロントで女将さんに挨拶《あいさつ》して、未払いの分の精算を済ませた。すると私達が退出した部屋の掃除に入った従業員のおばさんが、ドタドタと階段を下りて、こちらに走りながら慌てて訴える。

「あの、その‼　男の人の部屋……！　ど、どうしましょう！？？」

かなり動転している様子に、何事かと皆で二階の奥にあるベリアルが使っていた部屋へ行くと。

室内がかなり改造されているではないか！

質素な宿だった筈《はず》なのに、脚に豪華な彫刻の入った丸いテーブル、スマートで洗練されたデザインの椅子、見事な絵画に調度品が飾られている。花模様のテーブルクロスの裾《すそ》には宝石が縫い付けられて光に反射し、一客の高そうなティーセットにアフタヌーンティー用のティースタンドまで置いてある。ずるい。

ベッドは広めで布団はフカフカ、カバーが刺しゅう入りの派手なものに。クッションも幾つもある。床には赤い絨毯《じゅうたん》、窓にはレースのカーテンと重厚感のある遮光カーテン。タンスまで違ってる。

持ち手すら高そう……。

うわぁ……、何この豪華改造。所狭しと高級品が並べられていた。

一度も確認しなかった私も悪いけど……。

配下に身の回りのものを用意させると召喚させられたことはあったにしても、まさかベッドやタンスまで勝手に交換しているとは。

ちなみに滞在中は掃除などでも入らないでもらっていたので、今まで誰も気付かなかった。私の部屋も、薬品があったりしたし。

「ど……どうしましょう……」

困り果てて半笑いで振り返ると、女将さんもあんぐりと口を開けている。

「置いて行ってはいかんのかね」

「迷惑でしょう！　原状復帰して返すものですよ」

どうりで宿の文句を零さないわけだ。好き放題していたんだ……。

「これ……置いて行ってもらえるの……？」

女将さんは、ベリアルに熱い視線を送っている。え？

「無論。我には要らぬもの故、処分すべきならするが」

「いえ‼　それならこのまま……、このままにしてもらえますか⁉」

怒られるどころか喜ばれている。ちょっと安心した。

この部屋は内装を変えず、次の人にもこのまま泊まってもらうらしい。

その後『悪魔の部屋』と呼ばれ、とても素敵と女性からの予約が殺到する、人気の部屋になったのだとか。

◆◆◆

さて、新居に移ってまず初めにするのが、エリクサー作りですよ！

商業ギルドで転居の届けを出し、エリクサー作りを見せると約束していたギルド長に声を掛けて、一緒に新しい自宅へとやって来た。

さすがにこんなすぐにやるとは想定外だったらしく、苦笑いをされてしまった。手持ちを防衛都市の指揮官、ランヴァルトに使ったからね。エリクサーがないのも、侘《わび》しいものなのですよ。

地下にある工房で、まずは四隅に乳香を焚《た》く。

それからいつもの水の浄化を丁寧に。

「邪《よこしま》なるものよ、去れ。あまねく恩寵《おんちょう》の内に。天より下され、再び天に還る水。つきぬもの、ウロボロスの営みよ。汝《なんじ》の内に大空はあり、形なき腕にて包み給え。水よ、水より分かたれるべし」

水が銀色の光沢を讃《たた》えて光る、これで浄化はバッチリ。

ギルド長も水の浄化に特化した術は初見だったらしく、目をパチパチさせている。あんまり有名じゃないのかな？　精製の成功率や、完成した薬の効果が上がるよ。

次に材料を入れて火にかける。

メルクリアリス、アンブロシア、鉄の草、ペジュタ草、それからエベン・エゼルという石を粉にしたもの。これが私が最初に使う材料。

これをまずたっぷりの水に入れて、二時間コトコト煮た。

そこにファイヤードレイクから採取したドラゴンティアスを投入。本当なら上級ドラゴンのものが好ましいけど、簡単には手に入らない。

釜《かま》の上に掲げ、粉にする魔法を使う。

「塊なるものよ、結び目を解《ほど》け。我が爪は其を引き裂く鉤となり、月日の前に全てはほころびる。風に散る塵《ちり》の如く、海に押さるる砂の如く」

そしてよく混ぜながら火にかけ、一度目の四元の呪文を唱える。

この四元の呪文が、エリクサー作りのキモなのだ。より上質なエリクサーを作る為に、各国が今も研究を続けているよ。

「火よ、火として栄えよ。風よ、風として憩え。水よ、水として巡れ。土よ、土として固まれ」

詠唱に呼応して、水はクルクルとひとりでに回っている。

湯気が天井に向かって伸びていた。

「紅きもの、汝は吼《ほ》える鳥。翠《みどり》のもの、汝は激しき蛇。蒼《あお》きもの、汝は渦巻く魚。黄色きもの、汝は眠れる獅子《しし》なり。いと高き大気の中に安らぎたまえ」


ゆっくりまた三時間火にかけながら、四元のバランスを慎重に確認する。

四元のバランスが整ったら、二時間程火を止めて落ち着かせる。

バランスが崩れると、ただの水に戻って失敗だ。この二時間は様子を見るくらいでいい。

「と、いうわけで合間にソーマを仕込みます！」

私が材料を準備し始めると、ギルド長はギョッとした顔をして、ベリアルは笑っていた。

「だ、大丈夫なのかい⁉　エリクサーは非常に難しい薬では？」

「四元の呪文が適正で、しっかり魔力を注いでいれば、この二時間は特に問題がないんですよ。ソーマはその間に仕込めますから」

ソーマの素材のうち、最も大事で最も手に入りにくいのが、ソーマ樹液。

これに浄化した水、牛乳、月の草、ダルバ草を加えて一時間煮込む。

その間にもやっぱり呪文。

「湧き出でる泉の如く、喜びよ訪れ我が扉を叩《たた》きたまえ。祝宴に招かれし星々よ、天満月《あまみつつき》は地平より雲居《くもい》の鏡に映る。天の雫《しずく》なる蜜《みつ》をもたらしたまえ。祈りを捧《ささ》げ白き月の顔《かんばせ》を望む、煌《きら》めきを我が杯に捉《とら》えたるなり」

一時間強でソーマの仕込みが終わった。これを大きめに砕いてキレイに洗った透明なドラゴンティアスと、今回は黄金のリンゴがあるので、それも切って一緒に漬けて樽で一ヶ月寝かせる。これだけで終了！　これでドラゴンティアスを使い切っちゃったわ。

「わりと簡単なんですよ、ソーマ」

私は説明しながら樽を閉めた。

「……騙《だま》されるでないぞ、通常では闇属性になる月を扱う魔法を、光属性にせねばならんのだ。並の魔力操作では成し得ぬからな」

「はは……、それを簡単と言い切っちゃうのか……」

ベリアルの説明に、ギルド長は引きつった笑顔で答えた。

少し水を飲んで軽く食べ物をつまんでから、エリクサーの作業を再開。

再び火にかけて、光属性の魔力を流し込む。

三時間ほど煮て追加材料のハーブや蜂蜜《はちみつ》を入れ、十五時間目に二度目の四元の呪文を唱える。

前半は先ほどと同じで、後半だけ変わる。

「炎よ、昂《たかぶ》れ。空気よ、溢《あふ》れよ。雪解けよ、囁《ささや》け。大地よ、峻険《しゅんけん》なれ。四元の法則を以て大いなる業《わざ》を成す」

しっかりと四元が混じり合うようにして、全部でだいたい十八時間。

冷ましてからエリクサー用の瓶に移す。

一本一本の下に五芒星《ペンタグラム》を描いた魔法円《マジックサークル》を用意し、濾《こ》しながら瓶にエリクサーを入れた。

そして最後の定着させる為の魔法。これを唱えたら後の六時間は、待つだけだ。

「地に在りて天を仰ぐ、宙に在りて陸を臨む。つなぐは虹《にじ》、栄光に煌めく六星は二つの三角、六芒星を描く。緋《ひ》に染まりし流体、九天は汝の内に在り」

「おおおお！　これで完成かい⁉」

ギルド長は本当に最後まで待っていてくれた。定着が終わったエリクサーを前に、かなり興奮している。

「そうなんですけど、さすがに全部成功というわけにもいかないですよ。確認しないと」

私は十本ある瓶を一本ずつ持ち上げ、揺らして魔力を確かめた。

キレイに赤く光るエリクサー。

「ん〜……、今回の失敗は二本あります。まあいい方ですね」

「え、二本だけ？　ではこの八本は……完成品のエリクサー！」

私よりもギルド長の方が、歓喜に沸いている。触れたいのか、まるで火に当たるようにエリクサー達の前へ掌を広げていた。

「備品として二本くらい、お持ちになりますか？　どうせどこで売ればいいか解らないですし」

「……は？　え？　エリクサーを……⁇　さすがにそれは図々しいだろう……」

「あると便利ですよ」

わなわなと震えながら、エリクサーと私に交互に顔を向けた。

欲しい！　と、顔に書いてあるんだけどな。

「そ、そうだ！　これを家の代金の代わりに頂く、というのはどうだろう⁉」

「家の？　いくらなんでも、申し訳なく……」

「イリヤさん、エリクサーの価値を知らないのかい⁉　オークションに出せば、一本でも家が買えるくらいの値が付くこともあるぞ！」

ギルド長はものすごい勢いだ。思わず私が謝りそうになる。

「……えええ！　そ、そんなに？　一日で作れるのに……⁉」

「普通はそんなに成功しないし、レシピから入手困難だし、素材も集めきれない。そんな貴重な薬なんだ。お金があって体の欠損を治したかったら、幾らでも払ってしまうと思わないか？」

「な、なるほど。需要が大きくて値がつり上がるんですね」

そういえば素材集めも簡単ではないし、そんなものなのかな。でも高い！

一般の人なんて、全然買えないんじゃないだろうか。ちょっとそのオークションを見物してみたいかも。買うのは貴族か富豪なのかな。

ギルド長の勢いに押されて、エリクサーが家の代金の代わりになった。最初の支払いは済んでいるから、それ以降の分ということで。本当にいいのかな……？

仕上がったら、ソーマも二本差し入れようと思う。

エリクサーはハイポーションと違って、魔力が溢れている感じはしない。それは四元がしっかりと定着して、純粋な魔力が薬品内に溶け込み出てこないからで、感じる魔力が少ないと偽物だと勘違いしてしまう人がいるが、逆だからと説明しておいた。

満足いく仕事が出来たし、あとはゆっくり休もう！

それにしても、エリクサーって高いんだ……。今までは作る時も素材は発注するだけでほとんど集まったし、仕事の一環として作っていたから自分で売ったりはしていないので、知らなかった。

だから給料が破格だったのね。

この六本、迂闊《うかつ》に見せたら泥棒に入られそう。気を付けよう。

幕間　エグドアルム王国サイド　七

チェンカスラー王国は目と鼻の先だ。

ここは隣国、都市国家バレン。この国にある、ドルゴの町へ足を運んだ。

門から近い小さな宿に部屋を取り、旅の荷物を置いた。実のところアイテムボックスに全て収納が可能だけどね、一般人は所持していないんだ。手ぶらじゃ怪しいなんてものじゃない。剣も皇太子殿下から賜った紋章付きのものは仕舞っておいて、適当に買った安い剣を装備している。

私は現在、冒険者として行動している。エグドアルム王国からここへ来るまでにも依頼をこなして、ついにDランクまで昇格した。

冒険者エクヴァル。いいね。

ちなみにDランクから昇格するには、まず一年経たなくては審査対象にすら入らないそうだ。

途中でノルディンとレンダールというAランク冒険者と出会って、一緒に依頼をこなした。その時に、元宮廷魔導師見習いである、イリヤ嬢についての噂を耳にすることが出来た。偶然にも、ノルディンの剣に魔法を付与したのが彼女だったという。

彼らからドルゴという町で会ったと教えられたのだ。ラジスラフ魔法工房で魔法付与をしたというから、何か話を引き出せないか、顔を出して探ってみようと思う。

とはいえ知らない町に来たら、まずは冒険者ギルドに寄らないとね。だいぶ慣れてきたな。

大通りを歩きながら、建物を眺める。小さな個人商店が多いね。広場の付近で冒険者が出入りしている建物を発見。ここがこの町最初の目的地である、冒険者ギルドだろう。

冒険者ギルドへ入ると、依頼をこなしたパーティーがカウンターで報酬を受け取っていた。

掲示板の前はわりとすいている。貼られた依頼をザッと眺めたが、討伐が多い。

そもそもエグドアルム王国みたいに、討伐専門の騎士団まである方が少数派なんだ。そうすると国に依頼がいってしまうから、冒険者に大きな仕事が回らない。だからエグドアルムには、高ランクの冒険者はあまり滞在しないね。

連絡するだけで危険性が高い魔物が討伐されるんだから、残るのは弱い魔物ばかりになる。むしろ初心者は仕事がしやすいだろう。魔物が強いと噂されるエグドアルムだけど、国の全域でそうというわけでもない。警備体制もこの国よりしっかりしていると思うよ。

そんなわけで、国や領主が討伐に及び腰な国では、冒険者への討伐依頼が増えるわけだ。

しかし私の都合に合う依頼はないね。用は済んだし、もう行くかな。木戸を開けて冒険者ギルドを出る。次はラジスラフ魔法工房を探そう。

警備の兵に場所を尋ね、人通りが多い道を進む。先の方にあるあの建物かな、大きな木の看板が立っている。わりと町の外れで、トンカンと金属を叩く音が響いていた。

工房からは箱を持った男性が出てきて、馬車へと乗り込んで行く。大量に発注した客だろう。

「こんにちは～」

扉を開いて顔を覗《のぞ》かせると、椅子や床に職人達が座って飲み物を手にしていた。

どうやらちょうど、休憩にしたところのようだ。

「はいはい、注文？　ポーション類なら大口は受けるけど、一個二個なら販売店で買ってくれよ」

若い男性が座ったままで答える。

「いや、ノルディンという冒険者が立派な魔法付与をされた剣を装備していたから、どこでやってもらったか尋ねたんだ。そしたらこの工房で、女性に付与してもらったと教えてくれて」

「あ～、イリヤさん。彼女ならチェンカスラー王国の……レナントって言ったかな？　あっちに住んでるらしいよ。うちではあんな高度な付与は出来ないから、直接頼んでくれ」

まあそうだろう。しかしこの反応からするに、彼女の前職については知らないな。魔法関係の人間にとっては、雲の上の人だからね。

「どんな女性なのかな？」

「そうだなぁ……、めちゃくちゃ楽しそうに仕事する人かな」

「とにかくポーションでも魔法付与でも、出来がいいね。見習いたいって親方も唸《うな》ってたくらいだ」

「あの親方が！」

大したもんだと大笑いしているけど、その親方は不在のようだ。直接印象を聞きたかった。

それにしても、ここでポーションも作製したのか。よく場所を貸してもらえたね。

「広めたいからって、魔法を教えてくれたなあ」

「俺達見習いの仕事が減って、楽になったよ。石は硬い」

……魔法を？　口ぶりから察するに、教えても問題ない魔法のようだね。区別くらいは……つい
ているよね？　大丈夫だと信じたい……。イリヤ嬢は魔法研究所の所長やアーレンス殿と親交が深
いようだけど、彼らは魔法一途な変わり者だからなあ。
「もしウチで魔法付与したいなら、来週になるよ。今週は予約がいっぱいで」
「……おや残念。付与してもらえるなら、剣も新しく買い直すつもりだったのに」
ちょうどいい、それが用事だったフリをしよう。彼女の話だけで帰るのも、不自然だ。
「ところでチェンカスラー王国の職人が、なぜこの町に？　よくあること？」
「それはな、川沿いにエルフの森と呼ばれる、薬草が豊富な森があるんだ。ポーションを作る職人
に人気でね。採取に来たらしい」
　この国に来た理由は妥当だ。今まで発注すれば大体どんな素材でも入手出来ただろうから、素材
集めには苦労しているのではないだろうか。研究所を辞めた人などがアイテムを作って生計を立て
ようと思った時、最初に躓《つまず》くのはここだ。材料費が高いとか、手に入らないとか。
「ただ人さらいが横行していてな」
「それは危険だね……」
　森に潜む人さらいか。目を付けられたら、厄介だろう。彼女は遭遇したのだろうか？
　別の男性が続きを話す。
「犯人達がウッカリ彼女をさらって、怒った悪魔が壊滅させちまったらしいぞ。会いに行くなら気
を付けろ」

「あの赤い髪の人だろ。そんなヤバいようには見えなかったけどねえ～」

誘拐組織の壊滅とか、魔法アイテム職人の仕事じゃないね！　何をしているのかな、彼女達は。

功績といい行動といい、どうも通常の常識では計れない女性だ。

それにしても……その悪魔は、そんな組織を一人で潰《つぶ》す力を持っているわけか。

想定はしていたが、かなり厄介だな。やはりイリヤ嬢が存在を隠し続けたのは、危険性を考慮してだろう。

エルフの森の間を流れるティスティー川を越えれば、もうエグドアルム王国だ。

ついに目的の国。

何が待ち受けているのか……。

おまけ　イリヤとベリアル閣下の契約

イリヤがバタバタと掃除をし、茶や菓子を用意しておる。

購入した自宅に、友となった露店の姉妹を招いたのである。そもそもこのような中古住宅に人を招くなど、我には考えられぬ。我に頼れば、望みの豪邸を建てさせるというに。

「ベリアル殿、そこに立っていられると邪魔です」

「この地獄の王を邪魔だと……!?」

「はい」

よくも臆面《おくめん》もなく答えたわ！　相変わらず、無礼な小娘である！

「こんにちは～！　イリヤお姉ちゃん、来たよ～！」

そうこうしている間に、姉妹が到着しおった。イリヤは慌てて玄関へと向かう。

「いらっしゃい、アレシア、キアラ。どうぞあがって」

「お邪魔します。二階建てなんですね」

「お姉ちゃんと一緒に、クッキーを焼いたよ」

妹のキアラは、得意気に焼き菓子を手渡した。宿の厨房《ちゅうぼう》を借りたのであろう。

「あの、早速なんですけど、台所を借りてもいいですか？」

アレシアは布袋から、小さな両手鍋《なべ》を出した。料理でもするのかね。

「いいけど……、何が始まるの？」

「甘くて美味しいスープです。温め直したくて」

「甘いスープ？」

「楽しみに待っていてくださいね」

台所へ案内し、食器や調理器具の場所などを軽く説明するイリヤ。アレシアに頼まれて人数分の深めの皿を用意し、イリヤだけが戻ってきた。

キアラを客間へ案内し、ソファーに腰掛ける。テーブルには用意してあった茶菓子の隣に、姉妹が持参した少しいびつなクッキーが並べられた。

「わざわざありがとう」

「ううん、お姉ちゃんとお菓子作るの楽しかったよ」

イリヤはクッキーを一つ手に取り、キアラはイリヤが用意した菓子を口に放り込んだ。

「二人とも器用よね。私はお菓子は作れないわ」

「そなたは料理そのものが、不得手ではないかね」

買ったものばかり食べておるではないか。お菓子はとは、随分と見栄を張ったものよ。

「イリヤお姉ちゃん、お料理苦手なの？　お薬はすごいのに」

「作れるわよ、人並み程度だと思う」

尤《もっと》もな指摘に、笑って誤魔化しておる。この前スープに残った団子を入れて、「温まるから柔らかくなると思ったけど、合わなくて美味しくなくなった」と、ぼやいておったではないかね。

少しすると、台所から甘い匂いが流れてくる。

「いい香り。特別なお料理なの？」

「私達の村ではよく食べてたよ。でも、レナントだと知らない人も多いみたい」

キアラは答えをはぐらかす。驚かせようとしておるのかね。

勿体《もったい》ぶるなと訝《いぶか》しんでおると、トレイに載せてついにスープが運ばれてきた。アレシアがテーブルに並べる。黒っぽい色であるが、チョコレートではない。豆が浮いているような……？

面妖《めんよう》な料理である。

「どうぞ、おしるこです」

「初めて聞くわ」

自信のありそうなアレシアだが、匂いはともかく見た目は良くない。我の分も用意されておるのだがね、食す気になれぬ。イリヤがスプーンですくうと、湯気がふわりと鼻先を掠《かす》めた。

「……どうでしょう」

「美味しい！　甘くて豆みたいなものが入っているわ、なにかしら」

喜んで口に運び続ける様子に、アレシアも安心したようである。

「豆で合ってますよ。これは乾燥させた小豆を、お砂糖でじっくり甘く煮たんです」

「豆なの⁉　豆をスイーツにするなんて、不思議ね」

ふむ、おかしなものではないようだ。我も一口、飲み込んだ。我には少し甘味が強い。とはいえ、食べられぬこともない。

このスープならば、団子を入れても合うのではないかね。

味は良いのだが、菓子に甘いスープではさすがに口の中が甘くなり過ぎる。飲み終わってから、イリヤは紅茶を淹《い》れた。


「もう家を持てるなんて、イリヤさんスゴイです」

アレシアは改めて部屋の中を見回している。家具は元から置いてあったものも多い。おだてるでないぞ、この小娘はすぐに図に乗って失敗する。

「中古住宅なの。でも、アイテム作製用の地下工房もあるのよ」

「イリヤお姉ちゃんが選ぶおうちらしいね」

「これからはどんどんアイテムを作れるわ」

我がした家を持つべきだという提案に、アイテムを作りたいからと賛同したのであったな。イリヤの行動原理など、単純明快である。

「うちにもたくさん卸してくださいね！　頑張って売りますから」

「私も～、私も頑張るよ！」

盛り上がっておるが、仕事に関する話題がそんなに楽しいのかね。

「二階も広そうですね」

「三部屋と、ベランダがあるわ。家を建てた方の、お弟子さんが住んでいらしたそうよ」

「庭もあるし、私もこんな家に住みたいなあ。うちより広いよ」

キアラが故郷の村にある、自分の家の話を始める。二段ベッドで、姉と部屋を共有しておったそうだ。宿はツインルームであったな。仲が良くとも、たまには別々がいい時もあるだろう。


「ところで、私がいない間に問題はなかった？」

「平和でしたよ。ジークハルト様も、気を遣って声を掛けてくださったりしました」

ジークハルトとは、守備隊長を務める身の程知らずの騎士である。一時は高熱に浮かされて生死の境をさまよっておったな。助けねば良いものを、お人好しめ。

そなたさえ知らぬ振りをしておれば、今頃は土の下であったろうよ。

「イリヤお姉ちゃんのマナポーションを買いたいってお客さんがいるよ。気分も悪くならないし、飲みやすいって」

「嬉《うれ》しいわ。感想を言ってもらえたら、私にも教えてね」

我が配下を専属の教師に付けたのであるから、当然である。我の契約者が人後に落ちるなど、あってはならぬ。

窓の外には通行人がチラホラと見える。郊外なので朝夕以外は多くないが、冒険者達が騒ぎながら通り過ぎた。目にしたアレシアが、何かを思い出したように視線をイリヤに戻した。

「もちろんです。そういえば小悪魔を連れている冒険者を見掛けたんですけど、ベリアルさんは、しっぽとかないですよね。どういう違いがあるんですか？」

「それはね、貴族の悪魔とか、偉い悪魔の方が人間に近い容貌《ようぼう》になるの」

簡単に説明すると、そうであるな。アレシアはまだ疑問が残るようではあったが、それ以上は尋ねなかった。イリヤも複雑になると考えて、説明をここまでにしたのであろう。

そもそも、人間の姿に似ているのではない。遺憾ではあるが、位が高いほど完全なるもの……、即《すなわ》ち神の姿に近くなるのだ。人間は神の似姿である故、似るのは当然の帰結である。

「じゃあ、ベリアルさんは貴族の悪魔？」

「正解である」

実際には王なのだがね。敬い、ひれ伏すが良い！

「すごいね、キアラ。カッコいいね」

……それだけであるかな？

姉妹は顔を合わせて笑い、テーブルの上のクッキーを手に取った。

「イリヤお姉ちゃんとベリアルさんは、どうやって知り合ったの？」

待て、もう終わりかね？　今までの非礼を詫《わ》びたりすらせんのかね⁉

「キアラ、ベリアルさんは悪魔だから。召喚するんだよ」

小娘の友人は小娘であるな……。仕方がない。

通常ならば、召喚であろう。しかし的を射ているのは妹の方だ。イリヤがこちらをチラリと見るが、我は答える気はない。教えたいのならば、構わぬがね。

少し考えて紅茶を一口飲んでから、イリヤは言葉を選びつつ答えた。

「実は、森で会ったの。召喚はベリアル殿に教わったのよ」

「ええ、普通に会ったんですか？」

姉のアレシアが驚いている。半端に聞きかじっている者ほど、無知なものよ。

「森で出会ったのかぁ。なんかステキだな」

これ、キアラ。森で地獄の王と会うなど、常人からすれば絶望しかないわ。


出会ったのは、イリヤがキアラよりも幼い頃。確か、六歳であったかな。召喚に応じた我をぞんざいな扱いで迎えた召喚師どもを、殺した後のことよ。

◆◆◆

木々に隠れるように空から森へと降り、落ち葉が敷き詰められた道なき道を歩いて行く。

右腕の怪我が痛むが、それ以上に屈辱的だ。

地獄の皇帝サタン陛下の直臣であり、忠実なる僕《しもべ》である我！　地獄の王として五十の軍団を率いる、このベリアルともあろう者が、天の者を相手に傷を負わされるなど……！

我ら魔の者にとって天使に負わされた傷は、治りにくい厄介なものである。しかもここは人間の世界。召喚され契約をしていない状態では、森羅万象に溢《あふ》れるマナの力を取り込むことも難しい。

卑小なる人間と契約を交わすということは、良くも悪くも、この世界の理《ことわり》に入るということなのである。

不敬にも我を召喚した者は、トレントから作られた杖《つえ》を持った、景気の悪い顔をした壮年の男の召喚術師であった。あまり出来のいいとは言えぬ魔法円《マジックサークル》に立ち、居丈高に配下になれなどと命令をしおった。

我に対してそのように振る舞ったのだ、代償として命を貰《もら》うくらいは当然であろう。

召喚術師が従えていた魔物を下し、召喚された石造りの塔を跡形もなく破壊してから、その場を去ろうとした。

どうやら召喚師が数人身を寄せておる場所だったようである。異変に気付いた連中が集まり、刺客を差し向けてきおった。

飛び去ろうとする我を討たんとする魔導師や、飛行する魔物を適当に叩《たた》いてさっさと切り上げる。

この世界というものを眺めるのも一興よ。

宙から見下ろせば、我が召喚された場所は森の奥の実験施設、という印象だった。

市街地からだいぶ離れておるが、街自体もあまり規模の大きなものではない。力のある国ではないのであろう。故にろくに使えもせぬ人間が、召喚術などに手を出し、自ら身を滅ぼすのだな。

東にかなり峻険《しゅんけん》な山がある……と眺めておると、尾根に向かって黒い巨大な魔力の塊が迫って行くではないか。

雷鳴を従え暴風を巻き起こし、嵐を生み出す黒雲を伴なうソレは、黒竜であった。

……どこのバカであるかな、よりにもよってティアマトなんぞ喚《よ》びおった、愚か者は！

竜神族というものは、かなりプライドが高い生き物なのだ。その上黒竜どもは戦闘能力に長けており、その長であるティアマトは元々は神の位にあったもの。生半可な戦神でも倒すことなどかなわぬものを、よもや人間に操れるわけがない。

怒りの感情の発露が嵐や大時化《おおしけ》になる、迷惑極まりない生物である。

人間どもの失敗に、再び巻き込まれるのも煩わしい。防御して方向転換すべきであろう、君子は危うきに近寄らぬが上策といえる。

防御に思わぬ魔力を使わされながら、北北東へと移動していく。

うっそうとした森が終わると、小さな沼がいくつか集まる地帯があり、丘の下を川が流れておる。草原には咲く花がちらほらと見え、明るい景色になったようである。

しかし旅気分はそこで終わりであった。


「悪魔だな！　この国で好きにはさせん！　くらえっ‼」

問答無用で襲いかかってきたのは、プリンシパリティーズの一員と思《おぼ》しき天使。ちなみに確かであるかは解らぬ。魔力量などから推察しておる。

全く面倒な羽虫どもよ。真っ直ぐに炎を飛ばし、奴の目の前で一気に魔力量を上げる。小玉だった火は忽《たちま》ち相手を呑《の》み込むほどの大きさになり、目障りな天使は一瞬で消え去る……予定であった。

「うわあああっ！」

天使の悲鳴はなかなかに心地良い。寝る前に聞いたならば、いい夢に迎えられるであろう。

次の瞬間、燃え盛る壁のようにもなった我の炎は消え去り、白い大きな翼を持つ別の天使が姿を現しおった。

「……そのような行為を蛮勇というのです。この者はベリアル、王の一人でありましょう」

「正解だ、神の使いよ。知っていて尚、我と戦うのかね？」

我々の会話を聞いた我に大見得を切った天使は、ヒッと小さく震える。そして素早く後退し、あっという間に戦線離脱しおった。

「これしきの火を消した程度で、調子に乗るべきではないと思うがね？」

我は畳みかけるように続けた。

この天使は上級三隊に値する力があるとみられる。

なぜこんなに天使ばかりに会うのだ……！　同じ悪魔であるならば、穏便な話し合いで済むであろうに……。そもそも我はこの国がどの国だか知らん、何もしに来ておらんというに。面倒である、王たる者が、なぜ相手をせねばならぬ。

「私は座天使《オファニム》に属するもの。見たところ、貴殿は契約をされていないご様子。この世界における絶好の好機であると存じます」

冷静に観察しておるな……。位階三位である、座天使。神の戦車を運ぶ役目を与えられた、戦争において重要な役割を担う天使である。好戦的な者はおらぬと思っておったが。

平素であれば潰《つぶ》すまでだが、先ほどの戦闘に加えて、魔力を使わされたばかりである。人間と契約していない今は本来の力も出せず、あまりいい状態ではない。


結局そのまま戦闘に突入し、お互いに怪我を負って痛み分け、というところだ。

もちろん相手の方が深手であるぞ。

その気分の悪い場所から、ずいぶん離れた森まで移動した。マナを取り込めないかと座り、太い幹に背を預けて目を瞑《つぶ》る。

それにしても天使が国を守るというのは、どうもおかしなことよ。天使は神の命《めい》で人間に関わりはするものの、我々悪魔以上に国などという枠組みの為には働かぬ筈《はず》であるが。

あの場所の西には大山が連なり、その北に更なる峻峰《しゅんぽう》が聳《そび》えておったな。

アレがこの世界で最も高い山であるとしたら、その頂上にあるものは。

……ユグドラシル。なるほど、一つの世界に一本しか生えぬ、世界樹《ユグドラシル》を抱える国であるな！　どのように契約したのやら、ユグドラシルごと国を守っておるのに違いない。

だからといって我に攻撃を仕掛けるなど、野蛮な輩であったわ。


しばらく休息をとっていると、葉を踏み分けるガサガサという音が耳に入ってきおった。

警戒しつつ音源を注視する。どこからやって来たのか、子供が一人こちらを見ておるわ。

肩にかけているカバンから何か取り出し、こちらに向けて小走りで近づく。

「あ、あの……ケガ……。これ、薬……」

六、七歳くらいであろうか。小さな手には丸いカンが載せられておる。

「……要らぬ、人間の子供よ。今は相手をする気分ではないわ。去れ」

薄紫の髪は肩で切りそろえられていて、深い紫の瞳《ひとみ》が気遣わし気に揺れている。よれた長袖《ながそで》の衣服に、短いスカートの下には擦り切れたズボン。幸の薄い村娘か。

そこで我は一計を案じたのだ。

この小娘と契約を結べば良いのだ。子供の望むことなぞ大したものではない。ささやかな欲望を叶《かな》え、力を得る。何とも旨みのある話ではないかね！

「娘よ、我と契約を結ばぬか？　何でも与えてやるぞ。代償は我の自由である」

「けいやく……？　じゆうって、あげられるものじゃないよ？」

子供にも解るように説明するのは難しいものだ……。どの程度の理解力があるのやら。

「……まあ良い、欲しいものを申してみよ。まずはそれからであるな」

子供は少し迷ったようだが、しばらく俯《うつむ》いてからぽつぽつと話を始めた。

「……お父さんが……、しんじゃったの」

……………。死者の蘇生《そせい》は出来んぞ。魂の残っているうちは会わせられるが、無理難題でくるとは。

「それからお母さん、大変そうなの。妹もいて、ごはんはみんながたまに分けてくれるけど、お金が足りなくなっちゃうって……」

おお、生き返らせろではないのか。驚かすでない、小娘が。

なるほど、生活の向上！　これはなんと楽な仕事であろうよ。

「ふ……、安心せい。我と契約を結べば、そのような心配はいらんわ」

我は上機嫌で羊皮紙を出現させた。これは我の特製、契約用の羊皮紙である。

我《わ》が魔力を込めて言葉を告げれば、自動的に内容が記されていくものだ。一度書き込めば訂正することは不可能であり、我の意に沿った契約の文言が浮かんでくる優れものである。破棄出来るのは契約の締結前までになっておる。

では早速開始しよう！


「我が名はベリアル。そなたは何と申す？」

「私……、イリヤです」

羊皮紙が光り、一際強い金の光の筋が契約書に名を記していく。

「ではイリヤ、我と契約を結ぶことに異存はないな？」

「え、でも……タダでもらえない」

「タダではない。契約を結べば、この傷がすぐに治るのだ」

「治るの!?　なら結ぶよ！」

お互いにいいことがあるのだと、嬉《うれ》しそうに笑顔で頷《うなず》く。そして我の手を小さな両手で握ってきた。子供は単純でとてもよろしい。

「そなたの生活を助ける、そうであるな？」

「うん、私もがんばるから、助けてね」

羊皮紙には〝第一、契約主の生命・生活を助ける〟と現れた。

……生命？　ぬ？　そこまで入るのだったか？　まあ良い、我直々にとは書かれておらぬ。召喚術を覚えさせ、配下どもを喚ばせて任せれば良いのだ。

ふはは、望むままの豪華な生活をさせてやろうぞ！　それこそ王侯貴族のように、な……！

そうである、地上に我が帝国を作り、宰相に任じてやろうぞ！　邪魔なものを全て殺し、壊し、恐怖の上に築く悪魔の王国……！　素晴らしい。

いや、人間の王の首を刎《は》ね、まるごと国を頂くのも趣があるものよ！

「我には自由を。これで良い。他に何かあるかね？」

一応確認せねばならない。確かな同意を必要とする決まりであるからな。

すると子供は瞬きをして、少し考えてからこう申したのだ。

「あ、そうだ、ケンカはダメだよ。いつもお父さんが言ってたです」

すると羊皮紙に〝第一条項に基づいて契約者を守る為の行動以外、契約者の許可なく他者を殺害しない〟という文言が増えるではないか！

待て、これは我の魔力に反応する筈では⁉

まさかこの小娘……握った手から流れる魔力を、無意識に変換させているのか？

「これでだいじょうぶ！」

大丈夫ではないわ！　しまった、締結されておる！

先ほど我は〝良い〟と断言してしまった……！

なんたること、この我を謀《たばか》るとは……！　虚偽と詐術の貴公子、炎の王と謳《うた》われたこの我を！

よもや子供相手と、油断しすぎたか……っ。

羊皮紙は全面に白銀色の光彩を湛《たた》え、徐々に光は淡くなっていった。ただの紙に戻ったところで、契約は完全に成立となる。

「よろしくです！　ベリアルさん」

「……さん、ではないわ！！！」

子供は何のことか解らないというような、きょとんとした間の抜けた表情を作りおった。

とんでもないことをしおったくせに……。呆《あき》れて怒りすら通り過ぎたわ。

我はつけている飾りの中からルビーが嵌《は》め込まれた装飾品を外し、左手で握り魔力を籠《こ》めた。

「……これを持て。そなたの魔力に当てて我を呼べば、すぐに通じる」

「うわあキレイ！　とってもステキです！　こんな高そうなもの、もらっていいの！？？」

子供……、イリヤは無邪気に、嬉しそうにはしゃいで宝石を色々な角度から見回しておる。

これが魔法に通じた道理の解る者であれば、宝石以上の価値に恐れ戦《おのの》いたであろう。

これから無知なる小娘の相手をせねばならぬとは。

本当に、呆れたものであった。

◆◆◆

懐かしく思い出している間、イリヤは旅の話をしていた。

帰りにテナータイトの町を、冒険者パーティーの女二人と散策した話などである。防衛都市では戦ってばかりであったが、上手く避けて魔導書専門店での出来事や、魔法アイテムの店の様子などを聞かせておる。

広域攻撃魔法で筆頭魔導師の度肝を抜いたことや、この我が竜人族やファイヤードレイクを倒した活躍を語れば良いものを。

「どうも昔から、食べ物と魔法にばかり関心を持つ小娘であるな」

旅の感想にしては、おかしなものよ。

「ベリアルさん、イリヤお姉ちゃんの小さい頃って、どんな子だったの?」

唐突にキアラが我に尋ねた。

「イリヤかね……、自由奔放で手に負えぬ子供であった」

「そんなことはありません、真面目に勉強していました。ベリアル殿が意地悪をしていたんです」

減らず口が助長されておるわ。

「意地悪が聞いて呆れるわ。我の肩や膝《ひざ》に座りたがっておったであろうが」

「ち、小さい頃です。空を飛べると楽だっただけです!」

「そうであったな、我を乗り物などと表現しおって！」

本当にどうしようもない、無礼な子供であったわ！

「二人は昔から仲が良かったんですね」

どこをどうしたら、そう映るのかね！　全く人間など理解出来ぬ。

「仲が……いいのかしら。先生の方が優しくしてくれた気がするけど」

「先生って、イリヤお姉ちゃんの先生？」

「ええ、ベリアル殿の配下の方に、薬作りや魔法のことを色々と教わったわ。クローセル先生は博識で穏やかで、とても優しく紳士的で。感謝してもしきれない方です」

懐かしそうに目を細めるイリヤ。

「……待たんかね。なぜクローセルばかり持ち上げるのだね？　もっと我を賛美せんか」

「お姉ちゃん、さんびって何？」

「確か、褒めることだよ。ベリアルさんも褒められたいんだよ」

クッキーを齧《かじ》りながらアレシアが答える。褒められたいのではない、正当な評価をせよと申しておるのだ。我を讃《たた》える言葉など、自然と溢《あふ》れてくるものであろう。

「そっか！　ベリアルさんは強いしかっこいいし、十分ステキだよ」

「うん、背が高いし服もステキ」

何故か我が哀れまれているようなのだがね！

おかしくないかね、配下より我の方が優れているに決まっておろうが！

「ベリアル殿は強くて……自分勝手ですけど、いつも助けてくださって……。やり過ぎたりが心配ですけど、派手好きで高級品がお好きなので、お店の方とか喜びますね」

「なんだね、そのわざとらしい褒め言葉は！」

ぐぬぬ……、クローセルめ。小娘の教育が出来ておらんわ！

三人はもう別の話題に切り替えて、会話を弾ませている。

夜が帳を下ろすまで、笑い声が家に響いておった。

あとがき

こんにちは、神泉《かみいずみ》せいです。最後まで読んで頂き、ありがとうございます。

カクヨムで読まれた方はお気付きかと思いますが、防衛都市とジークハルトのエピソードの順番が入れ替わっております。しかも書き足しも、たくさんですぞ！　頑張りました。

この改稿案を頂いた時に「これは絶対に面白くなる」と、感じました。しかし違和感なく出来るのか……⁉　楽しんで頂けたでしょうか、ドキドキです。悪魔の出番も増えて私はホクホクです。


さて、参考書籍の紹介に入りたいと思います。

まずは『魔導書ソロモン王の鍵《かぎ》』二見書房、青狼団編著。悪魔召喚の参考にしました。儀式の流れはそのままに、文言を変えてあります。魔法円と書くと、黒魔術っぽくて好きさ。

五月のポンチ（マイボーレ）については、『魔女の薬草箱』山と渓谷社、西村佑子著より。ハーブとか載ってる本です。魔女の軟膏《なんこう》のレシピが載っています。作っちゃだめよ（笑）。

ルーンはこの本『ルーンの魔法のことば　妖精《ようせい》の国のルーン文字』原書房、アリ・バーク文、神戸万知訳。挿絵とかもきれいです。「呪文のことば」を参考にしました。

ガダ・タリドゥは『古代メソポタミアの神話と儀礼』岩波書店、月本昭男著です。

メソポタミア周辺の神話が好きなのです。最近また本を何冊か買いました。

砂漠の熱風、パズスも通り過ぎてくれました。病をもたらすけど、下位の悪魔の病を治してくれる。病封じの護符に数多く描かれているそうな。そういうバビロニアの悪魔です。

クパーラの火の花は、スラヴ神話より。一巻の「砕く草」も。なんかアイテム～と探している時に見つけました。ウェブ版では出てないです。

この巻では、ベリアル殿の宣言（ネーミングセンスについては不問）が出ました。ファンタジーっぽいですね！　広域攻撃魔法も出てきました。エリクサーなどのアイテムも！

二巻の内容は、色々と私の中の厨二《ちゅうに》病が最盛期の部分です。読み返し、恥ずかしかったあああ！

しかしそれももう、おさらばです。アデュー。ダルエスサラーム。

去年は旅行などにも行けず、外食もずいぶんと減りました。また気軽に出掛けられるようになってほしいです。しかし家で出来る趣味があるのはいいですね。

今回の挿絵にはランヴァルト兄上がいて、ベリアル殿は相変わらずかっこいいし、イリヤは表情が豊かですし、可愛いリニちゃんや子イリヤも頂けて、とても嬉《うれ》しいです。リニ可愛いっ！

一巻でも思ったのですが、口絵の人物紹介の絵でしおりが欲しいです。デザインが美しい！

ハトリ先生、前回に引き続きステキなイラストをありとうございました。表紙も華やかです。

そして改稿で迷っている時に的確なアドバイスをくださった担当様、本の製作に携わってくださった皆様方、本当にありがとうございました。

何とか三巻も発売されて、またお目に掛かれますように……！

カドカワBOOKS

宮廷魔導師見習《きゅうていまどうしみなら》いを辞《や》めて、魔法《まほう》アイテム職人《しょくにん》になります 2

2021年3月10日　初版発行

著者／神泉《かみいずみ》せい
発行者／青柳昌行
発行／株式会社KADOKAWA

〒102-8177
東京都千代田区富士見2-13-3
電話／0570-002-301（ナビダイヤル）

編集／カドカワBOOKS編集部

印刷所／暁印刷

製本所／本間製本

●お問い合わせ
https://www.kadokawa.co.jp/（「お問い合わせ」へお進みください）
※内容によっては、お答えできない場合があります。
※サポートは日本国内のみとさせていただきます。
※Japanese text only

Printed in Japan
ISBN 978-4-04-074002-7 C0093

新文芸宣言

かつて「知」と「美」は特権階級の所有物でした。

15世紀、グーテンベルクが発明した活版印刷技術は、特権階級から「知」と「美」を解放し、ルネサンスや宗教改革を導きました。市民革命や産業革命も、大衆に「知」と「美」が広まらなければ起こりえませんでした。人間は、本を読むことにより、自由と平等を獲得していったのです。

21世紀、インターネット技術により、第二の「知」と「美」の解放が起こりました。一部の選ばれた才能を持つ者だけが文章や絵、映像を発表できる時代は終わり、誰もがネット上で自己表現を出来る時代がやってきました。

UGC（ユーザージェネレイテッドコンテンツ）の波は、今世界を席巻しています。UGCから生まれた小説は、一般大衆からの批評を取り込みながら内容を充実させて行きます。受け手と送り手の情報の交換によって、UGCは量的な評価を獲得し、爆発的にその数を増やしているのです。

こうしたUGCから生まれた小説群を、私たちは「新文芸」と名付けました。

新文芸は、インターネットによる新しい「知」と「美」の形です。

2015年10月10日
井上伸一郎